ANITA SHREVE

Américaine, Anita Shreve anime des ateliers d'écriture à la très prestigieuse université du Amhers dans le Massachusetts.

Elle a écrit neuf romans, qui sont tous des best-sellers aux États-Unis et dont la plupart ont été traduits en français, notamment *Nostalgie d'amour*, *Un seul amour*, et *Ultime rencontre*. En 1997, *Le poids de l'eau* a reçu le PEN/Winship Award et le New England Booksellers Association Award.

Anita Shreve vit dans l'État de New York avec son mari et leurs deux enfants.

LA MAISON DU BORD DE MER

DU MÊME AUTEUR
CHEZ POCKET

LA LONGUE NUIT D'EDEN CLOSE

UN SEUL AMOUR

ANITA SHREVE

LA MAISON DU BORD DE MER

Traduit de l'américain
par Michèle Valencia

BELFOND

Titre original :
SEA GLASS
publié par Little, Brown and Company,
New York.

Les événements et les personnages de ce roman sont fictifs. Toute ressemblance avec des personnes réelles, vivantes ou mortes, serait pure coïncidence et involontaire.

ISBN 2-266-14392-1

Pour Betsy

Honora

Honora pose la valise en carton sur la dalle de granit. La porte est tachetée, la peinture s'écaille – difficile de savoir si elle est verte ou noire. Au-dessus du heurtoir certains carreaux sont cassés, le temps en a opacifié d'autres. Un auvent de bardeaux abîmés masque un ciel fade. Honora rassemble les revers de son tailleur et tient son chapeau pour l'empêcher de s'envoler. Elle scrute la lettre B gravée sur le heurtoir et pense : C'est ici que tout commence.

Nous sommes en 1929. Au mois de juin. Le jour du mariage. Honora vient d'avoir vingt ans, Sexton en a vingt-quatre.

Les planches à recouvrement usées ont une couleur intermédiaire entre le blanc et le chair. Les moustiquaires des fenêtres sont déchirées et claquent au vent. Au premier étage les lucarnes ressemblent à des sentinelles en train de surveiller la mer, et devant la maison un fourré hérissé d'épines gagne sur la pelouse. Le seuil est fendillé, et Honora se dit qu'il pourrait céder sous son poids. Elle a envie d'essayer le heurtoir piqueté, bien que Sexton lui ait demandé de ne pas y toucher et de l'attendre. Elle redescend la marche du perron, ses escarpins entaillent le sol moelleux, libérant une odeur qui bouscule les années.

Sexton surgit alors à l'angle, les mains ouvertes, avec de la terre dedans. Il lui réserve une surprise, cet étranger qu'elle connaît à peine. Il est gentil, songe-t-elle. Du moins elle l'espère. Son manteau se gonfle avec la brise et révèle des bretelles bien ajustées sur sa chemise. Raccommodé sur la couture de côté, son pantalon est lâche et tombe un peu trop sur ses souliers. Ses cheveux, bien pommadés pour le mariage, se soulèvent au vent.

Honora retourne sur la dalle de granit et attend son mari. Elle croise les mains sur sa taille, plaque sur sa hanche le sac qu'elle a emprunté à sa mère. Sexton lui apporte une offrande : de la terre sablonneuse et une clé.

— La terre, c'est pour donner une base solide au mariage, dit-il. La clé, pour ouvrir la porte des secrets.

Il marque une pause.

— Et les boucles d'oreilles sont pour toi.

Honora penche le visage vers le coussin de terre. Deux boucles en perles et marcassite apparaissent dans les mains de Sexton. Elle les frotte entre ses doigts.

— Elles appartenaient à ma mère, dit Sexton. La terre et la clé sont une ancienne coutume dont m'a parlé ton oncle Harold.

— Merci. Elles sont très belles.

Elle prend la clé et pense : Passer le seuil. Commencer notre vie commune.

L'homme entra dans la banque avec un rouleau de pièces de dix et de cinq *cents*. Il voulait des gros billets pour pouvoir acheter une automobile. Il portait un long manteau marron et ôta son chapeau avant de procéder à l'échange. Le col blanc de sa chemise lui serrait le cou, et il parla à Honora pendant qu'elle comptait l'argent. Une Buick à deux portes, expliqua-t-il. Un modèle de 1926, qui n'avait que trois ans. Bleu pâle, et une bande rouge juste sous la poignée des portières. Une vraie splendeur, avec des roues à rayons en bois et une garniture en mohair bleu marine. Il l'achetait pour une bouchée de pain à une veuve qui n'avait jamais appris à conduire la voiture de son mari. Il semblait surexcité, comme le sont les hommes quand ils rêvent d'automobiles qui ne leur appartiennent pas encore et ne sont donc pas encore tombées en panne. Honora attacha les billets avec un trombone et les glissa par le guichet. Le client avait des yeux gris enfoncés, surmontés d'épais sourcils. Sa moustache bien taillée était d'un ton plus sombre que ses cheveux. Il ramena en arrière quelques mèches un peu aplaties par son chapeau. Elle dut agiter l'argent sous le grillage pour qu'il y reporte son attention. Il prit la liasse, la plia en deux et la glissa dans la poche de son pantalon.

— Comment vous appelez-vous ? demanda-t-il.

— Honora.

— Comment ça s'écrit ?

Elle l'épela.

— Le H ne se prononce pas, ajouta-t-elle.

— Onora, dit-il pour s'exercer. Ça fait longtemps que vous travaillez ici ?

Ils étaient séparés par le grillage. Elle trouvait que c'était une manière curieuse de faire connaissance, préférable toutefois à celle du McNiven's, où elle allait parfois avec Ruth Shaw. Là-bas un homme se glissait à votre table et plaquait sa cuisse contre la vôtre avant même de vous dire son nom.

— Je m'appelle Sexton Beecher, dit le beau visage sectionné par le grillage.

Au guichet voisin Mme Yates tendait l'oreille.

Honora inclina la tête. Il y avait maintenant quelqu'un derrière le client. En bleu de travail, son livret de dépôt à la main, Harry Knox s'impatientait.

Sexton remit son chapeau.

— Je vends des machines à écrire, dit-il, en réponse à une question qu'on ne lui avait pas posée. Le palais de justice est un de mes clients. J'ai besoin d'une automobile pour mon travail. Jusqu'ici j'empruntais la Ford de mon patron, mais le moteur a lâché. Il paraît que ça reviendrait plus cher de la réparer que d'en acheter une neuve. N'achetez jamais une Ford.

Il y avait bien peu de chances pour qu'elle achète une Ford.

Le palais de justice employait au moins la moitié des adultes de la ville. Taft était le chef-lieu du comté, et c'est là que tous les procès avaient lieu.

— Profitez bien de l'automobile, dit Honora.

L'homme ne semblait pas avoir envie de partir. Mais Harry avançait déjà vers le guichet, ce qui régla la question. À travers la vitre de la banque, Honora aperçut Sexton Beecher qui boutonnait son manteau tout en s'éloignant.

Sexton appuie sur le commutateur mural, même s'ils savent tous les deux qu'il n'y a pas encore l'électricité. Il ouvre les portes des pièces pourvues d'une fenêtre pour laisser entrer la lumière. Le parquet du couloir est maculé de poussière, et sur les murs un papier peint représentant des diligences vertes et des domestiques en livrée se décolle aux raccords. Jadis couleur crème, un radiateur a viré au marron, et la saleté s'est accumulée dans ses rainures. Au bout du couloir se trouve un escalier pourvu d'un vaste palier à mi-hauteur où est posée une caisse contenant du tissu, peut-être d'anciens rideaux. Les plafonds moulurés sont presque aussi hauts que ceux des bâtiments publics. Honora remarque alors la moisissure sur les murs, un motif qui rivalise avec les attelages et les valets. La maison ne sent pas seulement le moisi. Il y règne une autre odeur : celle des gens qui y ont vécu.

Honora entre dans une pièce qui semble être une cuisine. Elle s'approche d'une fenêtre protégée par des volets intérieurs, et d'un doigt en soulève le crochet. Ils découvrent des vitres couvertes du sel accumulé pendant un ou deux ans. Une lumière voilée, comme si elle filtrait à travers du verre dépoli, éclaire une cuisinière en fonte à la surface parsemée de crottes d'animaux. Honora tourne un levier ; la porte du four s'ouvre avec un grincement et un claquement qui la font sursauter.

Elle se baisse et jette un coup d'œil à l'intérieur. Dans un coin gît quelque chose de mort et de gris.

Elle fait le tour de la cuisine, effleure la surface des étagères. La crasse d'innombrables années s'est imprégnée dans les traces de pinceau. Un évier sale, énorme fosse en céramique, est taché de rouille. Honora tente d'ouvrir le robinet. Elle pourrait y parvenir si elle prenait appui contre l'évier, mais son tailleur a été loué dans la boutique de Bette, La Ronde des Vêtements. La veste beurre frais, aux longs revers, est joliment cintrée et affine la silhouette, un changement bienvenu après une décennie de robes à la garçonne, toutes droites. Honora frissonne dans la pièce glacée, se passe les bras autour du corps en prenant garde de ne pas poser les mains sur son tailleur. Il y a bien des couvertures dans l'automobile, mais la bienséance exige qu'elle n'y fasse pas tout de suite allusion. Elle entend des pas dans l'escalier et s'avance vers le couloir au moment où Sexton remonte de la cave en s'essuyant les mains avec un mouchoir.

— J'ai trouvé la chaudière, annonce-t-il. Il faudra acheter du charbon cet automne.

Elle acquiesce et indique la cuisine. Quand il passe, il effleure de ses doigts repliés le bras d'Honora.

— Quelle pagaille ! dit-il.

— C'est pas aussi terrible que ça, réplique-t-elle, éprouvant déjà un sentiment de loyauté envers ce qui va devenir leur foyer.

En avril, le représentant de machines à écrire revint à la banque. Il franchit si vite la porte qu'Honora pensa d'abord à une attaque à main armée. Les pans de son manteau flottaient largement autour de son pantalon quand il se dirigea vers son guichet. Elle réprima l'envie de porter la main à ses cheveux, qu'elle n'avait pas lavés depuis plusieurs jours.

— Voulez-vous faire un tour en voiture ? lui proposa-t-il.

— Ça y est, vous l'avez achetée.

— C'est un petit bijou.

— Je ne peux pas m'absenter.

— À quelle heure terminez-vous votre travail ?

— À quatre heures.

— Les horaires de bureau.

La pendule murale indiquait 14 h 30. On entendait de hauts talons féminins résonner sur le sol en marbre. Sexton Beecher ne se retourna pas.

— Je serai devant la porte à quatre heures, dit-il. Je vous ramènerai chez vous.

« Je ne vous connais même pas », aurait-elle pu rétorquer, sauf que Mme Yates se penchait dans sa direction pour ne pas manquer un seul mot. Honora garda donc le silence, ce que l'homme prit pour un assentiment. Cette fois elle remarqua qu'il n'avait pas les yeux gris, mais verts, et qu'ils étaient peut-être un peu trop rapprochés. Son front était terriblement haut, et son sourire découvrait des dents légèrement de travers. Et puis il y avait quelque chose d'effronté dans son comportement, mais c'était sans doute lié à son côté représentant de commerce, songea-t-elle. Honora ne s'appesantit pas sur ces défauts, tout comme on pourrait passer sur la petite tache d'une nappe magnifiquement brodée qu'on a envie d'acheter pour s'apercevoir trop tard que, une fois sur la table, avec les invités tout autour, la tache saute aux yeux, tandis que la magnifique broderie est cachée, frôlant les genoux des convives.

Sexton revient avec un bidon d'huile qu'il est allé chercher dans la voiture. Honora trouve au fond de sa valise un morceau de savon blanc enveloppé dans une serviette à thé. Sexton retire son manteau et retrousse ses manches. Son bras gauche est déjà hâlé, du fait qu'il le sort par la vitre en conduisant. Honora sent un petit pincement au ventre et détourne les yeux.

Le robinet rote et crache dans l'évier un large jet bégayant d'eau brune. Honora recule d'un bond pour que son tailleur ne soit pas mouillé.

— C'est la rouille, explique Sexton. Ils m'ont dit qu'ils n'avaient pas fermé l'eau, mais je n'en étais pas sûr. Une valve était bloquée au sous-sol.

Ensemble ils observent le jet dont la teinte s'éclaircit peu à peu.

Le dos de sa chemise est sale. Elle avance la main pour l'épousseter. Il se penche sur le rebord de l'évier, baisse la tête et laisse Honora le toucher. Quand elle a fini, il se redresse. Elle lui tend le savon et ils se lavent tous les deux les mains sous l'énorme jet. Elle nettoie les boucles d'oreilles en perles et marcassite. Il la regarde quand elle les met.

— Tu veux que j'apporte le pique-nique ou bien tu préfères faire une petite sieste ? demande-t-il.

Au mot « sieste » elle se sent rougir.

— Je ne suis pas encore montée, dit-elle.

— Il y a un lit. Enfin, un matelas. Il a l'air assez propre.

Donc son mari a cherché un lit avant de se préoccuper de la chaudière.

— Les couvertures sont dans le coffre, rappelle-t-elle.

Au bout d'un moment, Honora ne le considéra plus comme « le vendeur de machines à écrire », mais se mit à l'appeler Sexton dans ses pensées. Il fit huit fois le trajet de Portsmouth durant les trois mois où il la courtisa, racontant à son patron qu'il était sur un gros coup à Taft. Originaire de l'Ohio, il expliqua à Honora que, pour un Américain, son parcours était atypique. Il avait suivi pendant un an un cursus d'arts et d'enseignement technique à l'université, mais la liberté de voyager et la possibilité de commissions substantielles l'avaient attiré vers l'Est et arraché aux études. Il gagnait bien sa vie, expliqua-t-il ; vrai ou faux, elle ne pouvait le savoir avec certitude. Certes, il y avait la Buick, mais Honora était bien obligée de remarquer les cols trop serrés et la semelle décollée d'un soulier. Certaines de ses chemises avaient les poignets élimés.

Il lui faisait la cour dans la Buick chargée de machines à écrire (des Fosdick nº 6 et 7), la maison de sa mère étant trop petite pour permettre la moindre intimité. Sexton était charmant et obstiné, attitude à laquelle Honora n'avait encore jamais été confrontée. Il lui dit qu'il l'aimait. Il lui exposa son rêve. Un jour il y aurait une Fosdick dans chaque foyer, et ce serait grâce à lui.

— Veux-tu m'épouser ? lui demanda-t-il en mai.

Lors de sa sixième visite, Honora nota qu'il pouvait difficilement réprimer sa surexcitation. Un coup de chance, lui expliqua-t-il dans la Buick lorsqu'ils furent enfin seuls. Son patron connaissait quelqu'un qui connaissait quelqu'un qui connaissait quelqu'un d'autre. Une maison abandonnée, mais qui tenait quand même debout. Au lieu de payer un loyer, tout ce qu'ils auraient à faire serait de la remettre en état et de l'entretenir.

— C'est un bon moyen d'économiser pour acheter un jour une maison à nous, précisa-t-il à Honora.

L'annonce de leurs fiançailles ne surprit personne, surtout pas la mère d'Honora. Elle avait compris ses intentions depuis le début. En fait, elle avait dit très tôt à Harold – c'est pas vrai, Harold ? – que cet homme parviendrait à ses fins.

Honora se baisse pour tâter le tissu dans la caisse. Du chintz défraîchi, mais des rideaux tout de même. Et autre chose. Une photographie encadrée, glissée tout au bord, comme si on l'avait attrapée dans une commode à la dernière minute. On y voit une femme et un petit garçon. Elle a été prise il y a de nombreuses années, songe Honora en examinant la robe qui arrive presque aux chevilles.

L'escalier craque sous son poids, pourtant, même lestée des draps et des couvertures, elle ne pèse pas bien lourd. Ce bruit l'embarrasse, comme s'il clamait ses intentions. Un lustre en cristal pend au-dessus du palier, rigide, et elle remarque sur le plafond de l'étage le même papier qui tapisse les murs. En haut des marches une impression de vide la submerge et, pour la première fois, Honora sent l'énormité des tâches qui l'attendent. Rendre une maison habitable, pense-t-elle. Construire une vie conjugale.

Ce sont les pièces vides qui me font cet effet, se dit-elle.

Chose surprenante, le premier étage présente un dédale de chambres minuscules qui contraste avec le rez-de-chaussée spacieux. Certaines pièces sont peintes en bleu pâle ; d'autres, plus jolies, tapissées de papier imprimé. De lourdes tringles nues surmontent les fenêtres. Des coussins – effrangés et déformés par l'usage – recouvrent les banquettes ménagées dans les embrasures.

Au bout du couloir elle trouve trois pièces en enfilade pourvues d'une succession de lucarnes donnant sur la mer. Dans la salle de bains un lavabo et une baignoire. Elle martèle le matelas de la chambre de son poing, et un petit nuage de poussière jaillit, dans la lumière tamisée par le sel collé sur la vitre. Pourquoi ont-ils emporté le lit et pas le matelas ? Elle s'accroupit à chaque coin pour le border, écoute Sexton qui s'active au rez-de-chaussée. Son cœur bat avec une telle irrégularité qu'elle doit porter une main à sa poitrine. En déboutonnant la veste du tailleur jaune, elle s'aperçoit que le placard peu profond, près de la porte, est dépourvu de cintres. Elle plie donc la veste à l'envers et la pose par terre, à côté de ses chaussures. Puis elle retire sa jupe et la retourne elle aussi. En chemisier et combinaison, assise au bord du matelas, elle déroule ses bas.

La cuisine était inhabituellement chaude et étouffante pour une fin juin. La vapeur du fer à repasser montait et faisait perler la sueur sur le nez et le front de sa mère. Cette dernière portait sa robe violette en coton semé de pétunias, et il semblait que seul son tablier empêchait sa silhouette alourdie à la taille de s'affaisser pendant qu'elle soulevait et reposait le fer sur le tailleur beurre frais protégé d'un torchon. Assise à la table, Honora rédigeait les étiquettes des conserves. Toutes deux gardaient le silence, conscientes de ce changement de vie. Sa mère avait relevé ses cheveux en un chignon maintenu par des épingles et des peignes, et les branches de ses lunettes lui marquaient les tempes. Sur la cuisinière étaient posés la marmite blanche émaillée, les entonnoirs et les bocaux attendant d'être remplis d'oignons nouveaux, d'asperges et de confiture de rhubarbe. Même au début de l'été, la cuisine était tout le temps envahie de bocaux, et on travaillait aux conserves jusque tard dans la soirée, car les deux femmes essayaient de ne pas se laisser déborder par les fruits et légumes du potager que cultivait la mère. Même si elle détestait les épluchages et autres préparatifs qu'elle devait effectuer en revenant de la banque, Honora n'en admirait pas moins les bocaux aux étiquettes soigneusement rédigées – *Condiment au raifort et à la betterave, Oignons au vinaigre, recette d'Asa, Confiture de fraises des bois* – et la manière dont, plus tard, ils seraient alignés dans la cave, leurs étiquettes bien en vue, les carottes au nord, les haricots beurre au sud. C'étaient les bocaux de fraises qui disparaissaient les premiers des étagères. Mais cette année sa mère avait moins jardiné, comme si elle se doutait que sa fille allait partir.

Aveugle et parcheminé, son oncle Harold ne pouvait pas remonter l'allée de l'église méthodiste. Afin de respecter la tradition il se tint donc pendant trente secondes près du banc nuptial pour donner sa nièce en mariage. Elle était la dernière à quitter la maison ; les garçons s'étaient installés dans l'Arkansas, à Syracuse et à San Francisco. Sa mère était assise dans sa robe en soie à pois bleu marine et au col de dentelle, qui dissimulait sagement dans ses plis son corps dodu. Elle portait de vrais bas de soie pour l'occasion, remarqua Honora, et non pas les bas marron clair de chez Touraine. Ses chaussures noires, pratiques plutôt qu'élégantes, étaient celles que Harold appelait ses souliers-pour-aller-à-l'office-du-dimanche. Elle arborait un chapeau cloche bleu marine, sous lequel elle avait roulé et retenu avec des peignes en nacre ses cheveux argentés.

Juste avant de partir, sa mère avait nettoyé ses lunettes cerclées d'or devant l'évier. Elle avait pris son temps et feint de ne pas pleurer.

— Tu es très jolie, avait-elle dit à Honora après avoir coincé les branches de ses lunettes derrière ses oreilles.

— Merci, avait répondu Honora.

— Tu me feras connaître tes intentions.

Elle avait sorti un mouchoir du poignet de sa robe et ajouté :

— Pour le tailleur.

— Oui.

— Certaines femmes aiment conserver la tenue dans laquelle elles se sont mariées. J'avais encore ma robe de mariée à Halifax.

Honora et sa mère s'étaient tues un instant, en repensant à Halifax.

— Ton père aurait été tellement fier, avait repris sa mère.

— Je sais.

— Alors tu me tiendras au courant pour le tailleur. Je le paierai avec plaisir si tu décides de le garder.

Honora avait fait un pas en avant et embrassé sa mère sur la joue.

— Allons, allons, avait protesté celle-ci. À cause de toi je vais me remettre à pleurer.

Sexton entre dans la chambre, le panier du pique-nique dans une main, la valise dans l'autre. Il regarde Honora, assise sur le matelas, puis voit ses bas, ses chaussures, son tailleur plié, des jarretelles pointant sous une gaine, sur le côté du lit. Son visage se relâche, on dirait qu'il avait préparé une phrase à l'intention de sa jeune épouse mais qu'il désire à présent lui dire autre chose. Honora le voit poser le panier de pique-nique et la valise. Il ôte son manteau en le laissant glisser de ses bras, puis le rattrape avant qu'il atteigne le sol. Il desserre son nœud de cravate.

Elle bascule en arrière et glisse ses jambes nues sous la couverture et le drap frais. Une joue sur l'oreiller, elle observe son mari d'un œil. Elle n'a encore jamais vu un homme se déshabiller : tirer sur la boucle de sa ceinture, sortir les pans de sa chemise, se débarrasser de ses chaussures, laisser tomber sa chemise par terre, retirer son pantalon – le seul vêtement qu'il ôte avec soin, plie et place sur la valise. Il dégrafe sa montre et la pose sur le rebord de la fenêtre. À la lumière chiche des vitres salées, Honora distingue les larges protubérances de ses épaules, les muscles discrets de sa poitrine, la chair de poule étonnante sur ses fesses, les poils blond-roux sur le dos de ses jambes. Sexton s'agenouille au pied du matelas, avance tout doucement vers son épouse et rapproche son visage du sien. Puis il se glisse sous le drap et attire Honora contre lui. La tête d'Honora repose sur le coussinet de son épaule, son bras droit est tendu entre eux deux. Il avance un genou entre ses cuisses, si bien que sa combinaison remonte jusqu'aux hanches. Il l'embrasse sur les cheveux.

— Qu'est-ce qui les rend aussi brillants ? lui demande-t-il.

— Une goutte de vinaigre.

— Tu trembles.

— Ah bon ?

Il plaque la bouche sur son épaule et murmure :

— Nous allons prendre notre temps.

McDermott

Assis au bord du lit, McDermott fume une cigarette. Derrière lui, près de la fenêtre, l'Anglaise compte l'argent. Elle le compte lentement et remue les lèvres silencieusement comme le font certaines personnes en lisant. La chambre est pourvue d'un lavabo, d'une chaise, et d'une fenêtre qui donne sur la rue, calme à présent – c'est la pause du déjeuner. Une demi-heure, ça ne suffit pas pour manger correctement, encore moins pour baiser correctement.

Encadrée par la fenêtre, la fille qui compte les pièces est presque jolie. Elle a peut-être dit quelque chose, et il n'a pas entendu. McDermott est devenu sourd à cause des métiers à tisser. Bon, pas tout à fait sourd, mais il perçoit des sons modifiés, altérés, si bien que parfois les mots semblent sortir d'un puits, ou sont nimbés d'un voile de gaze qui les rend indistincts. La fille a des cheveux trop fins, des lunettes, des yeux bleus et un visage long. Un jour il lui a demandé pourquoi elle faisait ça, et elle a expliqué très simplement qu'elle gagnait plus qu'à l'usine et que le boulot était moins dur. Il s'est dit qu'il n'avait jamais entendu personne répondre avec autant de franchise à une question aussi difficile.

L'air qui entre par la fenêtre est d'une agréable fraîcheur. L'année compte peut-être neuf, dix journées de ce genre, qui se glissent entre le froid mordant de l'hiver et l'humidité suffocante de l'été. Des journées qui lui rappellent les pique-niques de son enfance, quand sa mère se sentait assez bien pour préparer des pâtés à la viande et du thé glacé. Avant la mort de Sean. Avant que son père fiche le camp.

L'horloge interne de McDermott (elle ne se trompe jamais) l'avertit qu'il lui reste dix-huit minutes de pause. Dix-huit minutes avant que la sirène de la filature retentisse, avant que tout le monde sorte, du haut en bas de la rue, se retrousse les manches et enfile sa veste, tout en continuant à mâcher une dernière bouchée. Les patrons ferment le portail à 12 h 45 ; ceux qui sont encore dehors le restent et perdent la paye d'une journée, quand ce n'est pas carrément leur boulot.

— J'arrive seulement à un dollar quarante-sept *cents*, dit la fille.

Sa voix monte du fond d'une cruche pour flotter vers lui.

Il se penche et fouille dans les poches de son pantalon abandonné sur le sol. Elle a dix-neuf ans, le même âge qu'Eileen, sa sœur. Une robe de coton fin lui enveloppe le corps. Ses mamelons sont durs, mais McDermott sait que ça n'a rien à voir avec l'excitation. Plutôt avec l'argent. Il pose les piécettes en cuivre sur le jeté de lit en chenille hâtivement repoussé de côté. Il a envie de silence, il a envie de dormir, mais le plaisir exquis de ce moment d'oubli volé n'est rien comparé à la douleur que lui causera la sirène signalant la reprise du travail.

Il observe la fille, qui range soigneusement l'argent sous son lit.

— Le compte est bon, dit-elle.

Elle retire ses lunettes et les pose sur le rebord de la fenêtre. Une canine plus grosse que les autres lui déforme la bouche. La dent dépasse un peu quand elle sourit – ce qui ne lui arrive pas souvent. Elle utilise un rouge à lèvres orange vif qu'il lui demande parfois d'ôter. Toujours debout, elle laisse sa robe glisser de son corps. Elle découvre le lit en tirant sur le jeté bleu avec l'adresse d'une bonne ménagère. S'ils se dépêchent, il lui restera cinq ou six minutes de paix.

Alphonse

Tous les jours Alphonse se lève, fait rouler dans un coin le lit en fer galvanisé, sort pour aller aux cabinets, et, s'il a de la chance et n'est pas obligé de faire la queue, il a fini en un rien de temps et peut s'attaquer aux gamelles de ses deux frères et trois sœurs sans être dérangé. Il tient à les préparer avant leur arrivée parce que, s'ils le voient, l'un ou l'autre ne manquera pas de dire : « Je veux pas de pomme de terre, donne-la à Augustin », ils s'y mettront bientôt tous et lui compliqueront la tâche.

C'est lui qui est chargé de préparer le déjeuner et de laver par terre le matin, du fait qu'il s'occupe seulement des bobines à la filature et gagne moins que les autres ; en outre, c'est lui qui court le plus vite et, dans la mesure où il peut arriver au portail en moins d'une minute, il lui en reste cinq ou six pour nettoyer le sol une fois que les filles, qui traînent toujours, ont quitté la maison.

Sa mère est dans l'équipe de nuit et a besoin de dormir le matin. Il est donc chargé de faire partir tout le monde au boulot, même s'il est le plus jeune. Bon, pas tout à fait le plus jeune, Camille va encore à l'école, mais le plus jeune de ceux qui travaillent à l'usine.

Ils habitent le dernier étage du 78, Rose Street, et ont seulement accès à l'escalier extérieur. L'hiver dernier leur père a glissé sur la marche du haut et a dégringolé les trois étages. S'il n'y avait pas eu de verglas, il n'en serait peut-être pas mort, mais le médecin de la filature a dit que les marches étaient recouvertes d'une couche glacée très dure, que c'était ça le problème.

Ensuite, sa mère, qui ne travaillait pas à l'usine parce qu'elle avait six enfants, a intégré l'équipe de nuit, et c'est alors que les ennuis d'Alphonse ont commencé et que ses corvées ont empiré.

C'est Marie-Thérèse qui devrait préparer les gamelles, mais elle ne veut pas le faire, ce qui les laisserait sans déjeuner. On ne peut pas obliger Marie-Thérèse à faire ce qu'elle ne veut pas faire.

À la maison il est interdit de parler anglais, parce que sa mère a peur que l'Amérique engloutisse ses enfants, mais parfois les mots sortent tout seuls, et elle le frappe s'il dit par erreur *newspaper, milk* ou *thirsty*. À l'inverse, quand il prépare les bobines, il n'a pas le droit de parler français, parce que l'aide du contremaître est américain, ou irlandais, peut-être, et fait semblant de ne pas comprendre, même si l'on se contente de dire *oui* ou *non*.

Le dimanche matin ils vont tous à la messe à Saint-André, et de temps en temps il aperçoit de loin sœur Mary Patrick. Elle a essayé de l'empêcher d'aller travailler à la filature et l'a menacé (pour son bien, d'après elle) de dire aux patrons qu'il n'avait que huit ans, âge auquel il est illégal de travailler, mais elle ne l'a pas fait, sans doute parce qu'elle n'y a plus pensé.

Maintenant qu'il fait beau, le dimanche après-midi Alphonse prend le tramway jusqu'à Ely avec l'une des deux pièces de dix *cents* qu'il garde sur sa paye. Puis il marche jusqu'à la plage. Il n'a pas de vrai maillot de bain, mais c'est aussi bien parce qu'il a peur de l'eau. Il aime s'asseoir sur le sable, chercher des coquillages, regarder l'océan, sentir le soleil sur son visage, brunir, et ne rentrer que très tard pour qu'on ne lui impose pas une corvée de plus le dimanche soir.

Il porte une salopette, une chemise, une casquette de toile, et sa mère se flatte de chausser tous ses enfants, même si Alphonse traîne encore les vieux godillots de Gérard, qui sont trop petits pour lui et ont perdu leurs lacets il y a plusieurs mois. Il ne se prépare pas de gamelle, mais enfourne du pain, un morceau de fromage et un œuf dur dans un ancien sachet à café. Il court mieux avec un sachet qu'avec une gamelle.

Il entend sa mère bouger dans la chambre. Il rince la brosse dure, sort la serpillière et essaie d'éponger le sol, la serpillière sous les pieds, comme sa mère le lui a appris. Il a envie d'aller la voir pour lui dire au revoir, il sait que ça ne l'embêterait pas qu'il la réveille – elle dit qu'elle adore voir son visage – mais il ne lui reste plus qu'une minute et, s'il entre dans la chambre, il aura du mal à en ressortir.

Quand il court à la maison une fois sa journée terminée, il a un quart d'heure pour voir sa mère avant qu'elle parte à son travail. En général elle se contente de lui donner des instructions. De temps en temps elle l'appelle « mon garçon ».

Alphonse attrape son sac sur la table. Il étend la serpillière sur la balustrade de la terrasse, à l'arrière du bâtiment, et dégringole l'escalier à toute allure, en trois ou quatre enjambées par étage. Il n'y a déjà plus personne dans la rue, mais il va réussir à atteindre le portail avant la fermeture. Il y parvient toujours.

Vivian

— Je suis absolument certaine qu'il y a eu une erreur, dit Vivian.

Le réceptionniste, un Français à tête de fouine, consulte son registre au cuir granuleux pour la troisième fois.

— Je vois écrit là que vous êtes attendue le 24, madame.

— Je ne peux pas être attendue le 24, puisque je suis déjà arrivée, explique patiemment Vivian.

Elle pose sa mallette de toilette sur le comptoir en acajou et ôte ses gants. Elle a envie de retirer ses vêtements de ville et d'enfiler une robe légère – la jaune coucou conviendrait peut-être, pense-t-elle. À côté de l'entrée, un chasseur attend avec ses huit malles en lin glacé. Elle repousse une mèche sous son chapeau cloche. Ses cheveux sont frisottés maintenant, tout frisottés.

— Je crois que vous avez deux jours d'avance, dit le réceptionniste avec son accent horrible.

Son costume est lustré et des pellicules en émaillent les épaules.

— C'est impossible, réplique Vivian.

— Je suis sûr que nous parviendrons néanmoins à trouver une solution, madame.

— Merci. Mais je veux ma chambre d'angle habituelle. Et puis c'est mademoiselle, pas madame.

— De quel angle s'agit-il ?

Vivian réprime un soupir.

— Sud-est, au quatrième étage.

— Oui, naturellement, dit le réceptionniste en croisant son regard.

Elle est certaine d'avoir surpris un sourire. Quelle insolence ! Comme si elle était une parfaite inconnue. Comme s'il n'y avait pas vingt ans qu'elle descendait au Highland Hotel. Enfin, elle y venait déjà dans son enfance ! Elle se retourne pour chercher un visage familier dans le hall, aperçoit Asa Whitlock, qui passe l'été dans cet établissement depuis au moins aussi longtemps qu'elle, installée près de la fenêtre, dans un fauteuil roulant en osier, pelotonnée sous une couverture écossaise. Dans un coin une femme en tailleur vert nacré se tient à côté d'un homme à panama et pantalon chic. La femme a aux pieds d'élégantes chaussures de ville. Comme Vivian, le couple semble tout juste descendu du train.

Vivian embrasse du regard les sofas garnis de crin, les portraits à l'huile sur les murs, les piliers sculptés autour desquels on a installé, à l'intention des clients, des banquettes recouvertes de velours, songe que le hall a vraiment un aspect fatigué et démodé et suppose que c'est ce qui fait son charme.

Là-haut, dans sa chambre, elle trouvera le vieux lit en fer avec son jeté en satinette lilas, la commode aux fonds de tiroirs trop minces qui se voilent par temps sec, le plafond vert tilleul, qu'elle a la réputation de fixer des heures durant. Au-dessus de la commode sera accroché le miroir tavelé dans lequel elle ne peut se voir que partiellement (tant mieux, étant donné qu'elle a vingt-huit ans, se dit-elle) et, sur une table basse, près de la fenêtre, on aura disposé un broc et une bassine de toilette – seulement à des fins de décoration, Dieu merci.

Vivian pourra regarder l'océan depuis son lit, par la vitre située derrière la table basse. L'heure de la journée qu'elle préfère est celle où on vient de lui apporter le thé matinal. Elle s'adosse alors à ses oreillers, contre la tête de lit en fer cliquetant, laisse son regard errer sur la mer et fait le vide dans son esprit. La journée qui s'annonce reste encore à imaginer.

— Vivian !

Un homme de haute taille se penche pour lui embrasser l'oreille.

— Dickie Peets !

— Tu viens d'arriver ? lui demande-t-il.

— Ils se sont montrés très insolents quand j'ai réclamé ma chambre, dit-elle.

De la peau de Dickie monte une odeur exotique, mélange de citron vert et de noix de coco. Il coince son canotier sous le bras comme il tiendrait un plateau. Derrière lui, au-delà de la grande porte à double battant, la salle à manger est déjà prête pour le déjeuner. Linge amidonné, argenterie étincelante, vaisselle blanche. Rien n'a changé depuis vingt ans, songe Vivian. Dickie sort un étui en argent de la poche de son veston en lin et lui offre une cigarette.

— Qui est déjà arrivé ? demande-t-elle.

— John Sevens. Et Sylvia.

Dickie réfléchit une minute.

— Voilà qui fait un double mixte pour une partie de tennis. Ça te dit ?

— Il faut que je défasse mes malles, répond-elle.

— Tu as une mine superbe.

— Depuis quand portes-tu des lunettes ?

— Je les ai fait faire à Noël. Je suis myope comme une taupe. J'ai bousillé mon automobile.

— Pas la Freschetti ?

— L'Isotta-Fraschini. Si, j'en ai bien peur.

— Mais c'est affreux. As-tu été blessé ?

— Un problème au genou, explique Dickie avec une parfaite nonchalance. J'ai passé presque tout l'hiver à La Havane pour récupérer. Tu devrais essayer. La Havane, s'entend.

— Je ne supporte pas très bien le bateau.

— Vas-y en avion. C'est seulement à quarante-trois heures de Boston, train et avion compris.

— Vraiment ?

— Pelote basque. Casino. Dancing sur les terrasses. Tout pour te plaire, Viv.

Elle tire une longue bouffée sur sa cigarette. Serait-il en train de la narguer ?

— Combien de temps vas-tu rester ici ? lui demande-t-il.

— Comme d'habitude. Jusqu'en septembre. Et toi ?

— J'ai acheté une maison dans le coin.

— Tu plaisantes !

Vivian sent que le réceptionniste essaie d'attirer son attention. Elle l'ignore délibérément.

— Où ?

— Sur la route de la mer. Elle appartenait à un certain Cote. J'ai dû la faire arranger. Mais les travaux sont presque finis. J'ai pris une chambre ici en attendant.

Dickie écrase sa cigarette dans le cendrier en verre posé sur le comptoir de la réception.

— Mademoiselle Burton ? fait le réceptionniste.

— J'ai de quoi préparer un sidecar [1] dans ma chambre, si tu veux prendre un cocktail avant le déjeuner, suggère Dickie.

Vivian imagine des gouttes d'eau glacée coulant le long d'un shaker en aluminium.

— Bien frais, alors, dit-elle.

Vivian se dirige vers sa chambre en longeant le couloir bleu pâle. Le chasseur ouvre la porte et s'efface pour la laisser passer. Dès qu'elle pénètre dans sa suite, elle ne se sent plus aussi hérissée. Son manteau léger glisse de ses épaules et elle le lance sur le dos d'une chaise. Elle retire les épingles qui maintiennent son chapeau et se tapote les cheveux. Son regard s'attarde sur la délicate lumière blanche filtrée par les voilages diaphanes qui flottent à la fenêtre orientée à l'est, puis sur le vieux bureau en noyer, avec les casiers dans lesquels elle rangera ses invitations et son papier à lettres, et sur le canapé mauve couvert d'un drapé de soie rose. Elle se regarde dans le miroir. Ses cheveux auburn se

1. Liqueur additionnée de jus de citron et de brandy. *(N.d.T.)*

dressent autour de sa tête tel un nimbe de cuivre. Ses sourcils auraient besoin d'être épilés, et son rouge à lèvres s'est effacé. Dickie avait un air à la fois suffisant et heureux. Il doit avoir une petite amie, songe-t-elle.

Elle donne un pourboire au chasseur, qui se retire. Une fois dans la chambre, elle s'assied sur le lit et laisse tomber ses chaussures. Elle s'allonge sur le jeté en satinette lilas. L'air et la lumière valent bien le déplacement de Boston, même si le voyage en train est salissant, se dit-elle. Elle se représente la maison vide qu'elle a quittée ce matin à Boston, la maison de ville en brique sombre donnant sur le jardin public. La veille, son père avait pris le bateau pour l'Italie avec sa nouvelle femme et, incapable de supporter les pièces vides, Vivian a décidé de se rendre à l'hôtel plus tôt que prévu. Il y avait bien des amis à qui elle aurait pu rendre visite – Tilly Hatch à Lenox, Bobby Kellogg dans l'île de Nantucket, Lester Simms à Banff – mais elle n'était pas d'humeur à se faire inviter aussi tôt dans la saison.

Elle fixe les moulures du plafond en tôle. Oh ! là, là ! qu'est-ce que je vais m'ennuyer ! pense-t-elle.

Elle se lève et ouvre une valise. Le chasseur a déposé ses bagages sur les bancs alignés contre le mur. Elle sort ses parfums, ses vaporisateurs, et les pose sur la commode ; range ses bas de soie et sa lingerie dans le tiroir du haut ; accroche sa robe du soir Maggy Rouff dans la penderie. Puis elle jette un coup d'œil sur sa montre. Dickie Peets a parlé d'un sidecar. C'est peut-être exactement ce dont elle a besoin.

Alice Willard

Chère Honora,

J'ai encore le repassage à faire, tu sais que Harold aime ses draps bien repassés, mais je vais essayer d'écrire quelques lignes pour que tu n'ailles pas penser que nous t'avons déjà oubliée. Aujourd'hui, après ton départ, j'ai cueilli les premiers petits pois, c'est tellement inhabituel d'en avoir avant le 4 Juillet, et je vois que les haricots aussi sont en bonne voie. On dirait que ce sera une bonne année pour le jardin.

Comment est la maison ? Comment allez-vous, Sexton et toi ? C'est un bel homme, à mon avis il fera un bon mari, et Harold le trouve plein de bon sens. Ici nous allons bien. Sauf que Harold a eu un accès de toux, et je m'inquiète pour lui, mais au moins l'été est arrivé. Tu sais qu'il supporte mal l'hiver. Il fait toujours moins froid au bord de la mer, alors je crois que nous t'envierons cette année.

Si je t'écris, c'est que Harold et moi nous demandions si tu nous rendrais visite avec Sexton pour le week-end de la fête du Travail[1]*. Je sais que vous venez à peine de partir, mais il n'est jamais trop tôt pour faire des projets. Peut-être Sexton et toi réussirez-vous à passer quatre ou cinq jours à Taft. J'espère persuader Charles de venir de Syracuse avec sa femme et leur bébé, car nous ne connaissons pas encore Evelyn ni la petite Emma. Charles dit qu'Emma est très jolie. Voilà donc notre petite famille qui s'agrandit. Une petite-fille et un autre bébé en route. Même si la lettre de Phillip était très triste : May s'est découvert une grosseur au sein et doit se le faire enlever (le sein). C'est sans doute déjà fait. Je ne voulais pas t'en parler avant ton mariage, bien que j'aie reçu la lettre il y a quinze jours. May ne l'a pas signalé tout de suite, si bien que le docteur dit qu'il ne promet pas de la guérir. Dans sa lettre Phillip me suppliait d'aller chez Estelle pour l'appeler au téléphone. Je ne vais pas entrer dans les détails de notre conversation, je dirai seulement que ça faisait bien longtemps que je n'avais pas entendu un homme aussi bouleversé. J'ai estimé que tu devais être au courant, et j'espère que tu ne m'en voudras pas d'avoir attendu que le mariage soit passé.*

Mais assez de mauvaises nouvelles. Nous aimerions que tu nous confirmes que vous allez bien et que votre installation se passe au mieux. Il y a certains aspects de la vie conjugale dont j'aurais pu te parler, je me suis reproché de ne pas l'avoir

1. Le premier lundi de septembre. *(N.d.T.)*

fait, mais le mariage se charge de tout vous apprendre, c'est ce que j'ai toujours pensé, et je suis sûre que Sexton Beecher est un homme doux.

C'était un beau mariage, et tu étais très jolie. Dès que tu m'enverras le tailleur, je le rapporterai chez Bette. Tu as encore quinze jours, ça ne presse pas. Préviens-moi si après tout tu décides de le garder. Comme je le disais, tu auras peut-être envie de le faire pour des raisons sentimentales.

Je viens de me rendre compte que je n'ai encore jamais eu l'occasion de t'écrire, puisque tu n'avais jamais quitté la maison, ce qui explique la curieuse impression que je ressens.

Réponds-moi pour me dire ce que vous décidez pour la fête du Travail. Harold et moi aimerions bien avoir quelque chose à attendre avec impatience.

Affectueusement,

Maman

McDermott

— Tu as bien entendu parler de ce qui s'est passé à Gastonia ? demande Ross.

Sa voix est difficile à entendre dans le vacarme. McDermott observe ses lèvres.

— J'ai lu des articles là-dessus, répond-il.

Le bar clandestin est bondé ; des ouvriers de l'équipe de jour – retordeurs, batteurs, renvideurs et cardeurs – qui, tous, dilapident leur paye en boisson. Mahon fabrique l'alcool à Exeter et l'apporte au bar dans un camion de livraison de pain. Après le premier whisky, McDermott a toujours mal à l'estomac, il est presque sûr d'avoir un ulcère. Le bruit de l'usine lui a détérioré l'audition et les nerfs. « Ne buvez pas », lui a dit le toubib de la filature, avant de lui donner un flacon de pilules blanches. Parfois McDermott chie du sang.

— Ils passent en jugement en ce moment, explique Ross.

— Oui, c'est ce que j'ai entendu dire.

— Ils vont s'en tirer.

Ross a de vilaines dents, horribles à regarder, mais McDermott est obligé de lire sur ses lèvres pour comprendre ce qu'il dit.

— Le chef de la police a été tué, rappelle McDermott.

— Un laquais des patrons, lui rétorque Ross en crachant par terre.

— Tu crois que ça va s'étendre jusqu'ici ? demande McDermott.

— Je sais que ça va s'étendre, déclare Ross.

McDermott a beau n'avoir que vingt ans, il est déjà vérificateur de métier à tisser. Il n'a de comptes à rendre qu'au contremaître en second. Il travaille à la filature depuis ses douze ans, depuis le jour où son père a fichu le camp. Tous les jours, sauf le dimanche, le vacarme qui l'environne produit dans ses oreilles un bruit creux de succion, comme s'il venait de plonger dans la mer et essayait de remonter pour respirer. Il répare les métiers à tisser cassés et vérifie que le tissage est correctement effectué. On attend de lui qu'il dénonce les tisseurs qui sabotent le travail, mais il ne le fait presque jamais. En retour, tous ceux de sa section tâchent de garder le rythme. McDermott prend soin de ne pas profiter de leur bonne volonté ni de s'attribuer le mérite du boulot des autres. Un vérificateur vantard ne fait jamais long feu, il l'a remarqué.

N'empêche que le travail est dur et que McDermott, comme presque tous les ouvriers de l'usine, déteste son travail. Surtout depuis l'accélération des cadences. Les patrons l'ont imposée il y a trois mois. Si elles produisent plus de tissu pour le même volume de salaires, soutiennent-ils, les filatures du Nord pourront concurrencer celles du Sud, qui raflent pour l'instant toutes les commandes. Déjà, la filature de Hookset a fermé parce qu'elle n'avait plus de clients. Celle de Dracut a annoncé des réductions de salaires de dix pour cent.

Toute sa vie McDermott a habité des logements appartenant à l'usine. Ils étaient huit gosses dans un appartement de trois pièces. Lorsque les bébés arrivaient, ils dormaient dans des tiroirs de commode. À treize ans, une fois sa croissance terminée, McDermott a couché sur trois chaises alignées dans la cuisine. Quand son père a abandonné la famille sans prononcer un seul mot, sans laisser le moindre message, sa mère s'est installée sur un lit de camp dans la même cuisine et laissé le grand lit de sa chambre aux trois filles, qui avaient besoin d'intimité. Maintenant sa mère n'est plus là – une attaque, a dit le toubib de la filature – et à dix-neuf ans, Eileen s'occupe de la famille. McDermott est allé habiter la pension des hommes, juste à côté, mais il donne à Eileen la moitié de sa paye. Il apporte aussi des provisions, quand il le peut, et mange deux ou trois fois par semaine avec Eileen, ses frères et ses autres sœurs, surtout pour que les garçons, qui ne sont vraiment pas faciles, marchent droit.

Comme tous les ouvriers de la filature, y compris les contremaîtres et leurs aides, McDermott ne vit que pour les pauses. Même en décembre et en janvier, quand il fait un froid de canard, McDermott aime bien sortir pendant la pause de dix minutes de l'après-midi. Un jour il a découvert une trappe qui mène sur le toit et, dès que la sirène retentit, il fait semblant d'aller aux toilettes mais se dépêche de bifurquer près de l'escalier de secours. Une fois sur le toit, il fume une cigarette et regarde les chutes d'eau. La tranquillité lui est aussi nécessaire que l'alcool à certains hommes. Par-dessus les toits de l'usine – les bâtiments en brique sont tous exactement semblables : trois étages, une cheminée, trois lucarnes à chacun des derniers étages – il voit jusqu'au pont de chemin de fer qui traverse la rivière. Par beau temps il aperçoit la mer, mince ligne bleue brumeuse à l'horizon. S'il ne fait pas beau – si le blizzard souffle ou s'il pleut tellement qu'il n'arrive même pas à ouvrir les yeux –, McDermott se met à l'abri du puits de ventilation et reste là, frissonnant, juste pour entrevoir le ciel.

Il n'est pas un seul jour où McDermott ne songe à filer, comme son père. Il imagine celui-ci dans l'Iowa ou le Saskatchewan, manœuvrant une moissonneuse-batteuse dans un champ immense, s'arrêtant de temps en temps pour regarder le vent qui fait onduler le blé et les nuages qui indiquent l'ouest – pas un immeuble, pas une cheminée ni un escalier de secours aux marches de bois branlantes à l'horizon. Mais ensuite, comme s'il s'agissait là d'un rituel quotidien qu'il se doit d'observer, McDermott pense à Eileen et à ses jeunes frères qui ne sont pas faciles. Il est bien décidé à empêcher Eamon et Michael d'entrer à l'usine. Ce n'est pas un endroit digne d'un homme, encore moins d'un jeune garçon. Il suffit de regarder autour de soi quand on revient de la pause – des visages cireux d'épuisement, de résignation ou de volonté inflexible. Ceux des femmes sont les pires. Quand les hommes finissent leur travail, ils vont manger ou boire. Les femmes, elles, retrouvent leurs enfants affamés, leurs appartements étriqués qu'elles n'ont pas le temps d'entretenir. Certaines ont avoué à McDermott qu'elles comptaient mentalement pour passer le temps pendant qu'elles travaillaient sur les métiers – disons jusqu'à huit, en recommençant sans arrêt ; ou jusqu'à quatre mille quatre-vingts. Elles jurent que ça fait avancer la pendule plus vite. McDermott pense à ces vies entières perdues à compter, simplement pour que les journées passent plus vite et, de toutes les tristes réalités de l'usine, celle-là lui paraît la plus pitoyable.

— On a prévu une réunion, annonce Ross.

— À quel sujet ? demande McDermott.

— L'accélération des cadences.

— Pour en dire quoi ?

— C'est tuant, explique Ross. Personne ne peut tenir le rythme. Tous les salaires sont rognés. Les hommes n'arrivent plus à nourrir leur famille.

L'argent que les hommes claquent en whisky au bar clandestin est passé sous silence. McDermott ne veut pas fonder de famille. Depuis l'accélération des cadences, les hommes retirent leurs fils et leurs filles de l'école afin de les mettre à l'usine.

McDermott voudrait bien savoir pourquoi on a des enfants, dans ces conditions.

Ross énumère les revendications en comptant sur ses doigts :

— Nous exigeons la fin du travail à la tâche. Nous exigeons la fin de la pointeuse. Nous exigeons la fixation d'une échelle des salaires. Vingt dollars minimum pour une semaine de quarante heures réparties sur cinq jours. Nous exigeons des logements décents. Nous exigeons la réduction des loyers et l'allégement des charges.

— Vous n'obtiendrez jamais tout ça, dit McDermott.

— Sûr que si on ne le demande pas, on risque pas de l'obtenir.

— Où a lieu la réunion ?

— Chez Nadeau. Fais gaffe à pas être suivi. La dernière fois, Hurd s'est posté à la porte et a fait la liste de tous ceux qui entraient.

— Je ne sais pas, dit McDermott.

Ce qu'il ne sait pas, c'est s'il viendra à la réunion ou non. Il ignore s'il veut se retrouver impliqué là-dedans. Il suce une pilule blanche que lui a donnée le toubib de la filature. L'Anglaise est assise sur un tabouret.

— À Gastonia ils sont en train de crever de faim, objecte McDermott.

— On est aidés dans ces cas-là. Il existe des organisations qui envoient des secours.

— Les communistes.

— Les syndicats, rectifie Ross. Ça n'a rien à voir avec les communistes.

— Si on meurt de faim, c'est les communistes qui nous donneront à manger. Ne me raconte pas qu'il n'y avait pas de communistes à Gastonia.

Ross vide son verre d'alcool, en commande un autre.

— Le syndicat envoie un certain Mironson, annonce-t-il. Ils veulent des grèves tournantes, comme il y en a eu dans le Sud. Pour casser les reins des filatures de la Nouvelle-Angleterre.

— Magnifique, dit McDermott. Comme ça, plus personne n'aura de travail.

Honora

Près d'elle Sexton ronfle, les bras levés sur l'oreiller comme s'il venait de se faire dépouiller. Elle s'extrait tout doucement de la couverture et rassemble les pans de son chemisier. Quand elle se lève, Sexton, toujours endormi, roule vers l'autre bord du matelas. L'odeur de sa peau imprègne le cou et les bras d'Honora. Elle cherche du sang et en trouve une trace sur le drap, ainsi que quelques taches sur sa combinaison. Pas autant qu'on le lui avait fait croire. « Un massacre », avait dit Ruth Shaw au McNiven's, elle s'en souvient, mais il est vrai que Ruth a toujours tendance à exagérer. Sa mère n'y a jamais fait allusion, n'a jamais prononcé un seul mot à ce sujet.

En traversant la pièce, elle sent la fraîcheur du parquet sous ses pieds. Elle ramasse le panier du pique-nique, sa valise et le manteau de Sexton. La porte de la chambre se referme avec un léger déclic.

Après avoir sorti une serviette de sa valise, elle se nettoie au lavabo. Elle enfile une chemise de nuit, pose le chemisier, la combinaison et le soutien-gorge sur le rebord de la baignoire. Puis elle glisse les bras dans le pardessus marron, relève les longues manches pour dégager ses mains. Si elle ne mange rien, elle va tomber d'inanition, se dit-elle. Elle entre dans une pièce vide, s'assied par terre, ouvre le panier du pique-nique et jette un coup d'œil à l'intérieur. Elle presse alors ses paumes contre ses yeux.

La voici maintenant passée de l'autre côté de la barrière, arrachée pour toujours à celle qu'elle était hier encore. Arrachée au foyer de sa mère. Elle pense à elle, qui a dû se lever ce matin, seule dans cette maison avec Harold. Harold qui se réveille tous les jours en toussant.

Des bols de salade de pommes de terre et de chou cru, un sachet en papier sulfurisé contenant du poulet frit, une miche de froment, un bocal de fraises des bois, deux bouteilles de limonade Moxie, deux petites tourtes à la pêche emballées individuellement sont disposés avec soin dans le panier. Honora découvre, enveloppée de papier de soie, une nappe brodée à la main portant ses nouvelles initiales, HWB, Honora Willard Beecher. Elle la presse sur son visage puis la repose dans le panier. Et attrape une tourte au bord cannelé.

Tout en parcourant la maison, elle avale d'énormes bouchées voraces, attentive cependant à ne pas salir le manteau de Sexton. Le soleil frappe contre les vitres opaques et lui donne envie de sortir. Elle s'élance d'un pas léger dans l'escalier, le manteau balayant les larges marches. Une fois dans le couloir, elle est temporairement désorientée, puis elle trouve la porte du salon et l'ouvre.

La lumière, diffuse mais intense, l'oblige à se protéger les yeux. La pièce est longue, avec des fenêtres hautes du sol au plafond, orientées à l'est. Une fois habituée à la luminosité, elle en dénombre six. Derrière les vitres encroûtées de sel, le monde demeure pour l'instant un mystère. L'intérieur est vide, à l'exception d'un piano à queue dans un coin. Honora joue un air, debout devant le clavier. Les notes sont étouffées, comme si de petites bouffées d'air empêchaient les marteaux de frapper les cordes. Une touche ne produit aucun son. Honora lèche ses doigts rendus collants par la tourte.

S'approchant d'une fenêtre, elle regarde avec effort entre les boiseries, mais la vue est fractionnée et insatisfaisante. Elle essaie la porte d'entrée et, ce qui l'étonne, elle cède. Honora s'avance sur le perron.

Et, mon Dieu, elle est là. La mer. Sous son regard le soleil semble s'élever au-dessus de sa surface. L'eau est parcourue d'éclats blancs qui font mal aux yeux quand on les fixe trop longtemps. L'herbe de la dune est envahie de pois de senteur, d'églantines et d'une autre plante dont elle ne connaît pas le nom. Au sud s'étire un long croissant de sable parcouru d'un inextricable lacis d'algues, et au nord il y a un bout de terre balafrée, émaillée d'herbes folles, avec au centre une plaque sombre. Honora s'avance vers la balustrade de la terrasse au bois abîmé par les intempéries, pourri par endroits.

Derrière les marches, un caillebotis mène à une plate-forme qui surplombe l'eau.

Honora parcourt la longueur du caillebotis dont les planches ont viré au gris tourterelle avec le temps. Des maisons et un hôtel s'égrènent sur la plage. Elle tire sur le manteau pour se réchauffer, remonte ses mains dans les manches, puis atteint le sable.

— Honora !

Elle se retourne. Au premier étage le visage de Sexton apparaît de profil par l'entrebâillement d'une fenêtre que l'humidité a bloquée.

— Reviens te coucher.

Son visage quitte la fenêtre, puis réapparaît immédiatement.

— Et apporte le pique-nique.

Sa voix forte effraie un vol de mouettes. Du toit de la maison elles se déploient en éventail puis descendent en piqué et rasent l'herbe de la dune. Dans le sable mouillé, à ses pieds, quelque chose de coloré attire le regard d'Honora. Elle ramasse l'objet et l'examine. Le verre a une couleur vert pâle, trouble, celle du jus d'un citron vert qu'on vient de presser. Les bords du tesson, usés, lisses, ne sont pas coupants. Elle époussette le sable et, serrant le morceau de verre marin dans sa paume, décide de le garder comme porte-bonheur. Sexton et elle auront peut-être besoin d'un peu de chance, songe-t-elle.

Vivian

Des lames de lumière acérées vacillent derrière les stores. Elle a un affreux goût métallique dans la bouche, et ses tempes sont prises dans un étau. On continue à frapper à la porte.

— Allez-vous-en ! crie faiblement Vivian de son lit.

En soulevant la tête de l'oreiller, elle sent la nausée lui remonter dans la gorge par vagues successives. Elle ne se rappelle pas être revenue dans sa chambre hier soir, ni ce matin d'ailleurs. En revanche, elle se souvient d'avoir vu l'affreuse cicatrice cisaillée sur le genou de Dickie puis, plus tard, d'avoir trouvé Dickie dans la salle de bains, nu, assoupi sur les carreaux noirs et blancs, en position fœtale. Mon Dieu ! a-t-elle vraiment couché avec ce type ?

Des images lui reviennent avec les mouvements saccadés des actualités Movietone : elle se revoit en train de sortir de la chambre de Dickie à huit heures du soir, de se changer pour enfiler sa robe rose opalin pendant que Dickie, assis au pied du lit, fumait et racontait qu'une femme s'était noyée dans la piscine en terrasse de l'hôtel Plaza, à La Havane ; elle revoit Sylvia pleurer au dîner tant elle était soûle, et John lui dire de sa voix traînante affectée : « Tu es complètement beurrée » ; elle se revoit revenir de la plage, les pieds humides couverts de sable. Le réceptionniste français à tête de fouine feignait de ne pas la remarquer. Sous les couvertures Vivian bouge les jambes et s'aperçoit avec consternation que ses sous-vêtements ont disparu.

Elle se redresse dans le lit sur le côté, sans lever la tête, jusqu'au moment où elle est sûre qu'elle ne va pas rendre. Il lui faudra se comporter comme si de rien n'était. Dickie se prêtera au jeu ; il est doué pour la dissimulation. Si elle le croise aujourd'hui, elle fera simplement semblant d'être ailleurs, et on verra bien s'il comprend l'allusion et en tient compte. Il pourrait même avoir déjà emménagé dans sa nouvelle maison, serait-ce trop lui demander ?

Elle examine la jupe de la robe rose opalin où se sont creusés des centaines de petits plis, affluents des rivières qui rejoignent le lac d'une tache. Quand a-t-elle renversé le whisky soda ? Au dîner avec John et Sylvia ?

Il y a une chaussure près du lit. Vivian ignore complètement où se trouve l'autre. La pensée de faire ses malles et de quitter l'hôtel l'effleure, mais où irait-elle au juste ? Elle a terriblement mal à la tête et, derrière les stores, le soleil menace.

Sexton

— Je vais acheter quelques provisions, dit-il, et il quitte la maison comme s'il l'avait fait tous les jours de sa vie.

Sa respiration est comprimée dans sa poitrine et, ridiculement, il a envie de hurler. Pas à cause du soudain vent d'est, dont il se protège en remontant son col. Non, il a l'impression d'être redevenu un gamin, un gamin qui essaie une bicyclette neuve, attaque une bosse avec énergie, décolle, sent l'air passer sous ses roues. Il a laissé Honora endormie sur le lit, les cheveux tout ébouriffés autour de son visage, la peau blanche parfaite de son dos ne demandant qu'à être effleurée. Difficile de s'en arracher.

Il se glisse au volant de la Buick, plus grise que bleue à présent à cause de la poussière de la route. Il va falloir qu'il achète un seau, lave la voiture, et peut-être l'astique ensuite. Après avoir embrayé et enclenché la première, il appuie le pied sur le démarreur et sent le soubresaut et le ronronnement familiers. Apercevant une serviette froissée, il l'attrape et la jette par la vitre. La Buick doit rester bien propre, il y tient.

Les seuls magasins qu'il a entrevus se trouvent dans la ville industrielle qu'ils ont traversée la veille. Il se rappelle un bazar où il pourrait se procurer des produits d'entretien et une épicerie où acheter de quoi manger. Et il ferait bien de prendre de l'essence à la station-service Texaco, se dit-il.

Mais, avant tout, il a envie d'essayer la route de la côte. Une route dégagée est toujours tentante, elle réserve des surprises, et même, pourquoi pas, des coups de chance. C'est pour ça qu'il est représentant de commerce, c'est pour ça qu'il a planté là sa région d'origine. Rien de tel que découvrir une route inconnue sur la carte et de voir où elle mène. C'est ce qui lui a permis de se faire de nouveaux clients, la banque Claremont et la Mutual Life, à Andover. Et aussi, d'ailleurs, de tomber sur Honora – ce n'est qu'après avoir fait sa connaissance qu'il a concrétisé l'histoire du palais de justice.

Il jette un coup d'œil sur la jauge d'essence. Un quart de carburant dans le réservoir ; c'est plus que suffisant pour un petit tour.

Du sable vole sur la chaussée fendillée, on dirait de la neige, mais la Buick réagit bien, le poids des machines à écrire posées sur la banquette arrière constitue un bon lest. Il aime les produits qu'il vend, comprend leur utilité et sait qu'il est capable de convaincre presque n'importe qui de leur nécessité. Mais il les aime surtout en tant qu'objets : les touches émaillées cerclées d'argent, l'inscription dorée sur le coffre noir, le beau bruit du chariot. La Fosdick est une bonne machine, pratique et fichtrement lourde.

Bon Dieu, il pensait qu'il y aurait des meubles dans la maison : une table, quelques chaises, un lit. S'ils avaient su, Honora et lui en auraient apporté. La mère d'Honora lui aurait sûrement donné quelques bricoles pour leur permettre de démarrer. Sexton a économisé quatre-vingts dollars sur ses commissions – il en a touché une grosse la semaine dernière, même s'il a dû taper dedans pour les boucles d'oreilles. Il songe à l'expression qu'avait Honora en voyant les boucles dans ses mains. Elle souriait, mais il y avait quelque chose de solennel dans ses yeux quand elle a découvert le rituel. Il ne se rappelait pas exactement ce que le vieil Harold avait dit, si bien qu'il avait dû improviser. Curieux, ça, cette histoire de clé qui ouvre la porte des secrets, pense-t-il à présent. D'où l'a-t-il donc sortie ?

La route épouse les contours de la plage, et seuls les cottages s'interposent entre la Buick et l'eau. Ils sont beaux, même barricadés, avant le début de la saison estivale, en juillet, on dirait qu'on leur a collé du ruban adhésif sur les yeux et la bouche. Des vieilles dames face à la mer. Muettes jusqu'au moment où quelqu'un viendra leur arracher leur bâillon.

Il tourne à un croisement et dérape un peu sur la chaussée sablonneuse.

Doucement, doucement, se dit-il.

Tel un ruban, la route se faufile à présent entre la plage, sur la droite, et un marais sur la gauche. Un marais et quelque chose d'autre, constate-t-il en sortant de l'ombre projetée par une maison. La marée a créé un bassin d'environ huit cents mètres de diamètre, avec, à l'entrée, un courant batailleur qui jette des moutons contre les rives d'un étroit chenal. Une demi-douzaine de bateaux aménagés pour la pêche au homard et un yacht de plaisance dont le mât oscille furieusement avec le clapot y sont ancrés.

Sexton n'avait pas prévu de se marier aussi jeune. Bon Dieu, il n'a que vingt-quatre ans. Un instant il a même cru ne jamais se marier, tant le frisson de la route courait dans ses veines. Mais dès le premier jour, à la banque, en voyant Honora derrière le guichet, il a su que cette fois ça pourrait être différent, que ça pourrait valoir le coup de se caser. Il n'oubliera jamais ses mains aux longs doigts fins et blancs, très blancs, qui glissaient sous le grillage, comme si elle était une nonne et ne lui en montrerait pas davantage. Ces mains qui retenaient ses pensées – presque la seule chose capable de les détourner de l'automobile, dont la peinture luisante miroitait dans son esprit.

Il avait alors regardé son visage, les yeux sombres ourlés de cils épais. Des cheveux dégradés à la garçonne dégageant les pommettes. Un beau menton, presque masculin, et un long cou. Ce jour-là elle portait une robe à taille basse beige rosé, avec des boutons compliqués sur un côté. Il ne lui voyait pas les jambes et se rappelle l'avoir regretté. Il aurait voulu savoir si leur peau était aussi parfaite que celle des mains. Était-ce ce qui l'avait fait revenir la deuxième fois ? Il s'était senti oppressé tout le long de la route de Portsmouth à Taft tandis qu'il essayait de trouver ce qu'il pourrait bien dire ; et finalement, il s'était fié à un bon vieux truc de vendeur : annoncer l'heure du rendez-vous comme si on s'était déjà mis d'accord. « Je serai devant la porte à quatre heures », avait-il dit, sachant instinctivement qu'elle n'était pas du genre à l'envoyer sur les roses. Quel culot il avait eu, maintenant qu'il y repensait. Et d'abord, comment avait-il su qu'elle n'était pas mariée ? Les mains, bien sûr. Blanches et nues. Ensuite, avant qu'elle quitte son travail, il avait filé prendre un rendez-vous au palais de justice, au cas où elle lui aurait demandé un nom.

Ses jambes sont aussi bien faites qu'il l'espérait.

Une colline basse et un carrefour apparaissent, la route s'éloigne de la plage. Sexton prend l'embranchement de gauche, qui le mène à un quai et à un minuscule village égrenant maisons et cabanes, avec une bicoque qui vend du poisson presque tout au bout. Un vent d'est violent tend un drapeau. De l'autre côté de la rue, devant un magasin, un vieil homme est assis dans un fauteuil à bascule. Dans la vitrine on aperçoit des enseignes : NEHI, ZA-REX et OLD GOLDS.

Quand Sexton descend de voiture, son manteau se gonfle derrière lui. Il traverse la rue, le ferme bien et maintient son chapeau sur sa tête. Au moment où il arrive sur le perron, le vent cesse brusquement, comme si on avait fermé une porte. Il allume une Lucky Strike et froisse le paquet vide.

— Bonjour, dit-il à l'homme.

Habillé d'un costume léger d'été dont le pantalon remonte haut sur son ample ventre, le vieux type a les jambes écartées. Il porte un nœud papillon et un canotier, et une médaille est épinglée au revers de son veston. Sexton aperçoit la chaîne arrondie de sa montre de gousset, mais pas la montre elle-même. Quand le vent tombe, il fait agréablement tiède sur la terrasse, constate Sexton. Il jette le paquet de cigarettes vide par-dessus la balustrade.

— 'jour, répond l'homme.

Une seule syllabe, dénuée de toute inflexion. Difficile de savoir s'il est content de le voir ou non.

— Il ne fait pas si mauvais, reprend Sexton.

— Non, pas du tout.

Les mains du vieil homme, l'une tenant une canne, l'autre un mouchoir, sont criblées de taches brunes et de nævi. Sexton tire longuement sur sa cigarette.

— Il y a du vent d'est aujourd'hui, ajoute l'homme.

— Mais sur la terrasse, il fait bon.

— Elle est à vous, la voiture ?

— C'est une Buick.

— De 27 ?

— 26.

— Elle a combien au compteur ?

— À peu près six mille cinq cents kilomètres.

— J'espère que vous avez fait une affaire.

Un accent marqué du New Hampshire, monocorde.

— Oui, je crois, dit Sexton.

— Qu'est-ce qui vous amène par ici ?

— On nous a demandé, à ma femme et à moi, de nous occuper d'une maison.

Les mots « ma femme » lui procurent un agréable choc.

— Quelle maison ça peut bien être ?

— Celle qui se trouve au bout de la plage. À deux étages. Blanche avec des volets noirs. En assez mauvais état.

— Ça doit être l'ancien couvent.

— Un couvent ? répète Sexton.

— Il y a de ça trente-cinq à quarante ans, c'en était un. L'air salé a tôt fait de dégrader une maison.

— Elle est vide. Nous ne nous y attendions pas.

— Pourquoi ? Ça fait maintenant quatre ans qu'elle est vide.

— Je suppose qu'on ne m'a pas donné les bons renseignements.

— Oui, ça doit être ça.

Le vieil homme fait mine de se lever.

— Restez assis. Je vais entrer jeter un coup d'œil. Le propriétaire est à l'intérieur ?

— Vous l'avez devant vous.

Sexton observe les bras qui se déplient d'une manière sinueuse.

— Je m'appelle Hess. Jack Hess.

— Sexton Beecher.

Dans la sienne, la main du vieillard n'est qu'un paquet d'os – des os d'oiseau, fragiles.

— Je n'ai pas grand-chose en matière de mobilier, dit le vieil homme. Mais si vous cherchez de la quincaillerie, je pense pouvoir vous dépanner. Nous faisons les articles courants.

Pendant que Jack Hess se propulse dans le magasin, Sexton tient la porte grillagée. Le vieil homme marche voûté, et, en le regardant, Sexton a envie de se courber lui aussi.

S'habituer à la pénombre après la forte luminosité qui émane de l'eau réclame un certain temps. La boutique regorge de coffres, caisses, boîtes en fer-blanc, crochets auxquels pendent ou sont posés toutes sortes d'ustensiles et de produits alimentaires. Ampoules, balais, poignées de porte, treuils de bateau, cages à oiseaux, marmites émaillées, ventilateurs, haches, couteaux, toutes sortes de brosses et de pinceaux, peinture, vernis, pétrole, pelotes de ficelle, râpes à fromage, hachoirs à viande, bocaux à confitures, débouchoirs à ventouse, patins à glace (patins à glace !), et même une chaise métallique suspendue à l'envers à un crochet. Malgré le fouillis, le magasin paraît d'une grande propreté, le parquet verni brille, et le comptoir en acajou, avec ses bocaux de vis, de charnières et de boutons, semble tellement impeccable qu'on pourrait le lécher. Derrière la caisse, des conserves. Des raisins secs, de la farine, des céréales. Du café en grains à côté d'un moulin.

— Voilà, je crois que j'ai tout ce qu'il me faut, dit Sexton.

— S'il y a quelque chose que vous ne trouvez pas ici, c'est sûrement que vous n'en avez pas besoin.

— Sûrement.

— Je peux vous laisser la seule chaise que j'ai à soixante-quinze *cents*.

— Oui, je l'ai vue.

— Si vous manquez de tout, je peux vous dépanner avec des caisses.

— Nous manquons de tout.

— Vous travaillez dans quelle branche ?

Le vieil homme se poste derrière le comptoir, prêt à attraper ce que Sexton pourrait lui demander.

— Je suis représentant en machines à écrire.

— Pas possible !

— Si, si.

Sexton sort pour écraser sa cigarette sous son talon.

— Vous vous baladez dans votre automobile, là, et vous vendez des machines à écrire ? demande le vieil homme quand Sexton repasse la porte grillagée.

— Oui.

— J'crois pas avoir besoin d'une machine à écrire, dit le vieil homme en butant sur les derniers mots.

— Sans doute pas. Même si ça pourrait vous aider avec les factures. Et les commandes.

— C'est plus facile de les écrire à la main.

Sexton se met à rire.

— À qui vous les vendez ?

— À des jolies filles.

Le sourire du vieil homme découvre des dents jaunies.

— Vous voulez faire un tour en voiture ? propose Sexton.

— Dans votre Buick ?

— Vous pourriez me montrer le coin.

— Je ne veux pas vous empêcher de faire vos courses.

— J'ai le temps.

— Je ne veux pas vous empêcher non plus d'aller retrouver votre femme. Elle dit rien quand vous prenez votre temps ?

— Je l'ignore, répond Sexton. Ça fait seulement une journée que je suis marié.

— Seigneur ! s'exclame le vieil homme en avançant d'un pas vers la porte.

Jack Hess est assis, jambes écartées. Soit son ventre est devenu trop gros, soit il a perdu l'usage des muscles de ses cuisses.

— Vous devriez essayer la filature, de l'autre côté des chutes d'eau, si vous voulez vous débarrasser de ces machines à écrire, dit-il.

— Votre magasin marche bien ? lui demande Sexton.

— En été, oui. L'hiver, c'est plus morne qu'un sermon de prédicateur. Voilà le Highland Hotel. Ils font un gâteau de riz épatant.

La Buick contourne une pointe rocheuse. D'un côté de la route s'étire un littoral inhospitalier ; de l'autre des maisons plus grandes que toutes celles que Sexton a vues jusqu'ici. Il lâche un sifflement admiratif.

— Il y a là plus d'argent que de bon sens, reprend Jack Hess. Celle-ci appartient à Gordon Hale. Il possède l'une des filatures, là-bas, à Ely Falls. Ça, c'est la maison de George Walker. C'est son grand-père qui a lancé la chaîne d'hôtels Walker, voyez-vous. Et celle-là, c'est à Alice Beam. Son père a fait fortune dans la navigation. Elle passe également l'hiver ici. Une cinquantaine d'entre eux le font. Vous avez du chauffage ?

— Je crois, répond Sexton. Du moins je l'espère.

— Bon, il fallait bien qu'il y en ait pour le foyer.

— Le foyer ?

— Les gens qui vous louent ne vous ont pas dit grand-chose, hein ?

— Non, pas grand-chose.

— Une femme est venue ici dans sa jeunesse – oh ! Ça doit faire trente ans maintenant –, elle est tombée amoureuse d'un médecin et… bon, c'est une longue histoire, je vous la raconterai un autre jour. Toujours est-il qu'elle est partie, et puis elle est revenue créer une institution pour des filles qui s'étaient retrouvées elles aussi enceintes. C'était d'ailleurs une magnifique initiative. Jamais personne ne s'est plaint sur la plage, et pourtant la maison était pleine de filles qu'on pourrait qualifier d'intrépides. Elle a fermé il y a quatre ans.

Sexton se range pour laisser passer un véhicule à grosses roues.

— Le foyer a été un couvent ?

— Il y a des années. Des religieuses françaises du Québec.

Derrière les buissons d'églantines l'océan s'étend jusqu'à l'horizon. Un bleu soutenu surmonté de moutons blancs. Sexton attrape dans sa poche un paquet neuf de Lucky Strike et l'ouvre habilement tout en conduisant.

— Vous en voulez une ? demande-t-il à Jack Hess.

Le vieil homme soupire et secoue la tête.

— J'écoute le médecin maintenant. J'ai dû renoncer à tout… à ci, à ça et au reste.

Sexton remet le paquet dans sa poche.

— Ma femme est morte en 24, reprend Hess. Depuis je ne suis plus le même. Je ne mange pas bien et je ne dors pas bien. Être heureux en ménage, c'est tout ce qu'il faut dans la vie, monsieur Beecher. Je vous envie d'en être au début, je vous assure. Vous vous amuserez bien si vous ne vous laissez pas détourner du droit chemin. Et les temps sont favorables. On parle de boom, pas vrai ?

— Nous essayons d'économiser pour acheter une maison, dit Sexton.

— Qu'est-ce que vous demandez pour vos machines à écrire ?

— Ça dépend. Soixante-cinq dollars pour le modèle nº 7.

— Et combien gardez-vous là-dessus ?

— Huit pour cent, soit cinq dollars vingt *cents* pour la nº 7.

— Il va vous falloir un certain temps, monsieur Beecher.

Sexton sourit.

— Nous contracterons un emprunt, bien sûr.

— Les banques vous font les yeux doux, mais elles sont là pour gagner de l'argent, purement et simplement. Ce n'est pas un service qu'elles vous rendent. Elles vendent un produit, exactement de la même façon que vous vendez vos machines à écrire. Ne l'oubliez jamais.

Sexton incline poliment la tête.

— Et je vais vous dire autre chose, ajoute Hess. Ne vous croyez pas chez vous dans une maison tant que vous n'avez pas fini de la payer. Louer ou garder une maison, c'est différent. Ça permet de faire des économies, ce qui est estimable.

Sexton incline de nouveau la tête. Ces vieux ballots, pense-t-il. Ils n'arrivent pas à se mettre au goût du jour. Ils vous bombardent de conseils d'un autre âge.

— Je m'arrêterai là pour aujourd'hui, conclut Hess. Un vieux, parfois, ça ne sait pas se taire. Retournons au magasin à présent. Nous allons nous occuper de vous et de votre jeune femme. Elle fait bien la cuisine ?

Sexton hausse les épaules.

— Je n'en ai pas la moindre idée.

Vivian

Vivian enfonce le plus possible son baku, ce chapeau de paille à large bord, et en outre elle porte ses lunettes noires. Elle a réussi à avaler deux aspirines qui n'ont pas encore entamé son mal de tête. Tout à l'heure, allongée sur son lit, elle s'est dit qu'elle avait besoin de prendre l'air. Courageuse, elle a décidé d'aller sur la plage et de faire la paix avec le soleil arrogant.

Un serveur lui apporte un fauteuil de toile et un parasol rayé, et elle s'assied avec précaution, chaque mouvement provoquant une douloureuse secousse. Elle aurait dû manger, pense-t-elle. Si le serveur revient, elle commandera quelque chose de sucré. Du thé avec du sucre. Oui, ça pourrait être tout à fait indiqué.

La marée est basse, la plage s'étend assez loin. L'air est frais, humide et, si elle ferme les yeux et reste parfaitement immobile, la douleur devient presque supportable. Elle devrait plonger dans l'eau, elle le sait bien. C'est le meilleur remède qui soit contre la gueule de bois. Mais elle serait obligée d'aller enfiler son maillot de bain à l'hôtel et elle n'a pas la vigueur nécessaire. Une odeur d'huile de coco lui parvient, et des voix ponctuées de hurlements d'enfant l'entourent. Sur la terrasse, derrière la balustrade, des clients sirotent un dry martini avant le déjeuner. À cette seule idée elle ne peut s'empêcher de poser une main sur son estomac.

Elle entrouvre les yeux et louche – ô mon Dieu, voilà Dickie Peets qui promène un chien au bord de l'eau, les souliers à la main, les pieds mouillés, son pantalon de flanelle blanche retroussé. Elle se penche comme si elle cherchait un objet tombé dans le sable et espère que Dickie ne lèvera pas les yeux et ne l'apercevra pas. Elle se tient dans cette position, qui n'améliore en rien son mal de tête, jusqu'au moment où elle estime que le danger est passé.

— Viv ?

Elle se redresse et s'abrite les yeux de la main.

— Dickie ! s'exclame-t-elle, feignant la surprise.

— Je ne m'attendais pas à te voir levée aussi tôt.

Un petit chien couleur sable pose les pattes sur la jupe de Vivian. Dickie attrape l'animal pour l'éloigner.

— Le temps est superbe ce matin, dit-elle sans relever la remarque précédente. De quelle race est ce chien ?

— C'est un bâtard, je pense.

— On dirait un mouton. Comment s'appelle-t-il ?

— Je n'en sais rien. Je crois que je vais l'appeler Sandy [1].

— Comme c'est original.

— Il n'est pas à moi.

— Je m'en doutais.

— Je l'ai trouvé en train de gémir dans l'escalier ce matin.

Dickie a l'air remarquablement en forme, songe Vivian, pour quelqu'un qui a levé le coude autant qu'elle, sinon plus. Elle le revoit allongé, nu, en position fœtale, sur le carrelage de la salle de bains.

— Je ne suis pas de très bonne compagnie pour l'instant, avoue-t-elle.

— Moi non plus, alors je crois que nous nous accorderons parfaitement.

Dickie s'assied sur le sable pour soulager son genou blessé. Il porte lui aussi des lunettes noires, elle ne voit donc pas ses yeux.

— Je ne suis pas sûre de pouvoir mener une conversation, prévient-elle.

— Je ne prononcerai pas un mot.

À côté de lui, le chien halète.

— Il a sans doute besoin de boire, dit Vivian.

— Il va très bien. Je l'emmènerai à l'intérieur un peu plus tard. Et toi, tu vas bien ?

— Aussi bien que possible.

Elle s'interrompt, puis soupire et ajoute :

— Affreusement mal, si tu veux la vérité.

— Moi c'est pareil, si ça peut te consoler.

— Pas vraiment, mais merci quand même.

1. Couleur sable. *(N.d.T.)*

Vivian se frotte le front en petits mouvements circulaires. Les vagues semblent encore plus engageantes à présent. Elle devrait peut-être s'excuser et aller chercher son maillot.

— On a pris une sacrée cuite, dit Dickie.

— Oui. Je ne veux pas y penser.

— J'ai retrouvé ta chaussure. Dans le couloir, devant ma chambre.

Elle se presse la tempe.

— Renvoie-la-moi par la poste.

— D'après ce que j'ai cru comprendre, il a fallu porter Sylvia jusqu'à sa chambre.

— C'est vrai ? Qu'est-ce qui lui a pris de pleurer comme ça au dîner, d'ailleurs ?

L'océan sent la plage aujourd'hui, songe-t-elle. Une certaine odeur de mer, de sable et d'huile solaire.

— John s'est trouvé une petite amie. Il a délibérément ignoré Sylvia. J'ai fini par lui dire d'arrêter. Ce type est un sadique, si tu veux mon avis.

— C'est marrant, je ne me rappelle pas ce moment-là, dit Vivian.

Le martèlement des vagues a quelque chose de réconfortant. Encouragées par un malheureux enfant qui les nourrit, les mouettes fondent sur le sable.

— J'imagine qu'il y a des pans entiers de conversation dont tu ne te souviens pas.

— Espèce de sale insolent ! s'écrie Vivian d'un ton léger.

— Je ne le nie pas.

Vivian lisse la jupe de sa robe en lin blanc puis porte les mains à ses yeux.

— Qu'est-ce qu'on est en train de faire, Dickie ?

— Je ne sais pas, Viv. Que veux-tu dire ?

— Notre comportement est terrible. Et nous sommes là depuis un jour à peine.

— N'est-ce pas précisément ce que nous cherchons ? À avoir un comportement terrible ? L'été ?

— Il doit bien y avoir quelque chose de mieux à faire.

— Par exemple ?

— Tu n'as aucune imagination.

— C'est bien possible.

— Quelque chose de moins inutile. De moins égoïste.

— Tout le monde voudrait être à notre place, Viv.

— C'est bien triste, dit-elle en regardant la brume à l'horizon.

Elle adore la lumière diffuse, celle dans laquelle les objets n'ont pas de contours bien nets.

— C'est même d'une tristesse insupportable, renchérit Dickie. Tu n'aurais pas envie d'un dry martini ? Pour reprendre du poil de la bête ?

Elle enfonce les orteils dans le sable.

— Va-t'en !

— Du thé avec des glaçons ?

Elle hausse les épaules. Dickie cherche le serveur des yeux, attire son attention et commande deux thés glacés.

— À propos d'hier soir…, commence-t-il.

Vivian lève une main. C'est là une conversation qu'elle ne tient pas à avoir.

— Désolée de te décevoir, Dickie, mais tu n'es pas le premier.

Il tripote un coquillage et s'en sert pour piocher du sable entre ses jambes.

— Ce n'est pas l'impression que j'ai eue, réplique-t-il tranquillement.

— Ni même le huitième, si tu veux le savoir.

Il paraît légèrement surpris.

— Vraiment ? À ce point-là ?

— J'en ai peur.

— Comment ça se fait, Viv ?

Elle allonge ses jambes nues et enterre ses pieds dans le sable.

— J'ai vingt-huit ans. J'en aurai vingt-neuf en septembre. J'ai laissé passer ma chance.

— Balivernes !

— D'ailleurs je ne crois pas au mariage.

— Vraiment pas ?

— Cite-m'en un qui soit un succès.

Il réfléchit un instant.

— Jean et Eddie ?

— Elle est tellement nouille. Ça ne compte pas.

Dickie médite.

— Tu vois ? dit Vivian.

— Mon cerveau n'est pas au mieux de sa forme ce matin. Tu as sûrement reçu des demandes en mariage.

— Mon Dieu ! oui.

C'est vrai. Elle en a eu des dizaines. Bon, pas des dizaines. Peut-être six ou sept. Dont deux sérieuses.

— Tu joues les affranchies, mais je ne suis pas vraiment sûr que tu le sois.

— Compte là-dessus !

— J'ai une petite amie, annonce-t-il soudain. En fait, je suis fiancé. Je vais me marier.

Un petit sursaut remonte le long de la colonne vertébrale de Vivian qui se penche légèrement en avant. Dickie, fiancé ? Elle accuse le coup. Elle devrait être bouleversée. Furieuse, même. Faut-il qu'elle réagisse avec fureur ? Mais, curieusement, la nouvelle de Dickie lui fait du bien, comme si elle plongeait dans la mer. Au début c'est douloureux, ensuite rafraîchissant.

Elle baisse ses lunettes noires et scrute l'homme assis à côté d'elle.

— C'est là un petit détail que tu as peut-être omis de mentionner hier après-midi ?

Dickie détourne les yeux.

— J'espère qu'elle a les idées larges, ajoute Vivian. De qui s'agit-il ?

— Quelqu'un que j'ai rencontré à La Havane.

Vivian ressent un petit pincement de jalousie, puis un pincement plus fort de curiosité. À La Havane, tout le monde est forcément intéressant. On ne va pas là-bas si on n'est pas intéressant. Elle appuie la tête contre le dossier de toile et feint de s'assoupir.

— Mais je ne suis pas certain de l'aimer, reprend Dickie. C'est là le problème.

— Ne commence pas à pleurnicher, lui rétorque Vivian. Je ne supporte pas les hommes qui pleurnichent.

Dickie lance le coquillage vers la mer.

— J'essayais seulement de t'expliquer pour hier.

— Ne pas aimer quelqu'un ne dispense pas d'être fidèle.

— Tu y crois, toi, à tout ça ? La fidélité, les vœux, et ainsi de suite ?

— Je n'en suis pas sûre.

— C'est seulement que tu avais l'air tellement… tellement… je ne sais pas, moi, chic, là, à la réception. Personne n'a ton élégance, Viv.

— Ne sois pas flagorneur. C'est indigne de toi.

— Mais c'est la vérité.

Elle jette un coup d'œil sur les tibias de Dickie, longs, nus, couverts de sable. Un serveur apparaît avec deux thés glacés, une rondelle de citron dentelée plantée sur le bord de chaque verre.

— J'espère que tu n'es pas en train de tomber amoureux de moi, dit Vivian en se redressant.

Elle prend son verre et boit une gorgée.

— Je ne crois pas, répond Dickie avec franchise, trop de franchise, selon Vivian. Quelle est ton histoire, Viv ?

— Que veux-tu dire par là ?

— Il paraît que ta mère est partie avec un autre homme. Un industriel français, quelque chose dans ce goût-là.

— Il y a une certaine contradiction dans les termes, réplique Vivian. Mais oui. C'est vrai. Quand j'avais huit ans.

— Pauvre Viv !

— Je la connaissais à peine, alors ce n'est pas la peine de me plaindre.

— Je n'irais jamais te plaindre, Viv. Tu es sans doute la dernière personne que je plaindrais. J'éprouverais sûrement d'abord de la pitié pour moi avant d'en éprouver pour toi.

Dickie pose son verre dans le trou qu'il a creusé dans le sable pour que le chien puisse boire.

— Quand te maries-tu ? demande Vivian.

— À Noël.

— Je t'enverrai un cadeau.

Elle réfléchit une minute, puis ajoute :

— Une jolie lampe en pâte de verre.

— Viv…

— Je ne plaisante pas. Je connais un endroit où on peut dénicher de magnifiques lampes en pâte de verre.

— Tu veux déjeuner ?

— Qu'est-ce qu'il y a au menu ?

— Du haddock, je crois. Et de la tarte aux fraises.

Vivian secoue la tête.

— Je suis sûr qu'on pourrait avoir des sandwiches.

— Des sandwiches au concombre ? demande-t-elle.

Elle se représente un sandwich au concombre bien frais.

— Tes bras commencent à rosir, glisse-t-il.

Elle s'affale dans son fauteuil de toile et la tête lui tourne un instant.

— Oui, il faut que je mange quelque chose, dit-elle.

Dickie se lève et époussette son pantalon. Il lui prend la main et l'aide à se lever. Elle pose le front contre sa poitrine.

— Qu'est-ce que nous sommes en train de faire, Dickie Peets ?

— Je n'en sais rien, Viv. Je n'en sais vraiment rien.

Alphonse

Assis sur la plage, en culotte courte, Alphonse observe la femme brune et l'homme allongés sur une couverture, mais il détourne les yeux quand la femme fait glisser sur ses épaules les bretelles de son maillot de bain marron. Il enfonce ses pieds dans le sable et les enterre. La transpiration rend sa peau toute luisante.

Il voit la femme remettre ses bretelles en place, se lever et marcher vers la mer, lentement tout d'abord, puis plus vite, si bien qu'elle court presque quand elle arrive au bord de l'eau. Elle s'arrête alors, trempe un pied et le ressort aussitôt. L'homme appelle « Honora ! », la femme tend les bras pour garder l'équilibre, franchit les vagues d'un saut puis plonge dans l'océan. Le froid lui fait un tel choc qu'elle se remet tout de suite debout et braille involontairement. L'homme accourt, plonge et nage sous l'eau pour rejoindre la femme. Alphonse aimerait bien savoir nager et essaie d'imaginer l'impression qu'on doit éprouver quand on retient son souffle et qu'on se jette à l'eau. Est-ce qu'on ferme les yeux ou est-ce qu'on cherche à voir des poissons ?

La femme reste debout un moment, mais bientôt une vague la fouette et ses genoux fléchissent. Elle se frotte les yeux puis se met à rire. Elle rit comme le fait parfois la mère d'Alphonse quand elle est au bord des larmes. Hystériques, les notes s'élèvent dans l'air avant de partir à la dérive. Une vague ramène la femme vers le rivage, la projette sur le sable, puis recommence à la pousser vers le large. Alphonse s'imagine que la femme se noie et qu'il va devoir la sauver.

La femme enfonce doigts et genoux dans le sable et s'accroche, tandis que l'océan essaie de l'entraîner. Elle rampe vers le bord de l'eau, se retourne, s'assied sur le sable, remonte les genoux et les agrippe de ses bras. L'eau a raidi ses cheveux bruns bouclés. Aplatis sur sa tête, ils ressemblent à un bonnet. Le jeune garçon observe l'homme qui ploie le corps vers elle et se jette sur la crête d'une vague. Il fend l'eau comme un requin.

Honora

Après leur bain de mer, Sexton ôte le sel des fenêtres du rez-de-chaussée pendant qu'Honora récure les placards de la cuisine. Elle lui donne un balai à la brosse entourée d'un chiffon, et il retire les toiles d'araignée. Tandis qu'elle passe les murs à l'eau de Javel pour les débarrasser des moisissures, il ouvre à l'aide d'un burin les fenêtres au bois gonflé. Elle nettoie les radiateurs crasseux, et il ramasse le charbon qui a roulé sur le sol de la cave. Elle déplie sur un échafaudage de caisses la nappe que sa mère lui a brodée et y dépose les assiettes et les couverts dépareillés que Sexton a achetés au magasin du voisinage. Elle met des églantines dans un verre et boit dans l'autre avec son mari. Pour dîner, ils ont du porc avec des haricots en boîte, du pain bis et du pudding – un mélange de farine de maïs, de lait et de mélasse.

Les jours suivants Sexton fabrique un lit en forme d'estrade sur lequel ils posent le matelas. Des caisses leur servent de tables de chevet, et Honora coud des rideaux avec le tissu qu'elle a trouvé sur le palier. Sexton coupe les morceaux de papier peint décollé, et Honora astique des chenets abandonnés.

Tous les soirs, une fois leurs tâches accomplies, Sexton et Honora prennent un bain. Honora aime bien être seule pour faire sa toilette, mais Sexton dit qu'il préfère avoir de la compagnie. Il se penche légèrement en avant, et Honora lui savonne le cou, les épaules et le dos. Tout en le lavant, elle pense à la manière dont le destin a poussé Sexton Beecher à déplier une carte, à choisir un itinéraire et à se rendre à Taft, dans le New Hampshire, où il est entré dans une banque et a trouvé Honora Willard de l'autre côté du guichet. Et si elle avait été en train de déjeuner ? se demande-t-elle. S'il avait vu le panneau indiquant Webster et s'y était rendu ? S'il avait été retenu à Manchester ? S'il avait eu un pneu à plat ?

Un soir, après le bain et le dîner, Sexton et Honora vont se promener sur la plage. Sur le point de se coucher, le soleil jette sur l'eau et les cottages une lumière rosée. Près du rivage, les vagues sont roses. Honora s'arrête et se baisse pour ramasser un morceau de verre bleu pâle. De ses doigts elle en frotte les arêtes lisses. Le verre est trouble, comme si de la brume demeurait piégée dans le tesson malmené.

— Qu'est-ce que c'est ? lui demande Sexton.

— Du verre. Mais il n'est pas coupant. Tiens. Touche.

Malgré le bain, de la peinture blanche est restée incrustée sur les doigts de Sexton. Il lève le tesson vers la lumière.

— C'est d'être resté dans la mer qui produit cet effet, explique-t-il en le lui rendant. La couleur est jolie.

— D'où peut-il venir, à ton avis ?

— C'est un détritus. Jeté aux ordures. Mis à la poubelle.

— C'est vrai ? Moi je le trouve assez beau.

— Je dois me remettre au travail, annonce Sexton début juillet.

Honora a toujours su que ça devait arriver, mais elle n'en est pas moins surprise.

— Déjà ? demande-t-elle.

— Il faut bien que quelqu'un gagne notre vie.

Ces paroles sont prononcées gentiment, sans arrogance ni irritation. Depuis l'âge de quinze ans, Honora a travaillé, d'abord au palais de justice, puis à la banque, mais la question de savoir si elle ne pourrait pas prendre un emploi n'a pas été abordée. Tous deux présument qu'elle restera en retrait et tiendra la maison. Il y a assez de travail pour occuper n'importe quelle femme pendant plusieurs mois.

— Je pourrais t'accompagner, suggère Honora.

— C'est contraire au règlement de la société, réplique Sexton. Ils me mettraient à la porte.

Ils sont assis à la table de cuisine et viennent de manger un pain de dinde et une tourte aux oignons. Pour plus de commodité, elle a remplacé la nappe brodée par une toile cirée rectangulaire à carreaux bleus achetée chez Jack Hess.

— Comment va-t-on faire ? questionne-t-elle.

— Je te donnerai de l'argent.

Elle jette un coup d'œil sur les titres du journal posé à côté de l'assiette de Sexton. LA FÊTE DU 4 JUILLET FAIT 148 VICTIMES. Elle retourne le journal pour lire l'article. Un graphique est dessiné en regard. Sept personnes ont été tuées par des feux d'artifice, soixante et onze dans des accidents de voiture, et soixante-dix se sont noyées.

— Combien d'argent avons-nous ? demande-t-elle.

Il lève les yeux et réfléchit une minute.

— Quatre-vingts dollars, répond-il.

Elle tend la main par-dessus la table de fortune et la lui pose sur l'avant-bras.

— À l'idée que tu t'en vas, j'ai besoin de te toucher, dit-elle, ce qui les surprend tous les deux.

Sa peau est chaude à travers la chemise. Honora a déjà lavé et repassé cette chemise plusieurs fois. Si elle a bien compté, il possède six chemises habillées, deux chemises de travail, deux costumes, un pantalon de travail (maintenant maculé de peinture) et un chandail bleu marine bouloché.

Ce contact semble l'émouvoir.

— Je pourrais t'emmener, après tout, propose-t-il.

Honora le voit envisager cette idée comme si c'était lui qui l'avait eue, comme si elle venait de lui traverser l'esprit.

— Tu serais mon assistante. Tu sais taper à la machine, bien sûr ?

— J'ai dû apprendre pour travailler au palais de justice.

— Tu te mettrais à la machine pour faire une démonstration, dit-il, l'air songeur. Personne ne pourrait résister à ces mains.

Il réfléchit une minute puis ajoute :

— En tout cas, moi je n'ai pas pu.

— Tu n'as pas pu ?

— Le jour où j'ai fait ta connaissance. Quand je suis entré dans la banque. Ce sont tes mains que j'ai remarquées en premier. Sous le guichet.

Comme s'il voulait prouver la véracité de cette assertion, il lui prend la main et la tient au-dessus de son assiette vide. Le savon de la lessive en a rendu la peau très légèrement rugueuse.

— Tu devrais utiliser du lait adoucissant Jergens, lui conseille-t-il.

Sexton aime à dire qu'il couvre les trois P – Portland, Portsmouth et Providence – et tout ce qui se trouve entre ces villes. Il indique leur itinéraire sur la carte, et Honora suit la route avec son doigt. D'Ely ils vont gagner Portsmouth, puis emprunter la route 4 vers Dover, South Berwick et Sanford. De là ils prendront la 111 pour attcindre Saco, puis ne quitteront pas la 1 jusqu'à Portland. Pour revenir au sud, ils se dirigeront vers l'ouest, en passant par Hollis Center et Shapleigh, puis bifurqueront vers Nashua, Lowell et Worcester. Ils iront à Boston, Woonsocket, Pawtucket, et enfin à Providence. Ensuite ils verront.

— Grâce à toi, je ne manquerai pas de chemises propres, dit-il.

— Où allons-nous loger ?

— Dans des cabanes.

Honora sait ce que ça veut dire. Ces bâtiments à pièce unique, avec des comptoirs servant de cuisine et des salles de bains communes construites à l'extérieur sont très fréquentés par les touristes qui visitent la région des lacs, non loin de Taft.

N'empêche que c'est une aventure.

Sexton la fait passer pour Mlle Willard, son assistante. Elle porte son tailleur de mariage beurre frais et ôte son alliance. Au fil des jours, une routine s'installe : elle serre la main du client et, très lentement, doigt par doigt, retire ses gants, s'assied devant la machine à écrire, effleure les minuscules touches ovales cerclées d'argent. Elle tape presque aussi vite que Sexton parle, et ses mains s'agitent, indistinctes, au-dessus du clavier. Son mari ne cesse pas un instant le boniment qu'il sert au client et, quand il a terminé, Honora arrache une page magnifiquement tapée, comme un magicien sortirait un lapin de son chapeau. Elle a dactylographié le compte rendu intégral de la conversation qui vient de se dérouler.

Si on veut acheter quelque chose qui en vaut la peine, autant l'acheter tout de suite, a-t-elle tapé.

« Plus tôt vous l'aurez, plus tôt elle vous rapportera de l'argent », a dit Sexton.

Retarder votre achat, c'est le payer plus cher.

« Décidez-vous tout de suite pour que ça vous coûte le moins cher possible. »

Honora observe l'expression du client, qui commence à envisager l'achat. Tous sans exception sont impressionnés par la feuille dactylographiée.

— Quel chariot préférez-vous ? demande Sexton. Le large ou l'étroit ? Quel support vous conviendrait le mieux ? Le haut ou le bas ?

Le client se mord les joues tout en observant les mains véloces d'Honora.

— Préférez-vous le rabais ou les quatre versements mensuels ?

Songeant peut-être à la possibilité de taper lui-même, ou de dicter à la jolie assistante qu'il pourrait avoir lui aussi, le client garde un instant le silence.

— Voici la description de ce qu'il vous faut, dit Sexton en se préparant à assener le coup de grâce. Puis-je prendre votre commande à présent ?

Il arrive cependant qu'un client se montre récalcitrant.

— Oui, mais…

— C'est bien pourquoi…, riposte Sexton.

— Je ne suis pas sûr de…, ajoute le client en atermoyant.

— J'y viens justement, dit Sexton qui, avec une insistance étalonnée avec précision, lui demande : Quelle est la véritable raison qui vous fait hésiter ?

Dès que le client signe, Honora se lève et remet ses gants. Le plus important dans une vente, lui a inculqué Sexton, est de partir aussitôt l'affaire conclue. On ne gagne rien à s'attarder. Le client peut changer d'avis.

De temps à autre le boniment de Sexton tracasse Honora. Est-il vrai, par exemple, que si on veut acheter quelque chose qui en vaut la peine, autant l'acheter tout de suite ? Que plus tôt on achète une machine à écrire, plus tôt elle vous rapportera de l'argent ? Il lui semble qu'il pourrait y avoir une faille dans cette logique, et que retarder un achat n'est pas forcément le payer plus cher.

Le fait de retirer lentement ses gants et l'absence de son alliance l'inquiètent aussi. Quand Sexton et elle ont imaginé cette mise en scène, c'était amusant, frivole, une blague qui les faisait bien rire. Mais au bout de la troisième ou quatrième fois, les gestes semblent être devenus plus sérieux, et Honora se sent mal à l'aise. Indéniablement, on sous-entend que Mlle Willard – ou ce que représente Mlle Willard – pourrait aller de pair avec la machine à écrire.

Au cours de leur première tournée, Sexton vend vingt-trois machines et empoche au total plus de cent trente-deux dollars de commission. Cette somme leur paraît à tous deux une fortune. L'après-midi, dans les cabanes, Sexton et Honora font l'amour sous des couvertures qui sentent le moisi, au son d'une occasionnelle automobile, de passage sur la route 4 ou 111. Les lits sont défoncés au milieu, les oreillers aussi minces qu'une courtepointe, et quand ils ont fini, ils sont obligés de dormir écrasés l'un contre l'autre tant ils sont à l'étroit.

— Tu en mets, du temps ! lui dit Sexton un après-midi.

Honora sent son souffle sur le lobe de son oreille. Sa chemise de nuit est toute remontée, si bien que seul un bout de tissu léger lui couvre le ventre. Dès qu'elle change un tout petit peu de position, un fluide s'écoule de son corps et se répand sur les draps. Cette intimité, dont sa mère, même si elle l'avait voulu, n'aurait pas pu lui parler, la terrifie.

Sexton

— Il paraît que Bill Stultz était soûl quand son avion s'est écrasé, dit Rowley. Avez-vous déjà volé, monsieur Beecher ?

Par-dessus le bureau, Sexton sent une bouffée de whisky dans l'haleine du président de la banque. Il n'est pas encore onze heures du matin. Kenneth Rowley a l'air jeune pour un président de banque – trente-huit ans, peut-être quarante. Il a dû hériter d'un poste dont il n'avait pas envie, décide Sexton en laissant courir son regard tout autour de la pièce : murs lambrissés d'acajou, rebords de fenêtre tellement hauts qu'il pourrait y appuyer le menton, bureau curieusement impeccable.

— Non, jamais, répond Sexton. Mais ça me plairait beaucoup.

En réalité, il n'est pas certain que ce soit vrai. Il aime bien l'aventure, il aime la route plus que la plupart des gens, mais il a toujours voulu savoir ce qui faisait tenir un avion en l'air.

Une secrétaire d'un âge indéterminé entre avec deux grands verres de café glacé posés sur un plateau en argent. Elle dépose le tout, lisse la jupe de son tailleur en tweed léger et lance un regard à Sexton. Elle s'appelle Mlle Alexander, si sa mémoire est bonne. Il lui fait un clin d'œil quand elle se retire.

— Du lait ? propose Rowley.

— Oui, s'il vous plaît.

— C'est bizarre, la manière dont ils essaient tous d'établir un record. Entre Portsmouth et Rome, d'après ce qu'on raconte.

Sexton observe le liquide ivoire qui tourbillonne dans le café et se demande à quel moment il devra commencer son boniment de vente.

— Qu'est-ce que vous avez comme voiture ? lui demande Rowley en remuant le lait.

Il fait glisser vers Sexton un café posé sur un dessous de verre.

— Une Buick. De 26.

— Elle vous plaît ?

— Je l'adore.

— Avez-vous vu la nouvelle Essex ?

— Pas de près.

— J'en ai acheté une pour ma femme la semaine dernière, dit Rowley en se carrant dans son fauteuil. Amortisseurs hydrauliques. Freinage sur les quatre roues. Protège-radiateur. Filtre à air. Je l'ai payée six cent quatre-vingt-quinze dollars.

— Comment est la conduite ?

— Ça glisse comme une chatte bien mouillée. Vous êtes marié, monsieur Beecher ?

— Ça fera un mois demain.

— Félicitations.

Sexton avale une gorgée de café et pense à Honora, restée dans la cabane. Il se plaît à l'imaginer en chemise de nuit, celle dont les bretelles lui tombent sur les épaules. Quand ils se sont réveillés ce matin, les draps et les oreillers étaient humides.

Rowley repose son verre.

— Alors, qu'avez-vous à me montrer, monsieur Beecher ?

— Eh bien, commence Sexton en se débarrassant de son verre de café glacé et en se penchant légèrement en avant sur son siège. Notre gamme de 1930 est enthousiasmante. Bien entendu nous fabriquons toujours la nº 6 et la nº 7, et nous avons sorti un nouveau modèle dont j'aimerais vous parler – je vais y venir dans une minute –, ainsi qu'un nouvel outil formidable appelé Copiograph, qui va vous laisser baba, mais je crois que vous serez surtout intéressé par notre modèle ultraplat, à la fois machine à calculer et machine à écrire.

Sexton marque une pause oratoire.

— C'est une machine qui vous permettra de suivre les transactions de chaque service sans embaucher de personnel supplémentaire. Elle combine toutes les méthodes de comptabilité en une unique opération simple. J'en ai une photo juste là.

Sexton sort un catalogue de sa mallette en cuir. Il l'ouvre à la bonne page et le tend par-dessus le bureau.

— Qu'est-ce que vous pensez de ces Athletics ? demande Rowley en jetant un coup d'œil sur le catalogue.

— Je crois qu'ils vont décrocher la timbale, répond Sexton.

Si Rowley lit le descriptif, Sexton sait que la vente sera assurée.

— Boston est lamentable, dit Rowley.

Il pose le catalogue sur le bureau sans avoir lu le descriptif.

— Qu'est-ce que cette machine va me coûter ?

— J'en ai une dans la voiture, répond Sexton en éludant la question du prix. Pourquoi ne pas me permettre d'aller la chercher pour vous faire une démonstration ?

Rowley garde le silence, on dirait qu'il vient de se rappeler un rendez-vous important.

— Si on veut acheter quelque chose qui en vaut la peine, autant l'acheter tout de suite, martèle Sexton.

D'une poussée, Rowley recule de son bureau dans son fauteuil à roulettes. En s'éloignant, le fauteuil semble avoir créé une certaine distance entre les deux hommes.

— Retarder votre achat, c'est le payer plus cher, ajoute Sexton en essayant de détendre ses épaules. J'ai aussi ce nouveau Copiograph dont je vous parlais. Que préférez-vous que je vous apporte ? À moins que je ne prenne les deux ?

Sexton fait mine de se lever.

Le président de la banque se rapproche de son bureau. Il examine un instant Sexton. D'un tiroir il sort deux petits verres et une bouteille et suggère :

— Que diriez-vous de faire descendre ce café ?

Honora

À Portland, Honora et Sexton ont une chambre avec salle de bains et eau chaude. Ils jouent à pile ou face pour savoir qui va l'utiliser le premier. Quand la vapeur embrume le miroir, Honora en frotte un coin avec son poing. Ses cheveux sont emmêlés sur sa tête et sa peau est rosie par une eau presque bouillante. Elle ne décèle aucune différence entre son état de femme mariée et celui de célibataire – ni satisfaction évidente ni embarras persistant. Ses yeux sont toujours grands et couleur d'ambre, et ses sourcils ont résolument besoin d'être épilés. Peut-être sa bouche est-elle plus molle qu'avant, et, tout bien considéré, c'est plutôt bon signe, pense-t-elle. Les femmes malheureuses, elle l'a observé pendant des années derrière le guichet de la banque, ont souvent la bouche pincée, avec des rides verticales qui montent vers le nez.

En cours de route Honora enlève les taches du tailleur beurre frais et lave les sous-vêtements, puis les suspend discrètement aux barreaux inférieurs des chaises en bois. Sexton aime bien manger dans des petites gargotes ou dans des restaurants bon marché, et il explique à Honora comment calculer ses dépenses. Si un budget prévoit cinquante *cents* de frais de nourriture par jour et que l'intéressé en dépense plus (en l'occurrence, si lui et sa femme en dépensent plus), les cinq dollars vingt de commission qu'il a gagnés ce jour-là se réduiront à quatre dollars soixante-dix, d'accord ?

Lorsqu'il doit voir un client qui connaît quelqu'un au siège, Sexton se rend seul au rendez-vous. Honora reste alors dans la cabane et lit, appuyée contre des oreillers aussi minces qu'une courtepointe. La tête de lit bouge parfois, et une odeur de moisi monte des couvertures en laine. Elle lit des magazines – *Woman's Home Companion* et le *Saturday Evening Post* – et des livres qu'elle a achetés dans des stations-service ou près des petits restaurants où ils mangent. *Rire noir. Une tragédie américaine. Contrepoint.* S'il fait froid, elle lit dans son chandail rose ; s'il fait chaud et que la cabane n'a pas de ventilateur, elle s'installe devant une fenêtre. Elle imagine presque entendre le boniment de Sexton à plusieurs kilomètres de là et se demande comment il s'en sort sans elle. Parfois elle reste debout à la fenêtre, au milieu d'un demi-cercle d'autres cabines semblables, et guette l'arrivée de la Buick dans l'allée.

Quand il fait beau, Honora va faire une promenade. Elle flâne dans des hameaux qui ne comprennent qu'une école, une église, une mairie et une banque, devant laquelle elle passe en essayant d'apercevoir Sexton. Elle a l'argent du ménage dans son sac et, si le village possède un bazar, elle achète un égouttoir gainé de caoutchouc, ou un verre avec des oranges et des feuilles vertes peintes dessus. Un jour elle achète un livre de recettes de cuisine et passe toute une journée dans la cabane à composer des menus au dos d'un des formulaires en trois exemplaires dont se sert Sexton. Dans les villes, elle arpente les rues jusqu'à en avoir mal aux pieds. Elle descend jusqu'au port, remonte vers un square, se repose sur le banc d'un parc, tout comme d'autres femmes en gants et chapeau. L'angoisse la fait marcher plus vite dans les grandes villes que dans les petites, et ce n'est qu'en arrivant à New Bedford et en descendant la rue qui longe le port qu'elle se rend compte que c'est parce qu'elles lui rappellent Halifax. Si elle voûte les épaules, c'est par peur d'un désastre imminent, comprend-elle soudain.

Honora aime bien suivre la voie ferrée. Elle enfonce les mains dans les poches de sa robe, coiffe son chapeau cloche et se dirige vers le nord ou le sud. Voir des rails à perte de vue lui plaît – c'est là la suprême route de la liberté. Pas de panneaux de stop, pas de circulation, rarement une rencontre, même si la vie est partout. On aperçoit les façades arrière des maisons, d'habitude dissimulées aux regards ; du linge sur une corde ; une vieille Ford juchée sur des parpaings ; une cruche de thé glacé posée sur une table de camping, près d'un puits ; un garage ouvert rempli de pièces détachées rouillées. Parfois elle croise une autre femme portant un tablier et un foulard sur la tête, en train d'étendre sa lessive, et elles se font un signe de la main. Mais si Honora aperçoit un homme fumant une cigarette sur une terrasse de derrière, un homme qui se trouve à la maison en pleine journée, elle n'agite pas la main. Quand un train passe, elle s'éloigne du ballast et attend que le mécanicien lui adresse un bref salut.

— Qu'est-ce que tu as fait aujourd'hui ? lui demande Sexton.

Les joues empourprées par une vente récente, il passe les doigts dans ses cheveux bien pommadés. Retire ses bretelles en les faisant claquer sur ses épaules. Desserre son nœud de cravate.

— Je suis allée marcher, répond-elle.

— C'est une lettre de ma mère, annonce Honora.

— Quelles sont les nouvelles ?

— May ne se remet pas bien.

Honora porte la main à son sein à travers le coton de son chemisier. Puis elle la laisse retomber.

— Je suis désolé, dit Sexton.

Quand ils sont revenus, toute la maison avait une expression de reproche, comme un chien autrefois adoré qu'on a abandonné toute la journée sans que personne aille le promener. Honora est passée de pièce en pièce, tenant à la main la lettre qui l'attendait sur le sol de l'entrée, et ce n'est qu'après avoir tout inspecté qu'elle s'est autorisée à s'asseoir à la table de la cuisine pour la lire.

Sexton se verse un verre de bourbon de contrebande qu'un client lui a offert pour fêter une vente. Six nº 7 cédées avec un rabais de quatre pour cent à une filature de Dracut, dans le Massachusetts.

— Et maman demande une nouvelle fois si nous pourrons aller là-bas pour la fête du Travail, dit Honora.

— Tu en veux un peu ?

Elle incline la tête. Il lui tend son verre et se verse de l'alcool dans une tasse à café. Ils restent silencieux, se contentant de boire.

— Je devrais faire la lessive, reprend-elle.

— Je vais t'acheter une machine à laver.

— C'est vrai ?

Il pose le bourbon et se penche pour embrasser Honora sous le menton.

— Oublie la lessive, suggère-t-il.

Le chemisier remonte au-dessus des bras d'Honora et paraît près de s'envoler. Ses vêtements forment un tas par terre. Sexton aime la voir nue et lui demande de s'allonger pas trop loin de lui. Il est entendu qu'il lui dira ce qu'elle doit faire, qu'elle n'a pas besoin de réfléchir à ses désirs ni à les deviner. Quant aux siens, ils sont enfouis au plus profond de son être, tels des bulbes qui pourraient un jour lancer des pousses robustes à travers un sol fertile.

Vivian

— J'ai tellement chaud que je ne peux pas boire, dit Vivian.

Il n'y a pas le moindre souffle d'air, un phénomène qu'elle n'a jamais observé au bord de la mer depuis toutes ces années qu'elle vient à Fortune's Rocks. Derrière la plage l'Atlantique est aussi plat qu'un drap froissé. Avec chaque vague minuscule Vivian reprend espoir.

— Partons d'ici, propose Dickie.

— Pour aller où ?

— Dans ma maison.

— Tout de suite ?

— Tu ne l'as encore jamais vue, dit-il. Il y aura peut-être un peu de vent. Du moins un semblant de brise. D'ordinaire ça pullule d'ouvriers, mais à cette heure-ci il n'y a sûrement personne.

— Nous devrions prendre congé, suggère Vivian. Chez qui sommes-nous ?

Elle jette un coup d'œil dans le salon du cottage recouvert de bardeaux. Dans le bureau en acajou, près de la porte-fenêtre, une Spud est en train de creuser une entaille roussie. Quelqu'un écrase un autre mégot sur le tapis persan. Ima Thurston, ivre morte, se penche par-dessus l'accoudoir d'un canapé recouvert de soie, le cœur au bord des lèvres, selon toute apparence. On ferait bien de lui avancer un seau. Dans un coin, quatre joueurs de bridge, sobres, continuent leur partie. Un rire féminin mélodieux ramène l'attention de Vivian sur la terrasse.

— Chez Floyd Holmes, je crois, répond Dickie.

— Je ne le connais même pas.

— Ça n'a rien d'étonnant.

C'est la dix-huitième ou vingtième réception à laquelle Vivian se rend depuis son arrivée au Highland. Certaines ont eu lieu à l'hôtel, d'autres, comme celle-ci, dans l'un des cottages de la plage, ou se sont déplacées vers les magnifiques demeures situées de l'autre côté de la pointe rocheuse, ou encore vers le country club, non loin du village. La liste des invités comprend presque toujours les mêmes noms. Cedric Nye et son épouse, Natalie, venus de Raleigh, en Caroline du Nord. Les frères Chadbourne, Nat et Hunt ; ils ont inventé un roulement à billes qui leur a rapporté des millions. Cyril Whittemore, un acteur de pièces radiophoniques dont l'accent, à mi-chemin entre l'anglais et l'américain, est tellement parfait qu'il est impossible de savoir de quel côté de l'Atlantique il est originaire. Dorothy Trafton, que Vivian connaissait déjà à Boston et qu'elle fait tout pour éviter. En effet, lors d'un match de tennis, Dorothy a vu Vivian lancer à travers le court sa raquette qui a atterri sur la cheville de Teddy Rice, ne pouvant plus supporter son arrogance. Il y a aussi Harlan Quigley, de New York, Joshua Cutts, qui passe toute l'année ici, Georgia Porter, de Washington (son père est sénateur, ou député, c'est bien ça ?), et Arthur Willet, qui tire, paraît-il, ses millions d'une mine de diamants en Afrique du Sud. Pour affirmer son indépendance, Verna, sa femme, porte des saphirs.

Franchement, ce serait mieux si l'on pouvait se promener tout nu, songe Vivian. Pour sa part, elle est vêtue du minimum indispensable – une robe bain de soleil, dos nu, vaporeuse, si diaphane qu'elle en est presque indécente (seuls deux rubans beige, en ottoman la maintiennent en place) –, ce qui n'empêche pas deux minces filets de transpiration de dégouliner de son cou à ses seins. Elle a déjà mis toutes ses toilettes et devra les porter une deuxième fois. Après une absence énigmatique de quinze jours, dont il n'a jusqu'ici presque pas parlé, Dickie est revenu la semaine précédente et lui a annoncé avec entrain que ses fiançailles étaient rompues. Cette nouvelle n'a pas surpris Vivian, dans la mesure où ils ont passé presque toutes leurs journées ensemble depuis ce premier matin sur la plage, mais la raison de cette intimité demeure pour elle un mystère. Ils ne sont certainement pas amoureux, et elle n'est même pas sûre qu'ils s'apprécient beaucoup. Ils se querellent de temps à autre, quand ils sont soûls, et un jour ils se sont disputés en public au cours d'un dîner chez les Nye, une dispute qui s'est terminée quand Vivian a traité Dickie de poivrot et que celui-ci a délibérément jeté son whisky soda et, par la même occasion, le verre en cristal d'Édimbourg, sur le carrelage de la cuisine. Juste après cet exploit, Dickie s'est confondu en excuses, mais elle a senti que cet éclat leur avait procuré à tous deux un certain plaisir. De ce point de vue ils se ressemblent assez, pense-t-elle.

— Je ne suis pas sûre que j'aimerai autant boire quand ce sera autorisé, dit Vivian alors qu'ils passent derrière le cottage pour gagner l'automobile de Dickie.

— Bien sûr que non, réplique celui-ci. Bien sûr que non. Imagine qu'on puisse aller acheter une bouteille de gin à l'épicerie du coin. Ce serait aussi fascinant qu'acheter, je ne sais pas, moi, une bouteille de limonade.

— Ça n'arrivera jamais.

Dickie met en route sa nouvelle voiture, une Packard à suspension particulièrement basse. Vivian appuie la tête contre le dossier. Le souffle d'air que produit l'automobile vaut le déplacement.

— Ne t'arrête pas, dit Vivian.

— Nous pourrions aller à Montréal.

Il plaisante, mais Vivian n'en trouve pas moins l'idée séduisante. Elle imagine le trajet vers le nord, dans la nuit, la route se faufilant entre les montagnes, l'air fraîchissant de plus en plus, les obligeant finalement à remonter les vitres. Puis le Québec, où personne ne parlera anglais, ce qui, en soi, sera déjà divin.

Dickie contourne la pointe rocheuse et s'arrête devant une maison visiblement en travaux. Elle est juchée sur une petite falaise surplombant l'océan, juste entre la plage et l'extrémité de la pointe. Avant même de descendre de la Packard, Vivian aperçoit la mer à travers les fenêtres. Les échafaudages empêchent de bien discerner les contours de la bâtisse, mais l'absence de jardin lui plaît. Les dunes arrivent jusqu'aux fondations.

— J'espère que tu ne vas pas faire aménager une pelouse ou quelque chose de ce genre, dit-elle.

— Je n'en suis pas encore là, réplique Dickie.

— Laisse-lui son caractère sauvage. Si tu y tiens, plante des églantiers.

— Viens voir l'intérieur.

Quand il lui ouvre la portière, Vivian lui prend le bras. Elle sent déjà une brise légère. Sa robe est trop longue de deux ou trois centimètres, et Vivian en accroche l'ourlet en grimpant sur les planches posées devant la maison, à l'endroit où l'on s'attendrait à trouver une pelouse.

— Quand a-t-elle été construite ? demande-t-elle en rassemblant ses jupes. À propos, je vais renoncer aux robes.

— Tu seras épatante en pantalon, lui dit-il. Elle a été conçue en 1899 pour un médecin et sa femme, mais le jour où ils ont emménagé, la femme s'est aperçue que son mari avait une liaison avec une fille âgée de quinze ans. Le scandale a été énorme. Bon, ça se passait il y a un certain temps. Aujourd'hui je ne suis pas certain que les gens en feraient autant de gorges chaudes.

Vivian l'interrompt :

— Une fille de quinze ans ? Bien sûr que les gens en feraient des gorges chaudes.

— On l'a chassé d'ici. Sa femme et ses enfants sont allés habiter York. Un écrivain, un poète, je crois, dont personne n'a jamais entendu parler, a acheté la maison pour une bouchée de pain. Mais il s'est retrouvé presque aussitôt dans la dèche, et la maison a été abandonnée pendant des années. J'ai fait installer le chauffage.

Il lui lance un regard et ajoute :

— Je pensais y rester un peu, une fois l'été fini.

— C'est vrai ? Pourquoi donc ?

— Prends ma main. C'est dangereux, ici, avec toute la menuiserie qui n'est pas terminée. La semaine dernière un plombier est tombé à la renverse du palier du premier étage. La rampe n'a pas encore été installée.

— Qu'est-ce qui est arrivé au plombier ?

— En fait, il est mort. Pas tout de suite, mais à son arrivée à l'hôpital. Des blessures internes, quelque chose dans ce goût-là. Je ne suis même pas sûr qu'on me l'ait précisé.

— Et à la fille, que lui est-il arrivé ?

— La fille de quinze ans ? Aucune idée.

— C'est triste.

— Tout te rend triste.

— Tu me sembles plutôt irritable ce soir.

— En réalité, Viv, je crois que tu te fiches complètement de ce qui est arrivé en 1899 à une fille perdue âgée de quinze ans. Ou au plombier, d'ailleurs.

Soudain, Vivian comprend pourquoi Dickie et elle sont ensemble. Il est la seule personne qui arrive à lui faire sortir la vérité.

— J'aime le vide de cette maison, dit-elle en avançant dans ce qui semble être un salon.

Sandy, le chien, accueille Dicky par une série de petits bonds en arrière. Après avoir vainement cherché son propriétaire, Dickie paraît en avoir plus ou moins hérité.

— Quel dommage que tu doives avoir des meubles, reprend Vivian. Les pièces sont très bien comme elles sont.

— Eh bien, je ne les meublerai pas. C'est décidé. Nous mangerons à même le sol.

Vivian entend ce « nous ». Elle observe Dickie qui cherche son étui à cigarettes dans la poche de son veston. Il en sort une et en tasse le tabac.

— Je ne suis pas sûr d'avoir jamais éprouvé ça pour personne jusqu'ici, glisse-t-il.

Elle se détourne et s'approche d'une fenêtre pour examiner la vue.

— Ne sois pas fleur bleue avec moi, Dickie, rétorque-t-elle d'un ton léger en croisant les bras sur la poitrine.

La marée est basse à présent, et le soleil qui se couche derrière eux jette sur le sable une lueur orangée qui lui rappelle cet horrible rouge à lèvres mandarine dont elle voit la réclame dans tous les magazines.

— Tu ne me prends jamais au sérieux, proteste-t-il.

— Donne-moi une cigarette, tu veux bien ? J'espère que tu ne joueras pas à l'amoureux éconduit, parce que ça ne te va pas du tout.

— Mon Dieu, Viv ! Arrête un peu.

Elle s'assied sur l'une des banquettes installées sous les fenêtres et suit des doigts les losanges des carreaux.

— Ta maison a du charme, Dickie. Elle est magnifique, bien entendu, avec toutes ses fenêtres, l'océan dehors, et le rugissement des vagues. Mais, pour être franche, j'en ai un peu assez de regarder l'eau.

Dickie s'avance vers la fenêtre et lui tend une cigarette allumée.

— Et puis, bien sûr que je te prends au sérieux, poursuit Vivian. En fait, je te prends on ne peut plus au sérieux.

— Parce que je me demandais si, une fois la maison terminée, tu ne voudrais pas t'y installer avec moi.

Il marque une pause et ajoute :

— Disons jusqu'en novembre ? Ensuite nous pourrions passer un moment à New York. Descendre au Plaza et ainsi de suite. Puis faire un petit tour à La Havane.

Vivian lutte pour ne pas montrer son immense surprise. Elle tire longuement sur sa cigarette et réprime une toux. Dickie fume des Chesterfield, qui sont trop fortes pour elle.

— Serais-tu en train de me demander en mariage ? lance-t-elle d'un ton léger.

— Tu as besoin que je le fasse ?

Elle exhale la fumée et examine la jupe de sa robe bain de soleil. Elle aperçoit sa peau à travers le tissu fin.

— Pas vraiment.

— Alors, c'est d'accord ?

— Ce que j'aime, ce sont toutes ces fenêtres ouvertes sur le ciel, dit-elle en levant les yeux et en engloblant d'un geste toute la maison. Comme une aire d'aigle. Voilà qui témoigne d'une brillante inspiration. Et qui me donne envie de m'allonger et de dormir.

Dickie avance vers elle, mais elle le repousse doucement de ses doigts.

— Il fait trop chaud. Ne m'approche pas.

Pourrait-elle tenter le coup avec Dickie Peets ? songe-t-elle. Elle redoutait le retour à Boston. Elle est tout simplement trop vieille pour habiter avec son père ; cela n'offre d'ailleurs pas la moindre perspective d'avenir. Mieux vaut vivre avec Dickie, même au risque d'un scandale. Peut-être arrivera-t-elle à aimer la vie de bohème, songe-t-elle. À devenir une adepte de l'amour libre, ce genre de choses. Elle envisage un instant cette idée, tandis qu'elle permet à Dickie de l'embrasser dans le cou.

— Que pourrions-nous bien faire toute la journée ? demande-t-elle.

— Regarder l'océan. Je ne sais pas, moi. J'ai travaillé à quelque chose. Une peinture.

— Tu plaisantes ? s'écrie Vivian trop vite.

Elle voit qu'elle l'a blessé. Elle enroule sa cravate autour de sa main et attire Dickie vers elle.

— Je croyais que tu t'occupais d'actions ou de choses de ce genre, ajoute-t-elle.

Il garde un instant le silence, puis referme la main sur son sein et admet :

— Oui, les actions, je nage dedans.

McDermott

McDermott s'arrête à l'entrée de l'immeuble.

— Allez, viens, viens ! lui dit Ross en s'essuyant le visage avec son mouchoir. Ne traîne pas.

— J'arrive tout de suite.

— Dieu du ciel, qu'il fait chaud ! s'exclame Ross en remettant son mouchoir sale dans sa poche.

Un mouvement attire l'attention de McDermott, et son regard remonte la façade d'un bâtiment en brique jusqu'à une fenêtre du troisième étage. Assis sur le rebord, un petit garçon l'observe. Toute la semaine la chaleur a été étouffante, presque intolérable dans l'usine. McDermott plaint un instant le gamin et songe à lui lancer une pièce pour qu'il puisse aller au cinéma. Deux pièces, même, pour qu'il emmène un ami. Ross le tire par la manche de sa chemise.

— Ne te fais pas remarquer, lui dit Ross comme du fond d'un puits. Il ne s'agit pas que tu te retrouves sur une liste.

Alphonse

Tout l'après-midi Alphonse a regardé les hommes entrer et sortir par la porte à la peinture rouge écaillée. Le père d'Arnaud Nadeau, renvideur à la filature, n'a cessé de venir sur le seuil pour leur faire signe d'entrer, et Alphonse n'a aucune idée de ce que ces hommes font chez lui. Ils s'approchent de la porte et font semblant de ne pas vouloir vraiment entrer, puis ils se faufilent furtivement à l'intérieur. Ça lui rappelle Sam Coyne, qui arrivait toujours en retard à l'école et tâchait de se glisser à sa place sans que sœur Mary Patrick le remarque. Il essayait de la rouler. Comme si sœur Mary Patrick, qui voit tout et entend tout, n'allait pas s'en rendre compte ! Les hommes feraient mieux d'entrer simplement, comme s'ils venaient en visite. Vu leur manière de faire, il est évident qu'ils trament quelque chose.

Il ne connaît pas l'homme brun à la chemise bleue qui l'a regardé, l'homme qui avait retroussé ses manches et s'était arrêté un moment sur le perron. Alphonse a peur. Qui sait ce que ces hommes fabriquent chez Nadeau ? Ce sont peut-être des gangsters qui montent un coup, même s'il se dit que des gangsters seraient plus discrets. D'ailleurs, ils sont nombreux à être entrés dans l'appartement. Au moins vingt, d'après ses calculs.

Une fois l'homme à la chemise bleue entré lui aussi, Alphonse quitte l'appui de la fenêtre, s'agenouille par terre et scrute par-dessus le rebord, parce qu'il ne veut pas se faire remarquer par quelqu'un d'autre, on ne sait jamais. Marie-Thérèse arrive alors dans la pièce et lance :

— Regarde Alphonse, il fait sa prière.

Si bien qu'il se relève tout de suite.

— La messe ne te suffit pas ? lui demande Marie-Thérèse de sa voix horriblement sarcastique.

Et sa mère, en train de préparer un ragoût, joint son rire au sien. Puis, à cause de Marie-Thérèse, sa mère se rappelle qu'il n'a rien à faire en cet après-midi étouffant et lui demande d'aller laver les draps dans la baignoire. Alphonse est tellement en colère après sa sœur qu'il lui décoche un coup de pied dans les chevilles en passant. Marie-Thérèse hurle (il faut toujours qu'elle exagère pour tout), et Alphonse se fait gifler par sa mère.

Après avoir frotté les draps sur la planche à laver – ils sont si lourds dans la baignoire que ses bras en tremblent –, il les met dans l'essoreuse à rouleaux puis les suspend à la corde tendue sur la terrasse de derrière. Il dégringole l'escalier avant que sa mère puisse lui imposer une autre corvée. Alphonse trouve qu'il devrait avoir un après-midi de libre par semaine. C'est vrai que sa mère n'en a pas autant, et il se sent un peu coupable de la laisser seule avec Marie-Thérèse, qui n'est vraiment pas d'un grand secours.

Il envisage d'aller chez Louis Desjardin voir ce qu'il fabrique avec ses frères et lui demander s'ils ne veulent pas aller à la plage. La mère de Louis fait un deuxième boulot, le dimanche, au presbytère, alors Louis, ses frères et ses sœurs sont généralement seuls à la maison ce jour-là, et on est assuré de trouver là-bas un beau chahut. Alphonse arrive au bas de l'escalier de derrière. Normalement, il devrait couper par une ruelle pour aller chez Louis, au lieu de quoi il se retrouve en train de contourner son propre immeuble. Il rase le mur de brique et espère que personne ne le remarquera, mais il se rend compte qu'il se montre par là aussi bête que les hommes qui ont passé en douce la porte de M. Nadeau. Il se demande s'ils sont toujours chez lui. Laver les draps lui a pris au moins une demi-heure ; peut-être sont-ils déjà repartis. Il pourrait aller frapper en faisant semblant de chercher Arnaud. Ce serait quelque chose de parfaitement normal, et alors il pourrait risquer un petit coup d'œil à l'intérieur pendant que M. Nadeau lui dirait qu'Arnaud n'est pas là.

Mais en arrivant devant la façade de l'immeuble, Alphonse n'en a plus le courage. La rue est déserte. Même les femmes ne sont pas sorties, ce qui est inhabituel. Le dimanche est jour de visites, chaleur étouffante ou non. Parfois, sa mère reste dans sa belle robe et va voir les cousins de son père dans la Quatrième Rue.

La porte d'entrée s'ouvre. L'homme brun à la chemise bleue aux manches retroussées sort. Alphonse retient son souffle. L'homme descend les marches de ciment, les mains sur les hanches et la tête penchée, puis décrit un petit cercle sur le trottoir devant le bâtiment. Sa cravate est desserrée, et des taches de transpiration se sont formées sous ses aisselles. On voit bien qu'il est en train de réfléchir. Il est peut-être fou. Lorsqu'il lève les yeux au ciel, Alphonse recule d'un pas, en se disant que deux autres pas lui suffiront pour tourner le coin et être hors de vue. Mais voilà que tout en décrivant un cercle pour la deuxième fois l'homme baisse la tête, se passe les mains dans les cheveux et aperçoit Alphonse.

— Salut, dit-il.

Alphonse n'arrive plus à bouger ni à respirer.

— C'est toi qui étais à la fenêtre, reprend l'homme.

Alphonse hoche la tête.

— Viens ici, dit l'homme en lui faisant un signe de la main. Viens, je ne vais pas te manger.

Alphonse avale une grosse goulée d'air, comme s'il était sur le point de se noyer. L'homme se met à rire et agite de nouveau la main. La raison conseille à Alphonse de partir en courant, mais l'homme sourit. Bon, Marie-Thérèse aussi sourit souvent, et ça ne l'empêche pas d'être drôlement sournoise.

Alphonse fourre les mains dans ses poches et s'approche. L'homme s'accroupit devant lui, si bien qu'ils sont plus ou moins à la même hauteur.

— Comment tu t'appelles ?

Alphonse est incapable de sortir un son.

— C'est pas la peine d'avoir peur, reprend l'homme.

Il a une raie au milieu et ses sourcils se rejoignent presque. Alphonse n'a encore jamais vu des yeux aussi bleus.

— Alphonse, répond-il enfin.

— Moi, c'est McDermott.

Alphonse hoche la tête et demande :

— C'est votre prénom ou votre nom de famille ?

— Mon nom de famille, mais c'est comme ça que tout le monde m'appelle. Sauf mes proches.

— Comment ils vous appellent ?

— Quillen.

Alphonse manque éclater de rire.

— Tu parles plutôt bien l'anglais, dit McDermott. Je suis un peu sourd, alors je suis obligé de bien te regarder pendant que tu parles.

— Bon, fait Alphonse.

— Qu'est-ce que tu as vu de la fenêtre ? demande l'homme.

Jésus, Marie, Joseph !

— Y a pas de problème, dit l'homme en tendant la main pour lui effleurer le bras. Je ne vais pas te faire de mal.

Alphonse prend une énorme inspiration.

— J'ai vu des hommes entrer, répond-il.

— Exact.

Le sourire de McDermott s'efface, mais il n'a pas l'air en colère.

— Il vaut mieux ne pas parler de ce que tu as vu, d'accord ?

Alphonse aquiesce d'un violent mouvement de tête. Il serre les poings dans ses poches pour les empêcher de trembler.

— Quel âge as-tu ? questionne l'homme.

— Douze ans, dit Alphonse, ce qui est un mensonge.

— Tu travailles dans une filature ?

— Oui.

— Laquelle ?

— Celle d'Ely Falls.

— Qu'est-ce que tu y fais ?

— Bobineur.

L'homme se relève et s'étire.

— Les types qui sont là-dedans essaient de faire en sorte que ton papa ait plus d'argent et que tu ne sois pas obligé d'aller en gagner.

— J'ai pas de papa, dit le gamin.

— Tu as une mère ?

— Oui.

Alphonse incline vigoureusement la tête, au cas où l'homme n'aurait pas bien lu sur ses lèvres.

— Elle travaille à la filature ?

— Elle est tisseuse.

— Comment s'appelle-t-elle ?

— Evanthia. Blanchette.

— Ta mère travaille dans ma section, dit l'homme.

Mon Dieu ! pense Alphonse.

L'homme pose la main sur l'épaule d'Alphonse.

— J'aimerais que tu me rendes un service. Je voudrais que tu coures m'acheter des cigarettes chez Tsomides. Des Lucky Strike.

McDermott donne de la monnaie à Alphonse.

— Je retourne à l'intérieur, mais je sortirai dans un quart d'heure. Je te donne une pièce de plus pour que tu t'achètes des bonbons.

Alphonse met l'argent dans sa poche.

— Je serai revenu bien avant, annonce-t-il en regardant l'homme en face pour être sûr qu'il voie bien ses lèvres. Je cours très vite.

Immédiatement, Alphonse sent le rouge lui monter aux joues. Comment a-t-il pu sortir une bêtise pareille ?

L'homme sourit. Il tend la main et ébouriffe les cheveux d'Alphonse.

— J'en étais sûr, dit-il.

McDermott

— Où t'étais passé ? lui demande Ross quand il retourne dans le salon de Nadeau.

— J'avais besoin de prendre l'air, répond McDermott.

Pour des raisons de sécurité, les deux fenêtres ont été fermées, et McDermott a du mal à respirer : entre la chaleur et la fumée des cigarettes, la pièce n'a presque plus d'air. Le dénommé Mironson, qui est venu de New York, est encore en train de parler. C'est un homme au visage doux, aux os menus, aux mains délicates et aux petits pieds. Une épaisse mèche brune ne cesse de lui tomber sur les yeux. Physiquement, il paraît bien peu susceptible d'enflammer une foule.

Vingt vérificateurs de métiers à tisser dans une pièce pas plus grande qu'une automobile spacieuse. McDermott songe à des animaux en cage. L'odeur seule de ces hommes témoigne d'une sorte d'agitation animale. Il a l'impression que Boutet,

Tsomides, O'Reilly, Ouellette et tous les autres Français, Grecs et Irlandais ont envie de bander leurs muscles, et il se demande si la colère retenue en cage génère sa propre odeur. Mironson a peut-être délibérément choisi une petite pièce, stratégie destinée à les rendre nerveux, afin de les pousser à ruer dans les brancards.

— Nous devons... en plus vite..., entend McDermott.

François Boutet accompagne ses paroles de mouvements de mains.

Boutet est petit, mais costaud. Ses bras se gonflent sous les manches courtes de sa chemise du dimanche. McDermott ne saisit qu'une partie de ce qui se dit dans la pièce, car les mots semblent plus lourds que l'air. Sur le visage des hommes il voit cependant la colère, aussi claire et nette que si on l'y avait gravée.

— Faire le travail de... ou trois personnes, ajoute Paul Tsomides.

Le frère de Tsomides est propriétaire du magasin où McDermott vient d'envoyer le gamin.

— Ils ont changé les taux salariaux... épouse... travail à la tâche, et elle touche moins, dit un poivrot dénommé McAllister.

Il travaille à la filature de Penderton, mais McDermott l'a souvent vu prendre la parole.

Certains hommes sont debout, d'autres assis sur des chaises en bois, ou par terre, adossés au mur. Tous les meubles, à l'exception des chaises de cuisine, ont été sortis dans le couloir. La pièce pue l'humidité et l'oignon. McDermott se demande où sont allés la femme et les enfants de Nadeau.

— C'est trop facile… virés, dit Ouellette. Si je me fais… qui va nourrir mes gosses ? J'en ai huit.

— C'est bien joli… d'une grève, déclare un certain Schwaner à Mironson. Mais si nous faisons grève, ils appelleront des jaunes, et nous perdrons notre boulot. Je ne peux pas me permettre de perdre mon boulot.

— Tu ne peux pas te permettre non plus de… salaire actuel, lui objecte tranquillement Mironson.

McDermott doit faire un effort pour l'entendre. Il observe soigneusement ses lèvres.

— Tu ne peux pas te permettre… aucune… sécurité. Tu ne peux pas… d'aussi longues journées.

— Mais toi, tu vas retourner à New York, lâche Schwaner. Et en attendant… nos gosses seront à la rue. Le travail se fait rare en ce moment. Où est-ce que je vais trouver… perds mon boulot ?

— Le travail est rare, c'est un fait, reconnaît Mironson. Les patrons du textile… la trouille… la concurrence des usines du Sud… rogner sur les coûts. Ça ne fera… Ce n'est qu'une question de temps, et toi (Mironson désigne un homme), toi et toi, vous n'aurez plus de boulot. Alors qu'avec un syndicat votre emploi sera assuré. Vos enfants devraient être à l'école, pas à la filature, dit Mironson en fixant McDermott.

Je n'ai pas d'enfant, est sur le point de rétorquer McDermott.

— Et comment on va s'y prendre ? demande un certain Delaney d'un ton féroce qui laisse un écho dans la pièce.

Mais Mironson ne semble pas se laisser facilement démonter.

— En s'assurant un… salaire, répond-il d'une voix égale. En faisant en sorte… loi sur le travail des enfants soit appliquée.

Les hommes grommellent, parlent entre leurs dents. Certains d'entre eux, McDermott le sait bien, ont trois ou quatre gosses employés dans les filatures. Que la loi sur le travail des enfants soit appliquée est bien la dernière chose qu'ils souhaitent.

— Oui, il va falloir consentir des sacrifices, admet Mironson. Dans certains cas, de terribles… Aucun conflit n'est… risque. Mais la question… suivante : êtes-vous disposés à… santé et votre… et la santé et la sécurité de votre femme et de vos enfants entre les mains de… dont le seul but est de gagner un dollar de plus ? Si ce dollar est au prix… hôpital, que ferez-vous ? Si ce dollar est au prix d'une journée de travail plus longue… que ferez-vous ?

Mironson a soudain élevé la voix et, stupéfaits, les hommes se taisent un instant dans la pièce. Aucun d'eux ne veut passer pour un lâche. Mironson se tire toujours brillamment de ce genre de situations, songe McDermott.

— Alors, qu'est-ce qui va se passer maintenant ? finit par demander Ouellette.

— Ouvrez la fenêtre, bon Dieu ! s'écrie quelqu'un.

Une porte et deux fenêtres sont immédiatement ouvertes toutes grandes. McDermott se rapproche de l'une d'elles pour avoir un peu d'air. Il se dit que les hommes pourraient accepter de créer un syndicat uniquement pour pouvoir quitter cette pièce au plus tôt. Il penche la tête au-dehors et aperçoit le gamin, au coin de la rue, qui paraît attendre un bus. Ses cheveux châtains hirsutes pointent tout autour de son visage d'une manière très française. Il a vraiment besoin d'une coupe.

Sagement, le gamin ne se dirige pas vers McDermott, mais attend qu'il traverse la rue. Ensemble, ils tournent le coin pour qu'on ne les voie pas de chez Nadeau.

— Ça, tu cours vite, dit McDermott.

— Chez Tsomides, c'était fermé, explique le gamin, le souffle à peine précipité.

Il tend les Lucky Strike et la pièce de monnaie à McDermott.

— J'ai dû aller au magasin de bonbons d'Alfred Street.

— Tu es allé jusque là-bas ? Pourquoi tu veux pas garder la monnaie ?

Le gosse hausse les épaules. Il porte des culottes courtes, une chemise en coton qui avait jadis des manches longues, avec une reprise juste au-dessus de la poche. Ses chaussures n'ont pas de lacets. McDermott pense à ses propres frères, Eamon et Michael, qui ne sont pas faciles. Eux auraient gardé tout l'argent et n'auraient pas rapporté les cigarettes.

— Bon, dit McDermott.

À l'ombre de l'immeuble on a au moins l'illusion d'être abrité du soleil. McDermott arrive presque à se convaincre qu'il y a un souffle de vent.

— Qu'est-ce que tu vas faire pendant le reste de la journée ?

Le gosse se tait un instant.

— J'aime bien aller à la plage, finit-il par répondre.

— Celle de Fortune's Rocks ? demande McDermott.

Le gamin hoche la tête. Il a des yeux énormes, presque des yeux d'insecte, pense McDermott.

— Comment tu y vas ?

— Je prends le tram. Et puis je marche.

— Il fait plutôt chaud aujourd'hui pour marcher autant, dit McDermott.

L'enfant hausse les épaules.

— Tu as de l'argent pour le tram ?

— J'ai gardé deux pièces de dix sur ma paye.

McDermott allume une cigarette, lâche l'allumette sur le trottoir.

— Tu sais nager ?

Le gosse secoue la tête.

— Tu es déjà allé à la pêche ?

— Une ou deux fois. Avec mon père.

— Moi, j'aime bien pêcher.

L'enfant hoche la tête.

— Ton père a fichu le camp ?

Le gamin secoue la tête et racle le trottoir avec son soulier.

— Il est mort, explique-t-il.

— C'est très triste. Quand ça ?

— L'hiver dernier.

— Je suis vraiment désolé de l'apprendre, dit McDermott, avant d'ajouter au bout d'un moment :

Je pourrais t'emmener pêcher, un jour, si ça te tente.

Le garçon a l'air surpris, comme si McDermott venait de sortir une chose un peu folle. McDermott sent sous ses pieds le craquement et le grondement de larges roues sur les pavés. Le vendeur de crèmes glacées, devine-t-il. Il travaille le dimanche. Et avec cette chaleur il va faire son beurre.

— Voilà ce que je te propose. J'ai envie d'une glace, et je voudrais que tu ailles m'en acheter une, mais seulement si tu en prends une pour toi.

Le gamin a tout d'abord l'air intrigué, comme s'il craignait que ce ne soit une blague.

— D'accord, dit-il au bout d'un instant.

McDermott cherche des pièces dans sa poche.

— Si je décide d'aller à la pêche, je saurai où te trouver.

Alphonse acquiesce. Il se retourne et s'élance. McDermott n'a jamais vu personne courir aussi vite. Dommage que ce môme n'aille pas à l'école, pense-t-il. Il s'imposerait dans n'importe quelle équipe de course à pied.

Mais il ne va pas à l'école. Il travaille dans une filature. McDermott allume une nouvelle cigarette et attend son retour.

Honora

Dans la cuisine, Honora sort des provisions d'un carton. Le dos de son corsage en rayonne est collé à ses omoplates et elle essaie d'écarter le tissu de sa peau. Sexton arrive, une lettre à la main. Il s'assied comme si ses jambes venaient soudain de se dérober sous lui.

— Qu'y a-t-il ? demande Honora.

— Une lettre du propriétaire, répond Sexton.

— Le propriétaire de la maison ? dit-elle en posant une boîte de détergent sur la table. C'est une mauvaise nouvelle ?

— Je ne sais pas au juste. Ça pourrait être une excellente nouvelle. Il veut vendre. Tout de suite.

— Il veut vendre la maison ?

Elle pose une main sur le dos d'une chaise et s'assied à côté de son mari.

— Quatre mille dollars. Et il veut savoir si ça nous intéresse avant de la mettre sur le marché.

Sexton se lève et s'approche de la fenêtre. Il commence à faire les cent pas. Puis il porte une main à son front.

— C'est un prix extraordinaire, explique-t-il. Même dans l'état lamentable où elle se trouve. Ce type doit vraiment être pris à la gorge.

Sexton relit la lettre. Il la brandit comme une épée, en fend l'air tant il est surexcité. Ses gestes sont athlétiques et précis. Même avec cette chaleur épuisante, Honora le trouve dynamique. Il lui rappelle un peu le bruit que font les haricots craquants tout frais cueillis dans le jardin quand sa mère les prépare pour les cuire. *Clic*, fait un bout en se rompant. *Clac*, fait l'autre bout.

— Nous pourrions presque tenter le coup, dit-il.

— Comment ?

— Il nous faudrait un paiement comptant de vingt pour cent. Huit cents dollars.

— Où veux-tu que nous trouvions huit cents dollars ? fait-elle, le souffle un peu court.

— La Buick en vaut quatre cent soixante-quinze. Je pourrais l'utiliser comme garantie pour obtenir un prêt – disons de quatre cents dollars. Nous avons cent dollars d'économies. Ça fait cinq cents.

— Et les trois cents autres ?

— Je ne sais pas. Je trouverai bien quelque chose. Je pourrais demander une avance sur mes commissions.

— Est-ce bien sage ? demande Honora en passant la main sur la toile cirée glissante.

Durant l'été Sexton a vendu énormément de machines à écrire. Tous deux se sont rendus à Littleton, Lebanon, Cranston. À Pawtucket,

Worcester et Springfield. Dans la Buick ils ont mangé des cônes glacés, et au bord des lacs des sandwiches au jambon bien épicés. Ils ont joué au golf miniature, sont allés voir Mary Pickford dans *Coquette*. Ils ont dîné dans des hôtels, dansé dans des tavernes. Ils ont acheté des patins à roulettes, un réfrigérateur, un canapé, un poste de radio, et le soir, quand ils sont à la maison, ils écoutent l'orchestre de Lowe et l'émission intitulée *L'Heure du dîner*. Sexton peut ainsi se renseigner sur le score des matches de base-ball, écouter le bulletin des automobilistes et le résultat des courses. Parfois, Honora se fait l'effet d'être l'un de ces braqueurs de banque légendaires dont les exploits font les gros titres. Sexton et elle se rendent en effet dans des banques, s'en sauvent le plus vite possible puis se terrent dans des cabanes.

— Les affaires marchent magnifiquement, estime Sexton. Le mois dernier j'ai gagné plus que pendant toute l'année écoulée. Et ma gamme s'est élargie. Je fais maintenant toutes les machines de bureau, pas uniquement les machines à écrire.

— Merci beaucoup, Honora, dit sa femme restée à la table de cuisine.

Sexton s'incline.

— Merci beaucoup, Honora, répète-t-il avant d'embrasser la cuisine d'un coup d'œil. Imagine un peu. Tout ça pourrait être à nous un jour.

Honora suit le regard de son mari. La pièce possède à présent un soupçon d'attrait. Honora a agrafé une toile cirée pimpante sur les étagères et ajouté un galon sur les bords. Les murs ont été peints en jaune, et elle a confectionné des torchons assortis à la toile cirée. Sur les étagères la vaisselle, quoique dépareillée, est propre et bien rangée.

— J'ai déjà l'impression que c'est à nous, dit-elle.

Elle attrape le journal de Sexton avec l'intention de le plier pour s'en servir d'éventail. Elle jette un coup d'œil sur les gros titres. 204 PERSONNES TUÉES EN FAISANT RESPECTER LA PROHIBITION, lit-elle. LES GRÉVISTES DES FILATURES DU SUD DÉCLENCHENT DES ÉMEUTES.

Alice Willard

Chère Honora,

Je t'écris juste un petit mot avant ton arrivée. Je ne crois pas que ce serait une bonne idée d'apporter des tourtes. À moins que vous ne veniez directement, elles ne se garderaient pas bien avec cette chaleur. Hier la température a atteint les 38 degrés, ce qui est vraiment un record pour Taft, comme tu le sais. J'étais en train d'arracher des pommes de terre dans le jardin et j'ai dû m'asseoir, parce que je commençais à avoir des vertiges. Estelle a eu un coup de chaleur. J'ignorais que c'était aussi dangereux ; elle a dû rester alitée toute la semaine, avec interdiction de sortir. Richard a été obligé d'acheter un ventilateur pour qu'elle ait un peu de fraîcheur et il est allé chercher de la glace un nombre incalculable de fois. S'il fait trop chaud, Sexton et toi vous préférerez peut-être coucher sur la véranda. Je vais y sortir le canapé à tout hasard. Il est étroit et pas très confortable, mais je pense que ça ne vous embêtera pas trop. Dormir là-haut est devenu très désagréable. J'ai installé dans le grenier le vieux ventilateur que Myra nous a donné, et comme ça, la nuit, un peu d'air circule dans la maison. À mon avis la chaleur ne va pas continuer bien longtemps et, si ça se trouve, le temps que vous veniez, vous aurons eu un orage et la température aura baissé.

Je t'envoie la recette que tu voulais, et aussi quelques autres qui sont dans la famille depuis un certain temps. Je préparais à ton père le « poulet des jours de fête », il l'aimait beaucoup. Ça va me changer d'avoir des gens pour qui cuisiner, même avec la chaleur. Harold ne mange presque plus ces temps-ci et n'a jamais envie d'un vrai repas.

J'aimerais pouvoir vous conseiller de prendre votre temps pour acheter la maison, mais si Sexton est décidé et pense qu'il peut se le permettre, je suis mal placée pour venir vous dire le contraire. Tu as la tête sur les épaules, Honora, et parfois une épouse doit être la voix de la raison dans une famille, même s'il vaut toujours mieux laisser croire au mari que c'est lui qui commande. Et puis il ne faudrait pas qu'on pense que tu portes la culotte. Il n'y a qu'à regarder Estelle et Richard. Le pauvre homme ; il perd parfois pied.

Je suis contente que tu aies décidé de rester plus souvent à la maison et de laisser Sexton sillonner seul les routes. Les automobiles m'ont toujours rendue nerveuse.

Il fait trop chaud pour manger. Je crois que je vais préparer des sandwiches au concombre.

Harold n'y tient pas tellement, mais c'est ce qui me fait envie aujourd'hui.

Nous pourrions acheter un poste de radio. Qu'en penses-tu ?

Affectueusement,

Maman

Sexton

Sexton gare la Buick derrière un magasin de la chaîne J. C. Penney, à l'ombre d'un grand orme. Le parking est presque désert en ce vendredi après-midi qui précède le week-end de la fête du Travail.

— Combien de temps vas-tu t'absenter ? lui demande Honora.

— Trois quarts d'heure tout au plus, répond Sexton. Tu veux des chewing-gums ?

— J'en ai.

— Des cigarettes ?

Elle lève son paquet d'Old Golds.

— Et j'ai mes magazines, ajoute-t-elle.

Il se penche par-dessus la banquette et embrasse sa femme. Elle est heureuse. Elle va bientôt voir sa mère. Sa bouche a un goût de chewing-gum Wrigley à la menthe. Ses cheveux ont perdu leur brillant avec la chaleur, et sa peau est moite. Ces derniers temps, ils ont pris l'habitude de coucher sur la terrasse. La nuit il y a parfois un soupçon de vent marin. Les moustiques sont féroces, mais dormir à l'intérieur est impensable ces jours-ci.

Honora fait signe à Sexton de partir.

— Vas-y, dit-elle en souriant. Je suis très bien ici.

Sexton attrape son veston suspendu à l'arrière. En vue du voyage à Taft, il a entassé les bagages dans la Buick et bricolé une sorte de glacière pour permettre à Honora d'emporter ses tourtes. Si son rendez-vous se passe bien – de même que le suivant –, ils se mettront en route avant cinq heures. Avec un peu de chance, à huit heures du soir ils seront arrivés, et Sexton envisage déjà d'aller nager dans le lac avec Honora. Une fois les politesses d'usage échangées, Harold et la mère d'Honora couchés, il emmènera sa femme au lac. Il lui dira d'oublier son maillot de bain.

Il jette son veston sur l'épaule, se retourne et agite brièvement la main vers Honora, assise derrière le pare-brise. Les taches d'ombre qui se reflètent sur la vitre lui dissimulent une partie du visage. Il la trouve belle. Pas au sens classique ni selon les critères des magazines ; non, d'une beauté d'épouse. Il adore surprendre son visage pendant qu'elle repasse ou fait le lit. Dans ces moments-là elle a l'air satisfaite, et la satisfaction lui va bien.

Tout en marchant, Sexton repasse dans sa tête ce qu'il va dire. Tout est une question de minutage. Il compte sur le fait que Rowley ne sera pas difficile à convaincre en cette veille de long week-end. Le week-end fait partie du plan de Sexton, qui prie pour qu'Albert Norton, le responsable des emprunts à l'Institution for Savings de Franklin, n'ait pas décidé de partir de bonne heure pour sa maison de vacances. Si Sexton réussit à quitter le bureau de Rowley avant trois heures et demie, il peut arriver à Franklin à quatre heures, comme il en est convenu avec Norton. C'est un plan risqué et, par moments, Sexton en a le souffle coupé, mais il ne voit pas d'autre moyen pour réunir la somme nécessaire à l'achat de la maison. D'ailleurs, la fraude est bénigne. Une simple question de dates.

Sexton veut la maison. Il la veut tellement qu'il en a parfois les mains qui tremblent. Ce sentiment n'a aucune explication rationnelle. Si on s'en tient à la raison, cette maison n'est pas une bonne affaire. Trop grande, trop difficile à chauffer, elle se trouve en outre presque complètement coupée du monde en hiver. Pourtant, s'il parvient à l'obtenir, s'il possède au moins ça, il aura l'impression d'avoir bien joué. D'avoir pris la vie à bras-le-corps.

Le hall en pierre de la banque a gardé la fraîcheur, et Sexton savoure un instant cette sensation. Puis il enfile son veston sur sa chemise presque trempée de sueur, qu'il rentre bien dans son pantalon, et coiffe son chapeau légèrement de côté. Lorsqu'il ouvre la grande porte vitrée de la banque, un souvenir pénétrant, viscéral, l'assaille : il se revoit en train d'ouvrir la porte de la Savings and Loan de Taft, en mars dernier, et d'apercevoir Honora de l'autre côté de la salle. Ses cheveux châtains brillants ont capté son attention, et il s'est surpris à avancer dans sa direction alors qu'il y avait un autre guichet plus près de la porte. Elle avait une jolie coupe à la garçonne qui semblait étirer encore son long cou blanc. Il a sorti ses rouleaux de pièces de cinq et de dix, les a déposés dans le creux ménagé sous le grillage, et a observé ses mains à la peau blanche et soyeuse pendant qu'elle comptait l'argent. Le besoin de toucher ces mains l'a transpercé comme un poinçon. Il est parti à regret, avec la certitude qu'il reviendrait bientôt.

— Bonjour ! lance-t-il à la secrétaire qui lui a un jour apporté un café glacé et à qui il a vendu trois de ses machines. Comment se comporte la n° 8 ?

— Très bien, répond Mlle Alexander.

Elle est aujourd'hui vêtue d'une robe verte sans manches qui découvre les petits bourrelets des aisselles.

— Et le Copiograh ?

— Il me facilite grandement la tâche.

— Ah ! voilà qui fait plaisir à entendre. Dites donc, vous avez une bien jolie robe.

— Oh ! s'exclame-t-elle en rougissant. Merci.

— Je crois que j'ai rendez-vous avec M. Rowley, déclare Sexton en rapprochant son visage du sien.

Troublée, Mlle Alexander consulte son registre. Sans aucune nécessité, estime Sexton. Combien de rendez-vous peut bien avoir Rowley le vendredi après-midi qui précède la fête du Travail ?

— Il va vous recevoir tout de suite, annonce-t-elle.

— Merci de votre amabilité, dit Sexton avant de lui faire un clin d'œil.

En ouvrant la porte du bureau, Sexton surprend un infime mouvement sur le bureau, une liasse de documents qu'on place bien au milieu, un stylo qu'on lève. Mais Sexton voit bien que la pile est trop impeccable, que le stylo a toujours son capuchon.

— Monsieur Beecher, dit Rowley.

Feignant d'être en plein travail, il redresse la tête puis se lève et lui tend la main.

— Monsieur Rowley, lui retourne Sexton.

— Ça fait plaisir de vous revoir. Asseyez-vous, asseyez-vous. Comment allez-vous ?

Sexton tend l'oreille en espérant entendre une articulation légèrement déficiente.

— Très bien, monsieur Rowley. Et vous-même ?

— Magnifiquement, monsieur Beecher. Magnifique-ment. À part cette chaleur infernale, bien sûr.

Et voilà. *Chaleurfernale.*

— Dans cette pièce ça va encore, dit Sexton.

— Oui, ça va, reconnaît Rowley en poussant la pile de documents sur le côté de son bureau. Alors, qu'est-ce qui vous amène ? Dites donc, à propos, ma petite secrétaire prétend que la machine à calculer et à écrire que vous nous avez vendue est exactement ce qu'il lui fallait.

— Ravi de l'apprendre, fait Sexton en se disant que la « petite secrétaire » a au moins quarante-cinq ans. Pas de problème de fonctionnement, je présume ?

— Pas le moindre, pour autant que je le sache. Bien sûr c'est ma petite secrétaire qui s'en sert. C'est son rayon, vous savez.

Sexton ne le sait que trop. S'il n'y avait pas les secrétaires, il n'aurait plus de boulot.

— Alors, que puis-je faire pour vous ? demande Rowley.

Sexton s'assied au bord de son fauteuil.

— Eh bien, je suis venu…

— Hé ! fait Rowley en pointant un doigt sur Sexton. Ces Cubs, qu'est-ce que vous en dites ?

Sexton hoche la tête et tend lui aussi un doigt.

— Ils sont vraiment épatants.

— Charlie Root ? demande Rowley.

— C'est le meilleur. Et Rogers Hornsby ?

— Fantastique. Dites-moi, vous partez ce week-end ?

— Oui. Je vais voir la belle-famille, à Taft.

— Ça se trouve où ?

— Un peu plus au nord. Près de Conway.

— Ah oui. Mon père avait un bateau là-bas. C'est votre dernier rendez-vous de la journée ?

C'est vot' dénier rendez-vous d'la jenée ?

— Oui, répond Sexton, ce qui est faux.

— Bon, alors démarrons tout de suite le week-end. Ça vous dirait, une goutte de mon meilleur whisky ?

Sexton sourit et relâche ses épaules. Il se carre dans son fauteuil.

— Merci de votre amabilité, monsieur Rowley. Avec plaisir.

Sexton observe le rituel, devenu à présent familier, des petits verres et de la bouteille sortis d'un tiroir.

— Ma femme et moi venons d'acheter une maison vers Ely, reprend-il après avoir descendu une bonne lampée.

L'alcool lui donne l'impression d'avaler de la fumée de bois. Il se sent plus détendu pour son prochain rendez-vous, mais ne devra pas oublier de mâcher du chewing-gum en se rendant à Franklin.

— Je l'ignorais, dit Rowley. Félicitations. Les affaires doivent être bonnes, ajoute-t-il.

Il a le visage de quelqu'un qui ne prend jamais l'air, la poitrine étroite et le ventre mou, constate Sexton.

— Oui, en effet, monsieur Rowley. Je vends beaucoup de machines professionnelles.

— Appelez-moi Ken.

— Merci, Ken. En fait, je suis venu vous voir pour une raison personnelle. Je voulais vous parler de la maison. Celle que ma femme et moi venons d'acheter. Il faudrait refaire le toit et toute la plomberie. J'aimerais bien que les travaux commencent le plus tôt possible.

— La petite dame veut refaire sa plomberie, glisse Rowley avec un soupçon de grivoiserie.

— Effectivement, monsieur Rowley… Ken. J'ai trouvé un entrepreneur prêt à travailler tout de suite, mais bien entendu il doit s'assurer que je dispose des fonds avant de se lancer dans les travaux.

Rowley incline lentement la tête.

— Je comprends, dit-il. Vous avez donc besoin d'un prêt, c'est ça, monsieur Beecher ?

— Oui.

— De combien ?

— Je pense que sept cents dollars feraient l'affaire.

— Avez-vous un devis sur vous, monsieur Beecher ?

— Appelez-moi Sexton si vous voulez. Oui.

Sexton fouille dans la poche de son veston et en sort une enveloppe.

— Je crois que tous les renseignements utiles figurent là-dedans, dit-il en faisant glisser l'enveloppe sur le bureau.

Rowley l'ouvre et lit le document.

— Je vois que vous avez contracté un emprunt pour la maison à l'Institution for Savings de Franklin, c'est bien ça ?

— C'est exact, répond Sexton en respirant avec quelque difficulté.

— Ils sont en possession du contrat ?

— Oui.

— Vous connaissez le travail de cet homme ? L'entrepreneur ?

— Oui. Il est en train de rénover une maison à deux, trois kilomètres de chez nous. Il fait un boulot fantastique.

Sexton a vu les échafaudages sur une maison située au bout de la plage. Il a recopié le nom de l'entreprise et contrefait une signature sur le devis.

Rowley lâche le papier. Il tapote un stylo contre le bureau.

— Je ne crois pas que ça devrait poser de gros problèmes, dit-il. Nous pouvons vous avancer l'argent aujourd'hui et rédiger le document relatif à l'hypothèque sur la maison lundi ou mardi.

Rowley réfléchit une minute.

— Bon, sûrement pas lundi ou mardi, ajoute-t-il. Peut-être pas avant mercredi ou jeudi, en raison des vacances.

Oui, pense Sexton. Avec un peu de chance, pas avant mercredi, jeudi, ou même plus tard.

— Merci infiniment, monsieur Rowley… Ken. Je ne peux pas vous dire à quel point je vous suis reconnaissant.

— Pas de quoi, réplique Rowley en balayant la gratitude de Sexton d'un revers de main. Ma petite secrétaire va prendre tous les renseignements quand vous sortirez d'ici.

Il remplit le verre de Sexton et lève le sien. Sexton trinque, sourit, mais ne pense qu'à une chose. Il doit filer. Il a obtenu sa vente ; s'il s'attarde, Rowley peut changer d'avis.

— Je crois que j'aimerais confier l'argent à l'entrepreneur aujourd'hui même, avant que ma femme et moi partions pour Taft, dit-il. Il m'a promis qu'il commencerait les travaux dès demain si je pouvais lui remettre l'argent.

— Ah bon ? demande Rowley en plissant le front. Il travaille le week-end ?

Sexton cille et se rend immédiatement compte qu'il a dit une bêtise. Il a parlé trop vite et, s'il n'y prend garde, l'argent va lui filer sous le nez. Il se détend avec ostentation, croise les jambes, se carre dans son fauteuil, examine son verre. Il laisse le silence s'épuiser.

— Dites-moi, avez-vous lu ce qui est arrivé à cet aviateur français hier ? demande-t-il. Celui qui a été obligé de se poser en plein milieu de l'Atlantique ?

Sexton ouvre la portière de la Buick avec une telle rapidité qu'Honora sursaute.

— Seigneur ! s'écrie-t-elle en se redressant sur la garniture en mohair bleu marine. Tu m'as fait peur.

— Oh ! ma chérie !

Il s'agenouille sur le siège du conducteur, se penche et embrasse sa femme avec une telle violence qu'elle en a le cou plaqué au dossier.

— Bon, dit-elle quand elle arrive à reprendre son souffle. Je suppose que ton rendez-vous s'est bien passé.

— Magnifiquement, confirme-t-il en gigotant sur son siège.

— Qu'est-ce que tu as vendu ?

— Un Copiograph et deux nº 8.

— C'est merveilleux.

Sexton embraye et passe la première. Il appuie sur le démarreur avec son pied. S'il arrive à Franklin avant quatre heures, tout sera réglé. Norton doit l'attendre avec le contrat d'emprunt pour la maison. Sexton dispose maintenant du versement comptant et, avec un peu de chance, à quatre heures et demie, sa femme et lui seront propriétaires de leur maison.

Honora

Quand Sexton est sur les routes, Honora s'exerce à faire la cuisine, ou projette de créer un potager de primeurs, ou va au magasin avec dix *cents* en poche pour acheter une douzaine d'œufs. Elle reprise les chaussettes de Sexton, défait un chandail qu'elle n'aime pas et commence à tricoter pour son mari un gilet à losanges qu'elle espère terminer avant l'arrivée du froid. Comme elle sait que Sexton n'aime pas ça, elle se met au jardinage, ratisse les feuilles tombées depuis plusieurs années sous les haies, élague les buissons avec un sécateur qu'elle a trouvé dans la cave, essaie de tailler les églantiers, bien que les tiges les plus grosses résistent aux lames émoussées, arrache les mauvaises herbes de l'allée et tond la pelouse avec une machine que Jack Hess leur a prêtée. Elle apprécie d'avoir devant la maison cette herbe qui pousse sur les dunes et n'a pas besoin d'entretien. Parfois elle examine le bout de terrain balafré qui longe le bâtiment, avec son banc en marbre au milieu. Au printemps, songe-t-elle, elle pourrait y planter des rosiers. Ce serait bien agréable de s'asseoir sur ce banc en marbre.

Dans l'après-midi et en début de soirée, lorsque la mer s'est retirée, Honora se met en quête de verre marin. Elle trouve un mince éclat d'améthyste et un joyau bleu de cobalt, ramasse un gros morceau qui fait penser à de la glace sale après un long hiver, de la glace sur laquelle on aurait patiné et qui en serait devenue trouble, en tâte un autre du même jaune que les jeunes pissenlits, et découvre des tessons qui ressemblent à des pétales de fleurs : jacinthe, glycine et lilas. Elle les met dans sa poche, les rapporte à la maison et les pose sur le rebord d'une fenêtre.

Honora découvre un ancien col de bouteille, attrape un morceau de verre à la forme délicate de coquillage, aux bords festonnés, en effleure un autre qui a la couleur de la sauce à la menthe. Un tesson bleu glacier lui rappelle une cascade gelée en hiver, un vert olive ressemble à l'État de New York, un autre paraît être constitué de ce sel qui enduisait les fenêtres de la maison. Elle déniche des blancs qui ne sont pas blancs du tout mais plutôt blonds, coquille-d'œuf, ivoire et nacre. Un jour elle manque presque un morceau de verre tant il se confond avec le sable. Quand elle le soulève et l'expose à la lumière, elle s'aperçoit qu'il est d'un doré translucide et semble ancien.

Elle trouve des débris de céladon, de concombre et de jade, des fragments de petit pois, de poudre bleutée et d'aigue-marine. Une fois, elle tombe sur un gros morceau qui lui rappelle l'eau de vaisselle dans un évier. Elle n'aime pas les bruns, mais de temps en temps elle garde un tesson topaze ou thé. Quelquefois il n'y en a que des marron ; elle retourne alors chez elle légèrement déprimée. Jamais elle ne conserve les tessons complètement transparents ou aux bords encore coupants, elle les enterre profondément dans le sable.

La taille de ses trouvailles va de l'éclat aussi petit qu'une rognure d'ongle au morceau aussi gros qu'un gâteau sec. Il arrive qu'y figure une inscription. OCHRANE, *eder*. Ou tout simplement *être*. Sur un bout de verre elle lit : DOLPH, on dirait que ça fait partie d'un nom. Et le 14-12, dessous, est-ce une date ? Quelquefois, l'inscription donne un indice sur l'origine du tesson. VIN est évident, LA, moins. Mais un jour, en attrapant un bocal de tomates cuites que sa mère lui a donné, elle y voit les mêmes lettres L et A. Elle plaque le morceau de verre marin sur l'ATLAS du bocal et sent qu'elle vient de résoudre une énigme.

Si elle regarde le verre de très près, elle aperçoit parfois des encoches infinitésimales, empreintes du sable et du roc qui l'ont heurté. Un tesson contient des bulles ; un autre, bleu-violet, a la forme d'un oiseau en vol.

Honora attache beaucoup de prix aux curiosités – une pépite de cristal zébrée de métal rouillé ; un rectangle bleu-vert pâle aux mesures exactes de lamelle de microscope ; un tesson ressemblant à du verre datant de l'Antiquité romaine, joliment moucheté de vert et de doré. Elle découvre un éclat ocre translucide marqué d'un W, un autre revêtu de grosses hachures croisées blanches, à la peinture quasiment intacte. Certains, gros et plats, lui laissent à penser qu'il s'agissait peut-être de morceaux de vitre ; elle se représente un naufrage. Un jour, un fragment déformé de bouteille lui remémore Halifax. Est-il trop fantasque d'imaginer qu'une bouteille a fondu à la suite de l'explosion puis a été emportée en mer par le raz-de-marée consécutif ? Les tessons d'une ville entière ont-ils été lissés par le temps et le sable ?

Honora finit par accumuler une telle quantité de verre marin qu'elle doit le mettre dans un saladier. Mais les couleurs s'y brouillent, les tons des tessons placés dessous modifient les autres. Le résultat n'est pas convaincant. En étalant sa collection sur un drap, elle s'aperçoit que les couleurs ressortent mieux sur un fond bien blanc.

Dans sa robe de tous les jours elle se rend au magasin de Jack Hess. En arrivant, elle lui dit qu'elle voudrait un grand plat blanc.

Il réfléchit un instant puis quitte le magasin. Il s'absente un long moment, et elle l'entend passer de pièce en pièce à l'étage supérieur. Il revient avec un plat blanc rectangulaire, dans un coin duquel court une fine fêlure.

— Ma femme s'en servait pour les rôtis, dit-il. Je ne vais jamais me faire cuire de rôti.

— Je ne veux pas prendre quelque chose qui appartenait à votre femme.

— Je vous le laisse à quinze *cents*.

— Vous ne le vendriez pas si je ne vous l'avais pas demandé.

Jack Hess pose le plat.

— Quinze *cents*, répète-t-il.

Honora sourit, cède et lui donne une pièce de dix et une pièce de cinq. Elle serre le plat sous son bras et marche aussi vite qu'un écolier qui vient d'acheter un bocal de billes. Une fois à la maison, elle pose le plat sur la table de la cuisine, étale sa collection et l'examine.

Certains tessons sont épais, d'autres minces comme du papier. Quelques-uns racontent une histoire, d'autres sont plus secrets. Beaucoup ont la beauté de pierres fines ; le reste est grossier, affreux. Honora les arrange en s'efforçant d'obtenir un ensemble satisfaisant et termine en plaçant au centre une touche de cobalt.

Elle essaie d'imaginer l'origine de chaque pièce, son usage ; celui qui s'en est servi. Le verre bleu-violet provient-il d'un flacon d'iode sorti d'une armoire à pharmacie pour nettoyer un genou égratigné ? La topaze, d'une bouteille de whisky jetée par-dessus bord par un contrebandier ? Combien de temps faut-il pour polir un morceau de verre marin ? Une semaine ? un an ? dix ans ? Cette belle couleur aigue-marine est-elle d'origine, ou bien l'océan a-t-il donné au matériau sa propre teinte, comme s'il vomissait des parties calcifiées de lui-même ?

Parfois elle se force à se rappeler que les morceaux de verre marin ne sont que des détritus. Inutiles, dépourvus de toute valeur. Des ordures, a dit Sexton un jour. Et pourtant, quand Honora en repère un couleur d'aigue-marine ou bleu azur sur le sable, elle a l'impression d'avoir découvert une pierre précieuse. Elle le ramasse, le met dans sa poche. Les bons jours, elle rentre à la maison les poches alourdies.

Honora songe un instant à fabriquer un objet avec le verre. Une mosaïque sur un plateau de sable. Un cadre de miroir. Un collier pour sa mère. Peut-être pourrait-elle en emplir un vase qui servirait de socle à une lampe. Mais, au bout de quelques minutes, ces idées perdent toujours de leur attrait. Chaque morceau l'intéresse pour lui-même, elle veut pouvoir le soulever, le laisser glisser entre ses doigts, deviner l'histoire qu'il recèle.

Honora ne parvient pas à trouver de verre rouge, si bien que l'idée du rouge l'obsède pendant des jours entiers. La logique lui dit qu'il doit exister du rouge, mais bien qu'elle déniche du rose, du lavande, du jaune, elle ne voit jamais de rouge. Parfois le verre marin lui évoque des boules de gomme – raisin, citron vert, citron jaune. Des friandises enrobées de sucre.

— Le seul problème, quand tu cherches du verre marin, c'est que tu ne lèves jamais les yeux, lui dit un jour Sexton alors qu'ils se promènent sur la plage. Tu ne regardes jamais la vue. Tu ne profites ni des maisons ni de l'océan, parce que tu as peur de louper quelque chose dans le sable.

Vivian

Le brouillard étouffe l'horizon, puis l'océan, puis la plage, et bientôt Vivian a peine à distinguer quoi que ce soit derrière la balustrade de la terrasse. Avançant comme s'il faisait la course, il tourne le coin de la véranda. On dirait des fantômes qui viennent nous rendre visite, songe Vivian tout en se baissant pour gratter le cou de Sandy. Maintenant que Dickie est parti, le chien ne la quitte presque jamais.

Dickie redoutait de la voir s'ennuyer sans la moindre occupation. Il était obligé de partir, lui a-t-il dit. D'aller en ville pour redistribuer son portefeuille en Bourse. Le marché offrait en ce moment des occasions qu'il ne fallait pas laisser passer.

— Allez, ouste ! lui a dit Vivian en le poussant dehors.

Une corne de brume résonne et Vivian distingue une silhouette qui avance sur la plage nébuleuse. Une femme en manteau de drap.

Dickie n'avait pas besoin de s'inquiéter, pense Vivian. Elle ne s'est pas ennuyée une seule minute. Quand il lui a téléphoné le premier jour pour savoir comment elle s'en sortait, elle a eu du mal à masquer la satisfaction de sa voix. Elle n'avait pas vu âme qui vive, lui a-t-elle raconté, ni mis une seule robe convenable. Elle avait lu. Et cuisiné. (« Pas possible ! » s'est exclamé Dickie.) Elle était allée au magasin, avait fait la connaissance du propriétaire et était revenue avec du lait et du café. Elle avait passé des heures sur la véranda à observer la mer. (« Tu es pompette ? » lui a demandé Dickie.) Pas du tout, a-t-elle eu envie de répondre. (« Bon, un petit peu », a-t-elle dit.) Hier soir elle a dû feindre la déception quand il lui a annoncé qu'il resterait absent un jour de plus. (« Oh ! que c'est ennuyeux ! s'est-elle plainte. Est-ce vraiment nécessaire ? »)

La femme qui avance dans le brouillard semble chercher quelque chose dans le sable. Elle apparaît et disparaît, et, de temps à autre, Vivian entrevoit le gris-vert passé de son manteau et l'éclair bleu du foulard qu'elle porte sur la tête. Bientôt la brume enveloppe la femme, les couleurs s'estompent, et on dirait qu'elle n'a jamais été là.

La lumière évoque à Vivian les matins vénitiens : une luminescence issue du soleil qui fait de son mieux pour percer le brouillard. C'est drôle comme la même vue l'ennuierait si Dickie était dans ses jambes. Elle se sentirait alors obligée de se plaindre du brouillard, de regretter de ne pas pouvoir faire de bateau, ni de jouer au golf. Mais sans Dickie à côté d'elle sur la terrasse, se lamenter sur le temps paraît absurde. La lumière est vraiment magnifique.

Le brouillard s'éloigne un peu, et la femme au manteau de drap réapparaît. Elle semble toujours chercher quelque chose dans le sable. Vivian se lève de son fauteuil à bascule en osier noir et s'avance sur la plage, Sandy sur les talons.

— Bonjour ! dit-elle. Avez-vous perdu quelque chose ?

La jeune femme lève les yeux, cille, visiblement saisie par cette soudaine apparition.

— Non, non. J'étais seulement… j'étais seulement en train de chercher du verre marin.

Vivian est frappée par les cils noirs épais de la jeune femme et par son menton assez carré. Sous son manteau ordinaire et démodé, elle aperçoit un chandail rose en laine d'agneau joliment tricoté. Vivian fait un pas en avant. La jeune femme retire son foulard, révélant de beaux cheveux foncés qui gonflent tout de suite sous l'effet de l'humidité. Elle a le teint pâle, a l'air gênée, ce qui pose sur ses joues une touche de rose.

— Du verre marin ? répète Vivian.

— C'est seulement du verre rejeté par la mer. Je le collectionne. Je ne sais pas pourquoi au juste. Ça ne peut pas servir à grand-chose. Mais les formes et l'aspect me plaisent.

Elle fouille dans sa poche et en sort un tesson.

— Tenez, ajoute-t-elle en le tendant à Vivian. Je l'ai trouvé tout à l'heure.

Vivian regarde l'objet posé dans sa main ouverte. Il est vert pomme, tellement mince qu'on dirait du mica. Sa lumière semble venir de l'intérieur, comme le soleil dans le brouillard. Quand elle était petite, elle collectionnait les coquillages et les oursins plats, mais il ne lui est jamais venu à l'esprit de collectionner du verre. Ces dernières années, le personnel du Highland Hotel s'est mis à ratisser la plage pour en retirer tous les détritus.

— C'est très joli, dit-elle en rendant le tesson à la jeune femme.

— En fait, ce sont des ordures, reprend celle-ci en empochant le morceau de verre marin. Les gens jettent des tas de choses par-dessus bord, ou bien on vide des poubelles en mer. Le verre se brise, et puis il est battu par l'océan et le sable. C'est comme ça qu'il est rejeté sur la plage.

— Je m'appelle Vivian Burton. J'habite là.

Vivian se retourne et montre le cottage de Dickie, invisible à présent, cerné par le brouillard. Elle se met à rire.

— Enfin, normalement la maison est là, reprend-elle.

La jeune femme sourit.

— Moi, c'est Honora Beecher. Mon mari et moi habitons au bout de la plage.

— C'est vrai ? Quelle maison ?

— La blanche aux volets noirs. À deux étages, vous voyez ? Il paraît que c'était un couvent.

— Ah oui, fait Vivian.

Cette maison lui donne l'impression d'être complètement à l'abandon.

— Vous passez toute l'année ici ? demande la jeune femme. Qu'il est mignon, ce chien !

Vivian serre son cardigan sur sa poitrine.

— Non. Nous allons repartir juste avant Thanksgiving.

— Oh ! Nous, nous sommes ici pour de bon, maintenant. Nous venons d'acheter la maison.

— Félicitations.

— Merci, mais les tempêtes d'hiver me rendent un peu nerveuse. Je n'ai encore jamais vécu au bord de la mer. Il paraît que les tempêtes peuvent être violentes dans le Nord-Est. Comment s'appelle-t-il ?

— Sandy. Votre mari est-il pêcheur ?

La jeune femme plaque une mèche derrière son oreille. Elle ne doit guère avoir beaucoup plus de vingt ans, songe Vivian.

— Il est représentant en machines à écrire.

— Oh ! s'exclame Vivian, quelque peu surprise.

— Il voyage beaucoup. Il n'est pas là en ce moment.

— Ça ne vous embête pas de rester seule ?

— Il me manque, avoue Honora en rougissant légèrement. Mais je m'occupe. Il y a tant à faire pour se préparer à l'hiver.

— D'où venez-vous ?

— De Taft. C'est à l'intérieur des terres. Et vous ?

— De Boston.

— Nous y sommes allés cet été, dit Honora. Nous avons mangé chez Parker.

— Ah ! Très bien, dit poliment Vivian.

— Bon, je ferais mieux de rentrer, décrète Honora en regardant le brouillard.

— Vous êtes sûre que vous allez vous débrouiller ? Je n'arrive même plus à voir l'eau maintenant.

— Oh ! ça va aller. Comment pourrais-je me perdre ? D'un côté il y a la mer, de l'autre la digue. Et si je vais trop loin, je tomberai sur les rochers. Je ne peux pas manquer ma maison.

— Parfait, dit Vivian qui se demande si elle ne devrait pas l'inviter à entrer. Je suis ici jusqu'à Thanksgiving. Si vous passez par ici et que vous avez envie d'une tasse de thé, braillez un bon coup.

La jeune femme sourit.

— Merci, dit-elle. Je n'y manquerai pas.

Honora disparaît dans le brouillard. Fait inhabituel, Vivian ressent un pincement aigu de déception. À côté d'elle, Sandy se bat avec un crabe.

— Arrête, Sandy.

Penaud et obéissant, le chien trotte auprès de Vivian lorsqu'elle s'avance au bord de l'eau, se guidant davantage à l'ouïe qu'à la vue. La marée est basse, et elle a l'impression d'avoir marché plus qu'elle n'aurait dû quand soudain ses pieds sont couverts par une vague. Le choc du froid lui éclaircit aussitôt les idées, et elle se met à rire. À présent, même l'ourlet de sa robe est mouillé, mais elle n'en a cure.

Honora

Quand le bateau de munitions prit feu, Honora n'avait que huit ans et habitait avec sa famille la maison de son oncle Harold, qui surplombait le port de Halifax. Ses trois frères aînés – Charles, Phillip et Alan – s'étaient déjà mis en route pour l'école de garçons McKenzie d'Armsdale, à trois kilomètres de là. Emma, sa cousine, encore bébé, était couchée. Seth, son autre frère, âgé de quatre ans, courut à la fenêtre avec son oncle Harold pour voir le feu. Honora y alla elle aussi un instant, feignant de ne pas entendre sa mère qui l'appelait du sous-sol pour qu'elle vienne l'aider à remonter la lessive avant d'aller à l'école, les cours commençant plus tard car on était déjà passé à l'heure d'hiver. La colonne de fumée s'élevait de plus en plus haut, et Honora apercevait des douzaines d'enfants qui, sur le chemin de l'école, se rassemblaient dans les rues pour regarder les conséquences – ainsi que l'apprit plus tard Honora – de la collision entre le *Mont Blanc*, un bateau français, et l'*Imo* norvégien.

À voir la fumée épaisse, oncle Harold savait bien que du pétrole brûlait sur le *Mont Blanc*.

— Honora ! lâcha-t-il sèchement lorsqu'elle se baissa pour attraper Seth. Va aider ta mère.

À contrecœur, Honora s'arracha à la large fenêtre de la salle à manger. Haut perchée dans le quartier de Richmond, la maison surplombait le port. Les fenêtres avaient été percées conformément aux instructions de Harold, de façon que toute la famille, en prenant le petit déjeuner, puisse observer l'arrivée des grands bateaux. Lorsque sa femme, Marguerite, était morte en couches, Harold avait supplié sa sœur – Alice, la mère d'Honora – de venir habiter avec lui au Canada et de l'aider à s'occuper de son bébé.

« Dis à William que le travail ne manquera pas à la fonderie, avait écrit Harold. La guerre se fait sentir ici. Halifax est le port le plus actif de tout l'Empire britannique. »

La mère d'Honora avait suggéré à son mari :

— Ça nous permettra d'économiser pour nous acheter un jour une maison.

Honora et sa mère se trouvaient donc encore au sous-sol, en train de soulever des paniers en osier pleins de draps et de serviettes mouillés, quand le *Mont Blanc* explosa avec une force qui fit voler en éclats ses trois mille tonnes d'acier. Le choc fut perçu jusqu'à l'île du Cap-Breton, à quatre cent trente kilomètres de là.

Une fumée dense et huileuse s'éleva très haut au-dessus de la ville. L'explosion rasa cent trente hectares, blessa neuf mille personnes, en tua mille six cents, y compris le père d'Honora, qui ce matin-là était allé plus tôt que d'habitude à la fonderie pour s'occuper d'écritures en retard. Quant à Harold, les éclats des vitres projetées vers l'intérieur de la maison le rendirent aveugle. Emma, le bébé, fut écrasée sous les chevrons des combles. Le petit Seth de quatre ans disparut tout bonnement. On n'en retrouva jamais trace, et on ignora toujours s'il avait été emporté en même temps que le toit, qui s'envola comme un chapeau un jour de grand vent, ou s'il avait rampé sous les décombres d'une maison voisine et avait ensuite péri carbonisé, car des centaines d'incendies se déclarèrent dans la ville. Honora préférait penser qu'il avait été réduit en atomes – elle en avait appris l'existence à l'école – qui un jour se rassembleraient, et que son frère retomberait sur terre, intact, indemne, à proximité de l'endroit où elle se trouverait – un peu comme Dorothy dans *Le Magicien d'Oz*, disons. En attendant, Seth flottait juste hors de sa portée, croyait-elle. Quand elle eut le courage d'en parler, cette idée provoqua chez sa mère une expression d'horreur si nette qu'Honora n'y refit plus jamais allusion. Qu'un Seth fantôme atomique puisse émigrer à Taft, dans le New Hampshire, avec ce qui restait de la famille peu après le désastre était une affaire de foi – comme le miracle de la multiplication des pains et des poissons, par exemple. Ou celui de la Résurrection.

Des centaines de personnes devinrent aveugles, comme Harold, frappées par des morceaux de verre volants aussi acérés que des lames. Si le *Mont*

Blanc avait simplement explosé tout de suite sans lâcher ce panache de fumée qui avait attiré la moitié de la ville aux fenêtres, beaucoup de ces gens auraient été épargnés. Mais ce fut une tragédie. Des bâtiments furent soulevés du sol et fracassés, et ceux qui résistèrent en ressortirent avec des murs défoncés et des pièces à ciel ouvert. De nombreux cadavres étaient décapités, ce qui ne facilitait pas leur identification ; inexplicablement, la plupart des corps étaient dévêtus. Un raz-de-marée d'une ampleur épique balaya la ville quelques minutes après l'explosion et fit des dizaines d'autres victimes. Dans la nuit une tempête de neige recouvrit décombres et corps ensevelis.

Honora et sa mère furent enterrées sous une pile de draps et de serviettes mouillés qui leur sauvèrent la vie. La mère eut la jambe droite cassée et ce fut Honora qui dut aller chercher du secours. Elle trouva son oncle Harold allongé sur le dos, par terre, dans la cuisine, vivant, sonné, ne souffrant pas encore des morsures du verre qui lui avait entamé le visage et le cou. Honora appela Seth à grands cris et sortit en courant devant la maison, où l'attendait un spectacle sidérant. Des chevaux avaient péri debout, des arbres étaient enduits de cendres ; le quartier de Richmond avait tout simplement disparu.

La petite ville dans laquelle Honora retourna était tellement différente de celle qui avait été rasée que, des années durant, le désastre de Halifax lui apparut comme une sorte de cauchemar enfantin sans aucun rapport avec la réalité. Le petit cottage dans lequel ils emménagèrent à Taft, dans le New Hampshire, avait autrefois appartenu à la grand-mère d'Honora. Pourvu de volets verts, construit au bout d'un sentier de terre, il était entouré de lilas dans lesquels les abeilles bourdonnaient en été. Une clôture en bois oscillait au vent. La maison n'avait que trois chambres, et la mère d'Honora fit immédiatement obstruer les fenêtres de la salle à manger par une couche de peinture. Mais l'odeur de terre qui montait de sous la véranda évoquait tellement l'enfance évanouie que, même à onze, douze et treize ans, Honora ne pouvait s'empêcher de se glisser dessous, de farfouiller dans le sol et de humer cette senteur fraîche.

Ils touchèrent le montant de l'assurance du père ; quant à Harold, qui se reprocherait éternellement d'avoir invité la famille de sa sœur à venir en Nouvelle-Écosse, il remit celui qu'il perçut à la mère d'Honora. Le tout dura suffisamment pour que les garçons aient le temps de terminer leurs études secondaires et de partir pour Syracuse, San Francisco et l'Arkansas. Entre l'âge de quatorze ans et le jour de son mariage, Honora habita le cottage construit au bout du sentier de terre avec sa mère et Harold. Oncle Harold ne se plaignait jamais de ses blessures, même s'il avait si rapidement vieilli que personne ne parvenait à croire qu'il était le frère cadet d'Alice Willard. Quant à cette dernière, elle effaçait ses souvenirs en s'activant, vendait les produits de son jardin en été et, l'hiver, confectionnait des couvre-lits en piqué pour subvenir aux besoins des trois personnes qui composaient désormais le foyer. On gardait la ficelle, on réutilisait l'eau du bain, et tout ce qui mûrissait était conservé dans les bocaux qu'on avait peu à peu vidés durant l'hiver précédent. Honora apprit très tôt l'économie et le stoïcisme. Elle était toutefois souvent déconcertée par le besoin de silence que manifestait sa mère.

Ses souvenirs d'enfance les plus précieux sont les soirées où ils jouaient tous trois au poker à la mode du Michigan, en utilisant des allumettes Diamond comme jetons. Certains matins, en se réveillant, elle s'apercevait qu'un manteau de léger brouillard recouvrait le hameau de montagne. Sa mère avait déjà quitté la chambre, et un bruit d'œufs grésillant dans la graisse montait de la cuisine. Honora s'habillait, sortait et allait se poster au bout du sentier, près de la clôture oscillante. Elle regardait à travers le tunnel que formaient les arbres. L'air était doux et laiteux et, si le brouillard était bien dosé, il permettait de distinguer le sentier, en dissimulant tout l'univers situé au-delà.

Alphonse

Alphonse attend au croisement où il a rencontré l'homme à la chemise bleue un mois plus tôt. Tous les dimanches il s'est posté là dans l'espoir que McDermott l'emmènerait à la pêche. Il attend au coin de la rue parce qu'il se dit que s'il reste dans l'appartement l'homme ne se donnera pas la peine de grimper l'escalier. D'ailleurs, Alphonse n'a pas envie que sa mère ou Marie-Thérèse parlent à McDermott. Elles auraient un million de questions à lui poser, ça l'ennuierait de répondre et il ne reviendrait plus jamais chercher Alphonse, point final.

L'homme ne viendra sûrement pas aujourd'hui, il y a trop de brouillard pour aller à la pêche. Il est tellement épais qu'Alphonse ne voit même pas le bout du pâté de maisons. On dirait de la fumée qui se déplace dans les rues, et Alphonse se raconte que les Allemands sont juste au coin, que la fumée est celle des fusils et des bombes. « Pan, pan ! dit-il.

Boum ! Boum ! » Il lève les bras en faisant semblant de tenir un fusil, s'accroupit et balaie la rue de son arme.

L'homme porte une main à sa poitrine, avance d'un pas ou deux en vacillant, puis s'effondre sur le trottoir.

Oh mon Dieu ! Seigneur ! pense Alphonse.

— Tu m'as eu, dit McDermott.

Alphonse s'empresse de laisser retomber ses bras. L'homme se relève, dit bonjour, et Alphonse lui dit bonjour à son tour.

— Tu es prêt à aller à la pêche ?

— Ah, oui alors !

McDermott se baisse pour être à sa hauteur.

— Dis donc, fait-il en relevant le menton d'Alphonse, tu te rappelles qu'il faut que tu me regardes ? Sinon je ne suis pas certain de te comprendre.

Alphonse se demande quel âge peut bien avoir McDermott. Il n'est sûrement pas aussi vieux que sa mère.

— Je serais venu plus tôt, mais Eileen, ma sœur, a été malade, alors j'ai dû m'occuper des gosses. Mes frères et sœurs. Ils ne sont pas faciles.

— Les miens non plus, dit Alphonse.

C'est bien vrai.

— Je suis allé à la rivière pour voir comment c'était, reprend McDermott. J'ai laissé mon matériel là-bas. On ne distingue même pas l'autre rive, mais bon, les poissons ne l'ont sûrement pas remarqué, hein ?

Il rit tout bas de sa plaisanterie, mais Alphonse, qui trouve pourtant cette blague assez drôle, n'arrive pas tout à fait à rire. McDermott se relève et fait un signe de tête en direction de la rivière.

Tout en marchant, il allume une cigarette.

— Tu as attendu ici tous les dimanches ?

— Oui. Mais c'est pas grave.

Il n'a quasiment pas cessé d'y penser depuis que McDermott en a parlé, le fameux jour où tous les hommes sont allés chez le père d'Arnaud. Arnaud a raconté qu'ils étaient en train d'organiser un syndicat et que c'était un grand secret, mais si Arnaud était au courant, se pouvait-il que ce soit un secret ?

— J'aurais dû envoyer l'un des garçons te prévenir, reprend McDermott. Excuse-moi. C'était un peu la pagaille ces dernières semaines.

Alphonse hausse les épaules. Il sait parfaitement ce qu'est la pagaille dans une maison. Il jette un bref coup d'œil sur ses pieds. Il a ciré ses godillots, chipé les lacets des bottines de Marie-Thérèse, et il espère qu'elle ne s'en apercevra pas avant son retour.

— Tu as toujours habité Ely Falls ? lui demande McDermott.

— Non. Avant on habitait une ferme au Québec.

— Quel genre de ferme ?

— On cultivait surtout les myrtilles. Et on avait des poules.

— Ça te manque ?

— Oui. Mais la ferme ne rapportait plus rien. C'est pour ça qu'on a été obligés de venir ici.

Alphonse se rappelle l'impression de vide, de malaise dans son ventre. Tous les gosses réclamaient à manger en pleurant – même lui, à sa grande honte. Sa mère pleurait pendant qu'elle allaitait Camille. Sur le pas de la porte, son père regardait fixement les champs morts.

Mais avant ça, avant le déclin de la ferme, Alphonse se souvient qu'il était heureux. Il ne savait pas alors que c'était ça le bonheur, et n'aurait d'ailleurs pas pu mettre un nom dessus – en fait, il est sûr qu'il n'y pensait jamais –, mais maintenant il sait que c'était du bonheur. Il allait pêcher à la rivière, ramassait les œufs dans le poulailler pour sa mère et se cachait avec son chien dans son fort, sous la véranda devant la maison.

— Mon père aussi a grandi dans une ferme, confie McDermott.

Il allume une nouvelle cigarette et écrase la précédente sur le trottoir. Ils sont arrivés en bas d'Alfred Street à présent, loin de la filature et de ses logements. Alphonse tourne la tête pour jeter un rapide coup d'œil. Il distingue à peine la tour de l'horloge tant le brouillard est épais. Sans les usines et leur fumée dense, le monde est presque beau.

— C'était en Irlande. Tu sais où se trouve l'Irlande ?

Alphonse croit le savoir, mais n'en est pas vraiment sûr. Il hausse les épaules.

— De l'autre côté de l'océan Atlantique, précise McDermott.

— Oh ! fait Alphonse. Quel genre de ferme ?

McDermott porte une veste en cuir abîmée, tachée, et dessous un chandail gris. Le chandail a un trou juste sous l'encolure. McDermott enfonce les mains dans les poches de son pantalon.

— Une ferme laitière. Ils avaient trois vaches. La ferme donnait sur l'océan. Les champs surplombaient la mer, et mon père nous répétait : « Oh ! là là ! quelle belle vue on avait ! » Il disait qu'on pouvait marcher à travers champ et regarder le ciel et la mer.

McDermott baisse les yeux sur Alphonse.

— Il avait presque ton âge quand il a dû partir. Eux aussi, leur ferme ne rapportait plus rien.

Alphonse hoche la tête. Presque tous les gens qu'il connaît viennent d'une ferme qui a fait faillite.

— Quand est-ce que tu as quitté l'école ? lui demande McDermott.

— L'année dernière.

— Quel âge as-tu vraiment ?

— Onze ans.

— C'est bien ce que je me disais.

— Je n'ai qu'une canne, explique McDermott en amorçant avec un ver de terre. Commence. Quand tu seras fatigué, je te remplacerai.

Alphonse prend la canne qu'il lui tend. Elle n'est pas très sophistiquée et ressemble plus ou moins à celle qu'avait son père. Il se demande ce qu'est devenue cette canne. Sa mère l'a sans doute vendue.

— Il y a une petite butte là-bas, dit McDermott. Tu pourrais t'asseoir dessus et t'adosser à cette souche.

Alphonse s'exécute, mais il se sent gêné de tenir la canne à pêche pendant que McDermott reste assis à côté de lui les mains vides. Pour être franc, il se contenterait bien de le regarder pêcher. Alphonse se décarcasse pour trouver quelque chose à dire, quelque chose qui ne le ferait pas passer pour un imbécile, mais au bout d'un moment il y renonce. McDermott fredonne de temps en temps, ou s'allonge pour regarder le ciel. Il allume une cigarette après l'autre. Il fume vraiment beaucoup.

— Alors comme ça, ta mère travaille dans l'équipe de nuit ? demande-t-il enfin.

— Oui.

— Moi aussi, parfois. Mais pas très souvent. Qui s'occupe de vous quand elle n'est pas là ?

— On sait tous se débrouiller, dit Alphonse.

Bon, ce n'est pas tout à fait vrai. Camille ne peut pas encore se débrouiller, et Marie-Thérèse ne veut pas le faire. Une famille de canards émerge du brouillard, à la queue leu leu, puis s'enfonce de nouveau dans la brume.

— Tu penses parfois à ce que tu feras quand tu seras grand ? demande McDermott.

Alphonse hausse les épaules. Il a horreur de cette question, vraiment une sainte horreur. Sœur Mary Patrick la lui posait tout le temps, et il essayait de trouver quelque chose de noble et de louable. Un jour il a répondu qu'il voulait être médecin, et elle a failli s'évanouir de bonheur, une autre fois, prêtre, et il a vu que là, il était allé trop loin, elle ne le croyait pas, et à cause de ça elle a sûrement eu aussi des doutes sur son envie de devenir médecin. Ensuite, quand il se confessait, il tâchait de penser à dire qu'il avait menti au sujet du médecin et du prêtre, les deux métiers étant de toute façon complètement hors du domaine des choses possibles.

— Sûrement tisseur, comme ma mère, répond donc Alphonse. Elle m'a dit qu'elle m'apprendrait.

Alphonse voit tout de suite que ce n'est pas ce qu'on attendait de lui, parce que McDermott se redresse.

— Il ne faut pas cantonner ton existence à la filature, déclare-t-il. Tu dois demander plus à la vie que rester assis devant un métier à tisser toute la journée. Un de ces jours, il faudra que tu essaies de retourner à l'école.

Alphonse n'a pas le cœur d'expliquer à McDermott que retourner à l'école paraît plutôt exclu pour l'instant.

— Si j'avais vraiment le choix, je volerais, dit-il en révélant là quelque chose qu'il n'a jamais confié à personne, même pas à sa mère.

— Tu veux dire que tu serais pilote ?

— Oui.

— C'est une bonne idée. Mais pour être pilote, tu dois aller à l'école. Tu ne le savais pas ?

— Pour quoi faire ? demande Alphonse.

Il frissonne mais ne veut pas que McDermott s'en aperçoive, parce qu'il pourrait le renvoyer à la maison, et ce serait terrible de rentrer avant même d'avoir eu la moindre petite touche. Il regrette de ne pas avoir mis de vêtement plus chaud que sa veste en toile. Il aurait dû prendre le tricot de Marie-Thérèse, tant pis s'il a un ruché.

— Il faut savoir toutes sortes de choses sur la radio, la vitesse du vent et la manière de se servir des instruments de bord, explique McDermott. Il faut être bon en maths. Pourquoi veux-tu être pilote ?

Alphonse a dans la tête une image du pilotage et s'efforce de la décrire.

— On est dans le ciel, tout seul. On peut aller où on veut, à toute vitesse, et quand on y arrive, on est un héros, comme Charles Lindbergh.

McDermott réfléchit un instant.

— Voilà de bonnes raisons, dit-il.

Alphonse sent nettement une touche, et son cœur fait une petite embardée. Il tire sur la canne comme son père le lui a appris – pas trop fort, juste un peu, juste assez pour ferrer le poisson. Si on tire trop fort, on lui arrache l'hameçon de la gueule.

— Vas-y doucement, maintenant, conseille McDermott. Mais donne-lui une petite secousse de temps en temps pour lui montrer qui commande.

Alphonse veut prouver à McDermott qu'il en est capable. Il remonte lentement la ligne et le poisson saute hors de l'eau.

— Bon Dieu ! s'écrie McDermott. Il est gros.

Alphonse est tout excité à présent et remonte la ligne un peu plus vite. Dans l'eau grise il aperçoit l'éclair d'une nageoire. Au loin, l'horloge de la tour sonne trois coups.

McDermott retire ses chaussures, ses chaussettes et entre dans l'eau pour attraper la ligne et le poisson. Il se met à sautiller à cause du froid.

— Saint Joseph ! On se gèle là-dedans !

Il baisse le poignet de sa chemise sur sa main et attrape la ligne.

— C'est une splendeur.

Il rapporte le poisson sur la rive. Alphonse a l'impression qu'il va s'évanouir de joie.

— Retire l'hameçon, lui dit McDermott. Si tu attrapes un poisson, il faut que tu saches le décrocher.

Alphonse agrippe le lieu qui gigote toujours. Il a horreur de ça quand le poisson est vivant, et il voudrait bien que celui-ci meure vite. Il pousse le crochet à fond, comme on le lui a appris. Le poisson s'agite faiblement sur la rive. Ça ne va plus durer bien longtemps maintenant, pense Alphonse.

— Il fait au moins quatre-vingts centimètres, estime McDermott. Tu veux l'apporter chez toi ?

Alphonse incline la tête. Il imagine l'expression de sa mère quand il apparaîtra sur le seuil. Du poisson frais pour un dîner de dimanche soir. Elle le fera frire dans du beurre et préparera ensuite des croquettes pour le reste de la semaine. Cette idée suffit à lui donner faim.

— Tu sais nettoyer un poisson ?

Alphonse secoue la tête. C'est son père qui s'en chargeait toujours.

— Bon, d'accord, dit McDermott. Regarde bien comment je fais.

Honora

Honora prépare le petit déjeuner préféré de Sexton : des tomates avec de la crème et du sucre. Il part en déplacement et ne reviendra pas avant huit jours. Comme elle le fait toujours dans ces cas-là, elle prend un bain, se lave les cheveux et met du rouge à lèvres pour que, une fois parti, il la revoie dans une jolie robe et pas dans son tablier. Elle porte les boucles d'oreilles en perles et marcassite.

D'une secousse, Sexton déplie le journal et par-dessus la table Honora lit les gros titres. LE JOUR LE PLUS NOIR DEPUIS DES ANNÉES À WALL STREET. *Les ordres de vente inondent la Bourse de New York. Des milliards échangés. Les valeurs s'effondrent.*

— Sexton ?

Il lève la tête de derrière son journal.

— Que se passe-t-il à la Bourse ? demande-t-elle.

Il fronce légèrement les sourcils, comme si on lui rappelait un rendez-vous chez le dentiste.

— Les gens s'affolent, répond-il. Ce n'est rien. Ça passera. La Bourse baisse, tout le monde vend, mais aujourd'hui ils vont se mettre à racheter comme des fous. Tu verras.

— Combien avons-nous à la banque ?

— À peu près trente-cinq dollars. Je dois toucher le chèque de mes commissions demain. Mais ça ne fera pas lourd, une fois retiré le remboursement de l'emprunt.

— Oh ! fait-elle.

Il la regarde et semble seulement remarquer sa robe en laine lavande.

— Accompagne-moi jusqu'à la voiture, dit-il.

Honora enfile son manteau et suit Sexton jusqu'à la Buick. Il fait un sale temps, vraiment un sale temps. Le vent cingle si violemment qu'elle doit se retenir aux piquets de la clôture quand elle avance vers l'automobile.

Sexton se glisse au volant. Honora se penche vers la portière. Il baisse la vitre et passe le bout de ses doigts dans l'encolure d'Honora.

— Tu as l'air d'une vraie sauvageonne, lance-t-il d'un ton joyeux.

Vivian

Au téléphone, Dickie devient blanc comme un linge.

Vivian jette un coup d'œil sur la pendule posée sur le manteau de la cheminée, comme si elle voulait fixer à jamais le moment exact du désastre. 9 h 15. Elle était en train de lire dans le salon, sa douillette sur les épaules, et Dickie s'apprêtait à quitter la maison pour déjeuner dans un club, à Rye, quand le téléphone a sonné. Il a prononcé une ou deux phrases dans l'appareil puis s'est brutalement assis devant la petite table. Lui, Dickie, cet homme qui ne s'assied jamais pour téléphoner, qui, pour tout dire, ne supporte pas le téléphone !

Vivian, qui aperçoit Dickie par la porte ouverte, pose son livre et déplie les jambes pour les ôter du divan. Sandy dresse la tête.

Dickie est affaissé dans son costume en tweed. Il rejette la tête en arrière et ses genoux s'écartent. Elle ne l'a encore jamais vu dans une position aussi peu gracieuse, lui qui est l'élégance même. Son chapeau lui glisse de la main.

— Tout ? demande-t-il d'une voix incrédule.

Vivian s'assied au bord de son siège.

— Oh ! mon Dieu ! souffle-t-il.

Il porte la main à son front, semble vouloir s'abriter les yeux.

— Dieu du ciel ! s'exclame-t-il.

Vivian se lève. La pluie crépite contre les carreaux en losange.

— Je prends la Packard, reprend-il. Je devrais arriver ce soir. Restez sur place. Ne bougez pas.

Dickie repose l'appareil sur sa fourche.

— Qu'y a-t-il ? demande Vivian depuis le pas de la porte.

Dickie secoue la tête d'avant en arrière. Il semble avoir oublié sa présence. Quand il la regarde, il cille.

— Sois gentille, prépare-moi un sac, tu veux bien ?

Vivian accompagne Dickie à la voiture et reste sous la pluie dans sa liseuse en soie. Elle a l'impression qu'elle ne peut faire moins. Dickie essaie de démarrer, mais ses mains tremblent tellement qu'il n'arrive pas à serrer le levier de vitesse. Vivian n'a encore jamais vu personne d'aussi bouleversé. Elle tend le bras par la vitre et referme les doigts sur sa main.

— Calme-toi, dit-elle du ton qu'on pourrait prendre pour apaiser un cheval.

Elle se redresse et essuie la pluie qui lui entre dans les yeux.

— Ça va aller, tu verras.

Mais comment pourrait-elle savoir si les choses vont s'arranger ? D'un air rassurant, elle agite la main vers Dickie qui s'éloigne, puis elle regagne la maison, se sèche avec une serviette et enfile sa robe en soie à carreaux verts et noirs, comme si elle devait se préparer au pire. L'annonce de la mort d'un proche, par exemple. Elle téléphone à son père.

— Tu es sûr que non ? demande-t-elle d'une voix tout aussi incrédule que celle de Dickie.

Avec un soulagement coupable, elle raccroche. Jamais encore le conservatisme de son père ne lui avait inspiré autant de gratitude.

La pluie cesse en fin d'après-midi et le soleil fait une brève apparition. Vivian se tient sur le seuil, tenaillée par l'envie d'aller sur la plage, de sentir le soleil sur son visage. Mais elle n'ose pas s'éloigner du téléphone, au cas où Dickie appellerait. Elle a calculé de son mieux que, même s'il roule à toute vitesse, il ne peut pas arriver à Boston avant quatre heures. Cinq heures s'il y a beaucoup de circulation sur la route 1.

La lumière change tout le temps, songe-t-elle. C'est drôle, elle a passé presque toute sa vie à moins de trois kilomètres de l'océan, à Boston, mais n'a jamais consacré une seule minute à regarder la mer. Bien sûr elle est là, et bien sûr il y a des bateaux qui arrivent et qui partent – et parfois des amis qui arrivent et qui repartent sur ces bateaux –, mais jusqu'ici l'eau ne l'attirait pas spécialement. À présent, elle a l'impression qu'elle ne s'en lassera jamais. Comme si elle devait rattraper des années de désintérêt.

Quand le téléphone sonne, Vivian se secoue et revoit l'image fugitive de Dickie dans la Packard, son visage blanc, ses mains tremblantes. Elle s'appuie contre le mur, près de la petite table, et décroche.

— Vivian, dit-il.

— Dickie. Chéri, tu es à Boston ?

— Vivian, répète Dickie d'une voix étrangement calme, horriblement calme, en fait.

— Oh ! Dickie, qu'y a-t-il ? Ça va mal ?

— Très, très mal. Pire que tout ce que je pouvais imaginer.

— Je suis vraiment navrée.

— Est-ce que tu as contacté ton courtier ?

— Oui. Il y a quelques pertes, annonce-t-elle, bien que ce soit faux. Mais pas trop terribles.

— Si je te pose la question, c'est que j'aurais besoin que tu me rendes un service.

— Tout ce que tu veux. Tout ce que tu veux, répète-t-elle avec la culpabilité de qui a survécu à un naufrage. J'arrive tout de suite. En train. Je peux être là demain à midi.

— Non, ne viens pas. J'ai besoin que tu restes là-bas.

Il y a un silence au bout de la ligne.

— Dickie ? dit-elle après un instant.

— J'ai besoin que tu achètes la maison.

Vivian se rend sur la plage juste avant le coucher du soleil. Sandy court devant elle, on dirait qu'il brûlait lui aussi de sortir. Vivian ôte ses chaussures de ville et déroule ses bas. Elle porte cette robe à carreaux verts et noirs qu'elle a enfilée en prévision du deuil. Au téléphone elle était troublée et, pour une fois, est restée sans voix.

« Réfléchis », lui a dit Dickie.

Elle se retourne pour regarder la bâtisse confortablement nichée dans les dunes. Derrière, le soleil frôle l'horizon. La maison a trois pignons, au centre une véranda protégée par une moustiquaire, avec une chambre attenante. Quand il fait beau Vivian prend son thé sur la véranda au lieu de le prendre au lit.

Elle ne veut pas quitter cette maison et elle peut tout à fait se permettre de l'acheter.

Bon, pense-t-elle. Voilà une affaire réglée.

Vivian se dirige vers le poste de sauvetage au nord, remarque que l'orage a apporté sur la plage plus de détritus que d'habitude. Elle contourne les algues, les couteaux, les coquilles de peigne et un morceau de filet de pêcheur, tout en songeant à Dickie, resté à Boston.

Aussitôt rentrée, elle l'appellera pour lui dire qu'elle va immédiatement acheter la maison. Il reviendra alors et ils reprendront leur vie commune exactement comme si cette horrible catastrophe boursière ne s'était jamais produite. Mais, au moment même où elle imagine ce scénario, elle sait bien que les choses ne se passeront jamais ainsi. Dickie a trop d'amour-propre pour habiter une maison dont elle serait propriétaire.

Elle essaie d'imaginer l'impression qu'on doit éprouver en apprenant qu'on a tout perdu, qu'il faut vendre vêtements de luxe, bijoux, automobiles, maisons. Qu'on ne pourra plus jamais aller à La Havane ni donner une réception à l'hôtel Plaza. Qu'on va être obligé de chercher un emploi. Elle essaie d'imaginer quel genre de travail elle pourrait bien trouver, pour sa part, si ça lui arrivait, et cette pensée la terrifie. Elle a étudié un an dans une institution de jeunes filles à Mount Ida, près de Boston, une année consacrée aux arts d'agrément, qu'elle a surtout mise à profit pour préparer ses débuts dans le monde. Elle n'y a acquis aucune compétence pratique. Confrontée à la ruine, comme Dickie, elle n'est pas sûre du tout de pouvoir survivre.

Vivian n'a pas besoin d'aller très loin pour trouver ce qu'elle cherche. Il est plaqué sur la plage, ses bords légèrement courbés s'enfoncent dans le sable. Quand elle le ramasse, il pèse agréablement dans sa paume. C'est un gros morceau couleur banane, un peu comparable à la teinte de sa robe Maggy Rouff. Du pouce, elle en tâte les bords lisses, puis met le bout de verre marin dans la poche de sa robe.

McDermott

McDermott se faufile vers l'avis placardé sur la clôture en fil de fer, à l'entrée de la filature. Les hommes et les femmes qui l'ont lu s'éloignent, les mains dans les poches, et semblent hésiter à franchir le portail.

McDermott joue des coudes pour avancer. Il voit que Ross, la joue gonflée de tabac à chiquer, est posté à côté.

— Qu'est-ce qui se passe ? lui demande-t-il quand il arrive à sa hauteur.

— Lis.

AVIS

Les coûts d'exploitation de notre filature ont tellement augmenté que nous sommes confrontés à une situation non seulement anormale, mais extrêmement critique.

DES SALAIRES PLUS BAS AILLEURS

De nombreuses filatures de coton de la Nouvelle-Angleterre ont procédé à des réductions de salaire. À Ely Falls la main-d'œuvre perçoit actuellement un salaire beaucoup plus élevé que celui versé ailleurs pour un travail similaire. En outre, certaines usines concurrentes peuvent tourner cinquante-quatre heures par semaine.

LA FILATURE D'ELY FALLS HANDICAPÉE

Il est évident que les fabricants de la filature d'Ely Falls, qui continuent à verser les mêmes salaires et sont limités à la semaine de quarante-huit heures, souffrent d'un sérieux handicap.

UNE RÉDUCTION DES SALAIRES
DÉCIDÉE À CONTRECŒUR

À l'époque où, dans d'autres parties de la Nouvelle-Angleterre, les fabricants de coton ont réduit les salaires, la filature d'Ely Falls ne l'a pas fait. Toutefois, étant donné la concurrence actuelle, la filature d'Ely Falls est obligée de réduire les salaires de dix pour cent. Cette baisse s'appliquera à partir du lundi 24 novembre et sera portée à la connaissance de tous par voie d'affiche. Il est à espérer que cette mesure améliorera suffisamment la situation pour permettre à la filature de bénéficier de commandes qui, autrement, iraient à la concurrence.

— Ils ont fini par le faire, dit McDermott.

— Putains de patrons ! lâche Ross.

— Ils voudraient peut-être qu'on les plaigne ?

McDermott observe les petits groupes d'hommes et de femmes. Personne n'a encore franchi le portail.

— Que va-t-il se passer maintenant ? demande-t-il.

— On va créer le syndicat.

— On n'a pas obtenu le vote, réplique McDermott.

— Maintenant, on l'aura.

McDermott sait que la réduction des salaires, qui vient s'ajouter à l'accélération des cadences, va faire changer d'avis les vérificateurs de métiers à tisser, jusqu'ici réticents à créer un syndicat. Les salaires les placent déjà au-dessous du seuil de pauvreté.

Ross crache par terre.

— C'est épatant, ça, la façon dont les patrons font le boulot à notre place, tu trouves pas ?

Alphonse

Toute la journée et toute la nuit les hommes sont entrés dans l'immeuble, ils ont même tourné autour, et personne ne semblait se faufiler en douce comme la dernière fois. Alphonse a dénombré près de quarante bonshommes qui ont franchi la porte, et il se demande comment ils vont pouvoir tous tenir dans le salon d'Arnaud Nadeau. Il sait que toute cette activité est à mettre au compte de la réduction des salaires et des discussions sur la création d'un syndicat. Dans la chambre, sa mère et sa tante parlent tout bas de syndicats, de grèves et de je ne sais quoi. Pour sa part, une grève lui conviendrait parfaitement, parce qu'il n'a pas eu un seul jour de libre en dehors des dimanches, de la fête du Travail et de Noël depuis qu'il a commencé à travailler à l'usine il y a un an. Il n'arrive pas à imaginer où iront les gens un lundi de novembre s'ils ne vont pas travailler.

Sam Coyne, qui est arrivé de New Bedford l'année dernière, lui a tout expliqué sur la grève. Il dit qu'au bout d'un moment on ne rigole plus, tout le monde a faim, mais pour les gosses, ça va, vu que les œuvres de bienfaisance remplissent leur gamelle de soupe, leur donnent du pain, même si parfois c'est pas drôle de faire la queue toute la matinée juste pour avoir quelque chose dans le ventre. Il faut manger la soupe assis sur le trottoir, qu'il pleuve ou qu'il neige, parce que si on rentrait à la maison, il faudrait partager avec ses frères et sœurs, et peut-être même avec sa mère et son père, de sorte qu'il ne resterait plus rien. Alphonse ne se voit pas en train de manger sa soupe sur le trottoir en sachant que sa mère a faim. Bon, si c'était Marie-Thérèse qui avait faim, ce serait une autre histoire.

Sam lui parle aussi des jaunes, que tout le monde déteste. Les grévistes crachent sur les jaunes, et il leur arrive même de les tabasser, parce que les jaunes vont travailler pour les patrons et prennent le boulot des grévistes, ce qui fait que la grève dure plus longtemps. Alphonse prie pour que personne ne devienne un jaune dans sa famille, quoique Marie-Thérèse fût toute désignée, et il se dit qu'il aimerait bien avoir le droit de cracher un peu sur elle.

Sa mère, elle, ne pourrait jamais être une jaune. Ce soir, pendant qu'ils mangeaient le ragoût, elle a conseillé à tout le monde d'en profiter parce qu'on ne pouvait jamais être sûr d'avoir de quoi manger le lendemain.

Sam a expliqué que certaines épiceries vous accordaient un énorme crédit, et que quelques propriétaires patientaient pour le loyer quand la grève était décidée soudainement ; mais que, quand elle s'éternisait, ils venaient sortir vos meubles de chez vous et, si vous n'aviez pas de parents pour vous héberger, vous vous retrouviez à la rue. C'était ça qui leur était arrivé, à lui et à sa famille, après quoi, Sam, sa mère et ses deux sœurs étaient venus s'installer à Ely Falls. Sam ignore où se trouvent son père et ses deux frères aînés, et sa mère lui a dit d'arrêter de poser la question, parce qu'elle ne voulait plus entendre parler de son putain de père. Alphonse dit parfois le mot « putain » dans sa tête, surtout quand Marie-Thérèse lui parle avec son horrible voix railleuse, il répète alors mentalement « putain, putain, putain », juste pour se sentir mieux. Mais Sam Coyne, lui, le prononce tout haut. On a l'impression qu'il fait ça depuis le berceau.

« Par saint Joseph ! » a dit McDermott.

Sa mère n'a pas cru Alphonse quand il lui a raconté qu'il avait attrapé le poisson tout seul, et il n'a pas voulu lui parler de McDermott, parce qu'elle aurait commencé à lui poser des tas de questions. Alors Alphonse n'a pas arrêté de dire que le poisson serait drôlement bon avec du beurre, et, au bout d'un moment, elle ne lui a plus demandé d'où il le sortait.

Quand ils sont revenus de la pêche, McDermott a dit qu'il ferait sûrement trop froid pour y retourner, mais qu'ils verraient au printemps.

Alphonse observe les hommes qui sortent de chez Nadeau en allumant une cigarette. Il cherche des yeux McDermott et le voit tout seul, sous un lampadaire. Il porte sa veste en cuir et le chandail qu'il avait mis pour emmener Alphonse à la pêche. Alphonse se demande si quelqu'un a reprisé le trou. Une brume fine s'est formée et Alphonse la voit avancer en biais à la lumière du lampadaire. Il aimerait bien que McDermott lève les yeux sur sa fenêtre, mais, avant même que son allumette s'éteigne, deux hommes s'approchent de lui et lui disent quelque chose qui doit être assez drôle parce qu'il rejette la tête en arrière et se met à rire.

Et ça, c'est curieux, songe Alphonse. Personne ne paraît embêté par la réduction de salaires. Il a beau pleuvoir plus fort maintenant, les hommes se contentent de relever le col de leur veste et de former des petits groupes qui bavardent, rient et fument.

Honora

Pour le repas de Thanksgiving, Honora cuisine une dinde farcie à la mie de pain, accompagnée de courge, de navets et de pommes de terre. Elle prépare un assortiment de condiments pendant que tous deux boivent un verre de S.S. Pierce, du sherry que le propriétaire d'une usine à papier de Somersworth a offert à Sexton. Honora, qui s'est exercée durant plusieurs semaines, trouve la pâte de ses tourtes bien feuilletée. Pourtant, Sexton mange à peine une bouchée de dinde, de navets et de farce. Honora lui demande s'il ne se sent pas bien, il dit que ça va mais donne l'impression de considérer le repas comme une corvée. Il répartit la nourriture en différents tas qu'il ne cesse de déplacer dans son assiette, jusqu'au moment où Honora n'en peut plus. Elle se lève, fait couler de l'eau dans l'évier, et alors, visiblement soulagé, Sexton pose sa fourchette.

Dans l'après-midi, avant la tombée de la nuit, ils partent dans la Buick et s'arrêtent devant une école. Comme le froid n'est pas insupportable, ils veulent profiter de ce jour férié pour s'amuser à patiner dans la cour cimentée de l'école. Ils s'assoient sur un banc, se penchent sur leurs patins, mais Sexton n'arrive pas à faire fonctionner sa clé. Au bout d'un moment, il renonce et sort de sa poche un paquet de boules de gomme. Il les tend à sa femme. Elle remarque qu'il n'en garde pas pour lui.

Au cours des mois d'octobre et de novembre, Sexton a maigri.

Il croyait la débâcle boursière temporaire, mais à présent il dit qu'il ne sait plus au juste. Honora souffre de son anxiété, car elle s'est mise à l'aimer, en dépit de ce qui, dans son caractère, le pousse à proférer de menus mensonges pour assurer une vente. En outre, l'anxiété lui ôte de sa beauté – ses petits défauts ressortent davantage, ses dents de travers frappent plus, ses yeux semblent s'être encore rapprochés. Elle apprend d'une manière qui ne serait pas apparue avant plusieurs années ce que veut dire aimer quelqu'un qui change, et pas forcément en bien.

— Prends-en une, dit-elle en faisant glisser le paquet de boules de gomme sur le banc.

Aujourd'hui, il a les yeux bleus. Ils ont tous les jours une couleur différente qui dépend de son teint, des vêtements qu'il porte, de la couleur du ciel. Ce sont de minuscules caméléons dans son visage. Bleus, gris, bleu-gris, gris-vert, noisette.

— Je n'ai pas faim.

— Tu n'as presque rien mangé à midi.

— Le repas était très bon.

— Merci.

— Je suis allé à Manchester, dit-il en empochant les boules de gomme. La Manchester Five Cents Savings Bank était un de mes clients. Une nº 8 que je leur avais vendue se bloquait. J'avais prévu de prendre la machine, de la remplacer et de leur vendre notre nouveau Copiograph.

Il marque une pause.

— En tout cas, c'était ce que j'avais prévu.

— Et que s'est-il passé ?

— Quand je suis arrivé à Manchester, impossible de trouver la banque. Au début, j'ai cru que je me trompais d'adresse, alors j'ai fait le tour du pâté de maisons. Et puis j'ai vérifié dans mon carnet d'adresses. C'était bien là.

Sexton s'adosse au banc. Il ouvre les mains.

— Il n'y avait plus rien. J'ai essayé de savoir si la banque avait déménagé et en avait informé la direction au lieu de me prévenir personnellement. Mais non… la banque avait tout simplement fait faillite.

Sexton met les mains dans les poches de son manteau. À la lumière terne de cet après-midi de fin novembre, il semble avoir pris plusieurs années en une semaine.

— Du jour au lendemain, dit-il.

Pour dîner, Honora sert généralement des macaronis au four et des tomates cuites, ou des croquettes de morue en sauce blanche. Elle compte chaque piécette, et cherche dans son livre de recettes des plats à la fois consistants et bon marché. Sexton lit le journal presque sans arrêt, comme si les mots pouvaient se réorganiser en récits plus tolérables. Il s'assied à la table avec l'une de ses machines, fait et refait des calculs, mais le résultat final est toujours le même : Sexton Beecher a risqué tout ce qu'il possédait à la veille du plus grand désastre économique de toute l'histoire américaine.

Honora trouve un gros rectangle de verre lavande. Elle découvre, à moitié enterrée dans le sable, une pépite d'un bleu tellement vif qu'elle la prend tout d'abord pour un morceau de tissu. Quand elle l'expose à la lumière, son bleu-vert foncé paraît irradier de l'intérieur, une couleur semblable à celle des plumes de sarcelle, et qu'elle n'a encore jamais vue sur la plage. Elle hésite en apercevant une sorte d'étoile car elle pense que, malgré la saison, ce pourrait être une méduse. Mais quand elle ose la pousser du doigt, elle se rend compte qu'il s'agit du fond d'un verre en cristal. Le pied a été complètement sectionné, le cristal est abîmé et difforme, mais c'est néanmoins un trésor.

Elle se dit que Sexton se sortira de cette mauvaise passe, qu'un mariage implique de surmonter les périodes difficiles aussi bien que de profiter des moments heureux. Elle mène des conversations imaginaires avec sa mère, dans lesquelles Alice Willard lui donne des conseils pour vivre avec un mari préoccupé tout comme elle pourrait lui expliquer que, au lieu d'acheter de la farine à gâteaux toute prête, on peut mélanger farine de maïs et farine de blé, et que le vinaigre est ce qu'il y a de mieux pour nettoyer les vitres.

Alice Willard

Chère Honora,

À Thanksgiving tu nous as beaucoup manqué, à Harold et à moi. J'ai préparé ma dinde au beurre, et Richard et Estelle sont venus. Estelle m'a rendue furieuse quand elle a dit qu'elle ne pouvait pas manger la farce parce qu'il y avait des oignons dedans – tu sais à quel point Estelle peut être agaçante. J'étais dans tous mes états, jusqu'au moment où on a mangé les tourtes. Je regrette que tu n'aies pas été là pour me raisonner, je sais que tu l'aurais fait.

Essaie de ne pas autant t'inquiéter pour Sexton et son travail. Tu pourrais te mettre à la couture. L'usine de Waterboro me confiait du travail à domicile, quand les garçons allaient encore à l'école et que nous avions besoin d'argent. Il n'y a pas de honte à prendre du travail à domicile, et tu es très bonne couturière. Pourquoi ne pas te renseigner pour savoir si l'une des filatures des environs n'aurait pas besoin de quelqu'un qui confectionne des rideaux, des housses et ce genre de choses ? J'ai toujours aimé ce travail, parce que je pouvais apporter le tissu à la maison, l'étaler sur le sol de la salle de séjour et couper, épingler et coudre quand les enfants étaient couchés. Tu as une très grande maison, je suis sûre que tu trouverais bien un endroit pour étaler le tissu. Tu le sais, certaines pièces sont très longues, surtout les rideaux.

À propos de l'usine de Waterboro, ses ouvriers se sont rués sur la banque de la ville. Le bruit courait qu'elle était à court de fonds, alors tout le monde est allé retirer son argent. Il a fallu appeler la police pour que les gens fassent tranquillement la queue. D'après le journal il manquait mille dollars à la banque, mais Muriel, qui y a travaillé, dit qu'il manquait beaucoup plus. Le journal affirme qu'il n'y a aucun risque que la banque ferme, mais personne n'y croit non plus. Franchement, tout est une question de confiance. Si on pense que la banque tient bien le coup, on ne s'affole pas, et par conséquent la banque tiendra le coup. Nos économies sont à la Five Cents Savings d'ici, mais elles ne sont pas énormes, et il n'y aurait pas de quoi faire une maladie si elles disparaissaient. La plupart du temps, nous nous organisons semaine après semaine.

Je t'envoie les recettes que tu m'as demandées. Le toast au fromage et à la tomate est pratique, parce qu'il faut seulement de la soupe à la tomate Campbell et un peu de fromage Kraft, et si tu es à sec tu peux remplacer le pain par un cracker Saltines, comme je le faisais quand les garçons et toi étiez à la maison. Pour l'autre recette, le riz à l'espagnole, il ne faut là aussi qu'une boîte de soupe à la tomate. Et le riz ne coûte pas cher. Une ou deux tranches de lard suffisent à donner du goût. Est-ce que tu as déjà préparé du tapioca ?

Surveille le courrier, je t'ai expédié un colis. En même temps que tes cadeaux de Noël, je t'envoie des bocaux que j'ai préparés cet été. Harold et moi avons passé tout un après-midi à faire le carton pour que rien ne se casse. Harold sait très bien emballer. Nous avons tant à manger ici, tu le sais bien, et je ne voudrais pas que ça s'abîme. Je pense que c'est la confiture de mûres que tu vas préférer.

Ce n'était pas pareil sans toi à Thanksgiving. Et bien sûr nous sommes tous tristes pour May. Quand mon heure viendra, j'espère que je partirai vite.

Dis à Sexton de ne pas se décourager. La vie est faite de hauts et de bas.

Affectueusement,

Maman

P.-S. *Si tu trouves que le temps d'hiver te rend la peau rugueuse, tu pourrais essayer la lotion tonique Frostilla. Je l'ai toujours utilisée en toute confiance.*

Vivian

Ça doit être cette maison, se dit Vivian. Deux étages, blanche, des volets noirs – elle n'est pas aussi terrible que dans son souvenir. La porte d'entrée a été arrangée, et le treillage de la clôture récemment repeint en blanc. Vivian descend de la voiture à grosses roues, vieille de quatre ans, et serre son manteau autour d'elle. Il s'est mis à neiger dans la matinée, faiblement tout d'abord, puis plus fort. Elle est contente de s'être fait expédier son manteau et ses bottines fourrées de Boston, malgré les protestations de son père.

Celui-ci a presque renoncé à lui téléphoner. Rien ne peut le dissuader qu'elle ne vit pas avec un homme marié (qui a lancé ce bruit malveillant ? Vivian aimerait bien le savoir), alors que rien ne pourrait être plus éloigné de la vérité. Elle n'est même pas allée dîner avec un homme depuis le départ de Dickie. De temps à autre, ce dernier lui donne de ses nouvelles. Il habite Marlborough

Street, chez Johnny Merrill. Ses brefs messages trahissent une sorte de panique. Tandis qu'on colmate une brèche, une autre s'ouvre à l'autre bout du bateau.

Vivian frappe à un carreau en glissant la main au milieu d'une couronne de Noël. Quand la porte s'ouvre, Vivian observe les différentes expressions qui passent en un éclair sur le visage de la jeune femme – espoir, déception, puis, aussitôt après, plaisir.

— Bonjour, dit Honora une fois arrivée à la phase plaisir.

Vivian remarque le chemisier en satin beige rosé, la jupe en laine marron. Les boucles d'oreilles en perles et marcassite. Les chaussures marron de tous les jours.

— Entrez donc. Quelle surprise !

— Je ne veux pas vous déranger. Je suis en route pour l'aéroport. Je m'en vais et je voulais vous donner ceci.

Vivian ouvre le sac en cuir d'antilope rehaussé de sardoines que Dickie lui a offert pour son vingt-neuvième anniversaire, en septembre, et en sort un petit paquet enveloppé dans du papier de soie et noué avec une ficelle.

— À quelle heure part votre avion ? demande la jeune femme.

— J'ai encore quelques minutes. Il ne décollera peut-être même pas à cause du mauvais temps.

— Alors je vais préparer du thé.

Après s'être essuyé les pieds sur le paillasson, Vivian suit Honora dans la cuisine. Elle constate en la voyant de dos qu'elle est mince comme une baguette. Elle a de belles épaules – une silhouette de nageuse.

Honora pose le paquet enveloppé sur une table de cuisine couverte d'une nappe en tissu. Elle vient manifestement d'ôter son tablier. Vivian retire ses gants de chamois et déboutonne son manteau.

— Puis-je vous débarrasser ? demande Honora.

— Je ne peux pas rester le temps d'une vraie visite, j'aurais d'ailleurs dû venir il y a une éternité. Je pars pour Boston, je vais passer Noël chez une tante et… bon… ouvrez donc le paquet.

Honora s'assied sur l'autre chaise de cuisine et dénoue la ficelle. Sur le papier de soie sont étalés deux douzaines d'éclats de verre marin.

— Oh ! s'exclame Honora, visiblement émue.

— Après vous avoir rencontrée l'autre jour, je me suis mise à chercher du verre marin. On y prend goût, n'est-ce pas ?

— Merci. Ils sont très beaux.

— Je pensais que vous pourriez les ajouter à votre collection.

Celui qu'elle préfère est le rond en forme de meringue, qui semble avoir fondu et bouillonné comme s'il avait cuit. Honora soulève un tesson d'un blanc opalin.

— Je ne savais pas au juste si le blanc opalin comptait, explique Vivian.

— Bien sûr que oui, dit Honora avant de se mettre à rire. En fait, comment le saurais-je ? J'établis les règles au fur et à mesure. Ils sont très jolis. C'est rare de trouver ces couleurs. La plupart sont blancs ou marron.

— Non, mais regardez-nous un peu ! s'exclame Vivian. On dirait deux marchands de diamants qui s'extasient sur une nouvelle cargaison.

Honora se lève pour emplir d'eau une bouilloire. Vivian remarque les tasses dépareillées accrochées sous l'étagère recouverte de toile cirée, les deux tourtes (elles sentent la pomme et les fruits secs) posées sur une petite table à côté de la cuisinière, la propreté de toutes les surfaces, même du sol. Mme Ellis, qui vient deux fois par semaine chez Vivian, ne se débrouille vraiment pas aussi bien. Un exemplaire du *Woman's Home Companion* est posé sur la table de la cuisine, à côté du tablier.

Honora met un napperon sur un plateau et y place deux grandes tasses, un sucrier et un pot à lait en verre rose. Elle ne s'excuse pas pour la vaisselle dépareillée, ce pour quoi Vivian l'admire aussitôt.

— Puis-je vous offrir un morceau de tourte aux pommes et fruits secs ? propose Honora.

— Je ne voudrais pas que vous les entamiez. Vous attendez visiblement quelqu'un.

— J'attends mon mari. Je ne sais pas exactement quand il va rentrer. Il m'avait dit qu'il serait là pour déjeuner, mais il n'y a pas réussi. De toute façon nous ne pourrons pas finir les deux tourtes. Je ne me rendais pas compte que vous vous trouviez encore ici. Je pensais que tout le monde était reparti.

— Nous avons dû faire face à des événements imprévus, dit Vivian. Mon ami Dickie Peets, le type qui possédait la maison, a dû la vendre très vite.

Alors je l'ai achetée. Je ne sais pas exactement pourquoi, sauf que je m'étais énormément plu ici.

Honora ouvre la bouche pour poser une question, puis la referme. Au lieu de quoi elle va ôter la bouilloire du feu. L'eau devait déjà être chaude, pense Vivian. Un signe de plus montrant que la jeune femme préparait l'arrivée de son mari. Vivian envie un instant cette attente teintée d'espoir.

— Dickie et moi vivions dans le péché, confie-t-elle d'un ton léger. J'espère que vous n'êtes pas choquée.

— Oh ! fait Honora, troublée.

— Il est parti, maintenant, ajoute Vivian avant de boire une gorgée de thé. Je ne suis encore jamais restée seule. À quoi ce thé est-il parfumé ?

— À la cannelle. Et au clou de girofle.

— Je suis sûre que votre mari est retenu dans un grand magasin avec tous les autres maris qui achètent à leur femme des cadeaux de dernière minute.

— Vous ne voulez pas de lait ?

— Non, non. C'est parfait.

Honora coupe deux morceaux de tourte et les apporte sur la table avec des fourchettes. Vivian a une brève inquiétude. La neige. Elle n'a aucune idée de la manière dont une Ford se comporte par mauvais temps. Le mari de Mme Ellis lui a appris à conduire quand elle a acheté ce véhicule à grosses roues à Archie Swetnam, lequel traverse un peu les mêmes difficultés que Dickie. Au début elle trouvait parfaitement immoral de profiter des pertes de quelqu'un, mais à présent elle pense plutôt le contraire : elle aide simplement ses amis à se sortir de leurs mauvaises passes.

— Cette tourte est délicieuse, dit-elle.

— Et votre avion ? s'enquiert Honora en jetant un coup d'œil sur la pendule murale.

— J'ai encore une ou deux minutes.

— Mon mari a eu beaucoup de soucis ces derniers temps. Les affaires ne marchent pas fort.

— Il vend des machines à écrire.

— Et aussi d'autres machines de bureau.

— Cette mauvaise période ne peut pas durer éternellement.

— Non, mais, voyez-vous, nous venions tout juste d'acheter la maison.

Vivian hoche la tête, éprouvant une nouvelle fois la culpabilité de ceux qui ont réussi à s'en sortir. La débâcle boursière a ruiné bon nombre de ses amis : les Nye, les frères Chadbourne, Dorothy Trafton. Elle a du mal à compatir au sort de Dorothy Trafton.

— Qu'est-ce que vous offrez à votre mari pour Noël ?

— Ça s'appelle un stylo Multi-Vider. Il fait des multiplications, des divisions, calcule des pourcentages et des ratios.

— Voilà qui semble une idée judicieuse.

— Il est rouge et noir, avec une plume plaquée or, poursuit Honora en s'empourprant de fierté.

— Je suis persuadée qu'il va l'adorer. Les hommes adorent les engins insolites.

Pour Noël elle a acheté à son père une caméra. Invitée à sept réceptions au cours des dix prochains jours, elle va passer toute la nuit à envelopper des cadeaux. Le seul sujet de conversation sera la Bourse – qui est ruiné, qui ne l'est pas –, les moyens pittoresques que certains ont trouvés pour faire des économies.

— Je vous le montrerais bien, mais il est déjà emballé, dit Honora.

Vivian sent un autre pincement qui ressemble à du regret, le regret de ne pas avoir d'amoureux à qui offrir un cadeau de Noël. Bien entendu elle va faire un présent à Dickie – une petite toile de Claude Legny –, mais ce n'est pas la même chose. Leur face-à-face sera presque à coup sûr tendu, affecté.

— Je ferais mieux de partir, dit Vivian.

— Où se trouve l'aéroport ?

— De l'autre côté d'Ely Falls.

— Comment allez-vous faire pour ramener votre voiture chez vous ?

— J'ai trouvé un type qui ira à l'aéroport en tramway après-demain et la conduira chez moi.

— J'allais vous proposer de vous la ramener.

— Vous savez conduire ? demande Vivian avec plus d'incrédulité qu'elle n'en avait l'intention.

— Oui. Mon mari m'a appris cet été. Je vais chercher mon manteau.

Vivian reste là un instant, puis termine poliment son thé et sa part de tourte. Elle pose la vaisselle dans l'évier et enfile son manteau. Elle gagne le couloir et arrive devant ce qui doit être un salon, dont les fenêtres qui vont du sol au plafond donnent sur la plage. Le ciel semble se dégager, Vivian remarque un petit pan de bleu à l'est. Dans un coin de la pièce elle voit un piano à queue, un arbre de Noël décoré en occupe un autre. Plusieurs paquets soigneusement enveloppés ont été déposés dessous.

À côté du sapin, un petit canapé est drapé d'un dessus blanc au crochet, sans doute pour cacher une tache. Vivian éprouve soudain un besoin de gaieté – de cheminées, de whisky-sodas, de bavardages futiles, de femmes couvertes de velours et de perles.

Sexton

Sexton s'appuie au réverbère comme s'il était déjà ivre. Il n'a envie que d'une seule chose : se soûler. Des hommes et des femmes le frôlent en passant, certains baissent la tête, s'abritant de la neige sous le bord de leur chapeau, d'autres renversent la tête en arrière et rient. Toute la ville semble se trouver dehors cet après-midi. Les gens s'engouffrent dans des immeubles, portent des paquets qui se balancent au bout de leur bras, l'air déterminé et les yeux pleins d'espoir. Sexton tripote la mise en demeure maintenant froissée dans la poche de son manteau.

Cher Monsieur Beecher,

Voulez-vous avoir l'obligeance de passer à mon bureau à 9 heures le 24 décembre ? J'aimerais vous entretenir d'une affaire de la plus haute importance.

Nous n'avons pas pu vous joindre par téléphone.

Veuillez agréer, cher monsieur, l'expression de mes sentiments distingués.

Kenneth A. Rowley

La mise en demeure est dactylographiée sur une Fosdick nº 7 que Sexton a vendue à la banque. Afin de conserver un double dans son dossier, la note a été reproduite au moyen d'un Copiograh qu'il a lui-même transporté il y a à peine quelques semaines.

Sexton avance avec la foule sans vraiment savoir où il va, trop fatigué pour allumer une cigarette. Après avoir parcouru un pâté de maisons, il voit son chemin obstrué par un groupe d'hommes et de femmes qui attendent leur tour pour franchir la porte à tambour de Simmons, un grand magasin, et il se rappelle alors qu'il doit acheter un cadeau de Noël pour Honora. Il ne peut pas arriver à la maison les mains vides… non, bien sûr que non. Il a économisé dix dollars sur son dernier chèque. Il doute fort d'en toucher un autre. Il a passé la nuit dans la Buick et s'est rasé dans les toilettes d'une station-service Flying A, à Lyndeboro. Le manque de sommeil pèse encore sur son visage, lui alourdit les paupières.

Il franchit la porte à tambour et se retrouve devant un comptoir de parfumerie, juste à l'entrée. Des grappes d'hommes essaient d'attirer l'attention d'une femme blonde vêtue d'une élégante robe rouge, qui leur vaporise du parfum sur le poignet et, ce faisant, flirte un brin avec eux. Sexton aurait bien envie de compter parmi ces clients, qui, le cœur léger à l'approche des fêtes, achètent un cadeau à leur femme sans se poser de questions. Il ne sait même pas quel est le parfum préféré d'Honora. Elle sent toujours le savon.

Il erre au rayon chapeaux, puis passe devant le comptoir des gants. On le bouscule (« Excusez-moi, monsieur, je ne vous avais pas vu »), et il se retrouve au rayon des bas. Il est plus ou moins certain que des bas feraient plaisir à Honora. Un jour il est entré dans la chambre au moment où elle en remmaillait un avec un crochet minuscule, presque invisible. Ne voulant pas qu'il la voie occupée à cette tâche, elle a calmement laissé tomber son ouvrage sur ses genoux pendant qu'elle lui parlait. Il ne se souvient plus de leur conversation. Il a seulement gardé en mémoire la vision d'Honora sur le lit, dans une combinaison blanche qui ne lui couvrait même pas les genoux, de ses jambes nues merveilleusement fuselées.

Il l'imagine à la maison en train de l'attendre. Assise sur une chaise de cuisine, elle doit feuilleter un magazine et regarder de temps en temps par la fenêtre, inquiète de le savoir sur les routes enneigées.

Cette image lui est insupportable.

— Vous comprendrez..., commença Rowley d'un ton glacial dépourvu de toute trace d'alcool.

Il n'avait plus rien du président de banque affable et paresseux qui parlait automobiles et scores de base-ball et laissait sa secrétaire prendre les décisions. Non, c'était là un Rowley complètement différent et, assis en face de lui (sans avoir été invité à retirer son manteau), Sexton se représentait ses épaules, tendues comme celles d'un automate.

— … Vous comprendrez, monsieur Beecher, que, dans le climat économique actuel, notre banque, de même que presque toutes celles que je connais, examine de très près les emprunts qui ont été accordés. Et dans votre cas, pour vous dire les choses franchement, nous avons découvert une irrégularité, maintenant que nous disposons de tous les documents.

— Je vous demande pardon ? fit Sexton en tentant un sourire.

Rowley lui renvoya un maigre sourire.

— Vous vous en souvenez, monsieur Beecher, vous êtes venu le vendredi 4 septembre solliciter un prêt de sept cents dollars afin de procéder à des travaux d'amélioration de votre habitation.

Il y prend plaisir, songea Sexton. C'est évident. L'homme se venge sur le chien qui se venge sur le chat. La banque devait être terriblement à court d'argent, et c'était Sexton qui en ferait les frais.

— À ce moment-là, vous nous avez dit que vous étiez propriétaire de votre maison située… laissez-moi vérifier, dans Fortune's Rocks Road. C'est bien ça, monsieur Beecher ?

Une perle de sueur roula sur la tempe de Sexton. En s'efforçant de prendre l'air nonchalant de qui se sent innocent, il secoua la tête.

— Je ne vois pas exactement où vous voulez en venir, Ken.

Un tressaillement, une sorte de tic, passa sur les traits de Rowley, et Sexton se rendit compte que le « Ken » avait été une erreur. Les murs lambrissés qui lui avaient jadis semblé la quintessence de l'élégance paraissaient désormais oppressants, les rebords des fenêtres étaient trop hauts, la pièce revêtait l'allure menaçante d'une salle de classe dans laquelle on va être puni.

— Il y a un moyen très simple de régler cette affaire. Je peux décrocher mon téléphone et appeler Albert Norton, à la banque de Franklin. J'ai eu scrupule à le faire, monsieur Beecher, vous le comprendrez aisément, car cette démarche ne manquerait pas d'entraîner des vérifications au sujet du prêt qu'ils vous ont accordé.

Inutile de jouer les naïfs à présent, pensa Sexton. Rowley l'avait dans son collimateur.

— Toutefois, je crains que nous ne soyons obligés d'annuler l'emprunt que nous vous avons consenti. Ces sept cents dollars pour procéder à des améliorations dans une maison dont vous n'étiez en réalité pas propriétaire.

Sexton s'assit au bord de son siège.

— Mais dans le fond je l'étais. Écoutez, qu'est-ce qu'un jour ou deux peuvent bien y changer, surtout dans la mesure où ça se passait à la veille de trois jours fériés ?

— Cette affaire ne souffre aucune discussion, dit Rowley. Un banquier ne saurait tolérer la moindre irrégularité. Sérieusement, monsieur Beecher, pouvez-vous imaginer qu'un déposant ne se soucie pas d'une erreur dans la somme inscrite sur son livret bancaire ?

Rowley attendit un instant la réponse à sa question de pure rhétorique.

— Non, bien sûr, répondit-il lui-même.

Est-ce que la bouteille qui se trouve dans le tiroir de droite constitue une irrégularité ? avait envie de rétorquer Sexton. Au lieu de quoi il demanda :

— Pourrions-nous envisager la modification de l'emprunt ?

— Non, ça ne va pas être possible.

Le filet de sueur s'accumula sur la joue de Sexton.

— Et, si je n'ai pas averti la banque de Franklin en espérant que nous trouverions un accord, je crains bien, monsieur Beecher, d'avoir dû m'entretenir avec la direction de votre société. Voyez-vous, nous n'arrivions pas à vous joindre par téléphone.

Sexton ferma brièvement les yeux et se représenta son existence en train de lui échapper. Son boulot. Sa voiture. Sa maison.

— À qui avez-vous parlé ?

— Je l'ai dans mes notes. M. Fosdick en personne, je crois. Oui, c'est bien ça.

Sexton sortit son mouchoir de sa poche et s'épongea le visage. Rowley transpirait lui aussi, remarqua-t-il. Son col était avachi et – était-ce possible ? – sale.

— M. Fosdick veut que vous lui téléphoniez au plus tôt. Je vous recommande d'installer le téléphone chez vous si vous devez continuer à exercer une profession quelconque, monsieur Beecher.

« Une profession quelconque ».

— Bon. Ne nous attardons pas sur une affaire désagréable. Nous souhaitons le remboursement intégral de l'emprunt en question avant vendredi prochain.

— Écoutez, je ne peux pas trouver l'argent d'ici la semaine prochaine, dit Sexton en étouffant la note d'affolement qui se glissait dans sa voix.

— Je m'en doutais un peu. Mais si je me souviens bien, monsieur Beecher, vous disiez que vous possédiez une Buick ? À combien estimeriez-vous sa valeur actuelle ?

Sexton resta muet.

— J'essaie de trouver un moyen pour que vous conserviez votre maison, monsieur Beecher. Sincèrement, je considère que c'est là un geste terriblement généreux de ma part. Si votre automobile vaut ce que je pense, elle pourrait vous permettre de rembourser une grande partie de l'emprunt dont nous parlons.

Sexton réfléchissait avec frénésie.

— Combien donc vaudrait-elle, selon vous, monsieur Beecher ?

— Quatre cent soixante-quinze dollars. C'est le prix que je l'ai payée.

— Bien, monsieur Beecher. Si vous aviez l'amabilité de déposer mercredi prochain la Buick à l'adresse que j'ai inscrite sur ce bout de papier, nous vous en serions très reconnaissants. Comme vous le constaterez, il s'agit d'une salle des ventes. Je ne vous garantis pas les quatre cent soixante-quinze dollars. Pas dans le climat économique actuel. Mais, une fois la commission prélevée, nous pourrions en retirer quatre cents dollars.

L'affolement perça dans la voix de Sexton.

— Sans automobile je ne peux pas gagner ma vie, monsieur Rowley.

Rowley tressaillit aussi sûrement que si Sexton s'était mis à pleurer.

— J'espère que ça ne va pas nous créer de problème, dit-il tranquillement.

Au prix d'un ultime effort, Sexton se leva.

— Bien, reprit Rowley d'un ton visiblement soulagé, puis, sans le moindre soupçon d'ironie il ajouta : Bonne chance.

— Vous désirez, monsieur ?

Une toute petite femme mince, au teint et aux cheveux beiges, exactement de la même couleur que les articles qu'elle vend, si bien que Sexton se demande si elle ne s'est pas soudain matérialisée derrière le comptoir, penche la tête pour attirer son attention.

— Puis-je vous montrer quelque chose ? Est-ce que vous cherchez un cadeau pour votre femme ? Votre petite amie ? Est-elle grande ou petite ?

— Elle est... longue, dit Sexton. Elle est très longue.

La femme beige lui jette un regard perçant, semble se demander si elle n'est pas confrontée à un dingue. Ou à un homme qui vient de fêter Noël sur son lieu de travail avec un peu trop d'ardeur. Sexton s'efforce de canaliser son attention. La tâche semble d'une difficulté monumentale, mais il ne peut pas rentrer à la maison les mains vides.

— J'ai des bas merveilleux en mousseline de soie que je pourrais vous montrer, dit la vendeuse. Très jolis. Habillés. Élégants. La mousseline de soie fait fureur en ce moment. Mais c'est également pratique. Les femmes aiment les choses résistantes, vous n'êtes pas d'accord ?

Oui, il est d'accord. Honora est elle-même particulièrement résistante.

La vendeuse déploie une paire de bas fins, délicats entre ses doigts tendus. La mousseline de soie passe comme un fluide d'une main à l'autre. Sexton imagine un instant la sensation soyeuse des bas sur les jambes d'Honora.

— Monsieur ?

Au-dessus de lui le lustre semble brûler avec trop d'éclat et tournoie brièvement. Il est environné de voix vives, animées, qui s'élèvent de plus en plus. Il repense à Honora qui l'attend à la maison. Il ne peut pas supporter l'idée d'aller la retrouver. Comment pourra-t-il jamais lui expliquer ce qu'il a fait ?

— Grouillez-vous, s'écrie un homme derrière lui. J'ai pas toute la journée.

— J'en voudrais deux paires, s'empresse de dire Sexton.

Il sort de sa poche une mince liasse de billets retenus par un élastique et donne à la vendeuse un billet de deux dollars et un billet de un dollar.

Derrière lui quelqu'un se réjouit bruyamment.

McDermott

McDermott a l'impression qu'il patiente derrière l'homme au long manteau marron depuis une éternité. Le client fixe une paire de bas depuis plusieurs minutes, et McDermott voit bien que la vendeuse s'impatiente et s'affole même un peu. Derrière lui la queue comprend au moins cinq ou six personnes, et déjà quelqu'un a crié au client d'activer. S'il ne tenait qu'à lui, McDermott s'en irait, mais Eileen a été très précise : deux paires de bas de soie Blue Moon, chez Mirage, a-t-elle dit, et sur le moment il a été content d'avoir des instructions aussi précises. Eamon et Michael se sont eux aussi montrés très explicites : ils voulaient des couteaux de poche. Il soupçonne ses frères d'appartenir à l'une des bandes qui terrorisent périodiquement les jeunes ouvrières des usines et leur volent leur paye. Il s'est renseigné et, s'il en a la preuve, ou s'il les prend sur le fait, il les réduira en bouillie. Il y a moins d'une demi-heure il leur a acheté des patins de hockey sur glace au magasin de sport. C'est à prendre ou à laisser, voilà ce qu'il en pense.

McDermott regrette de ne pas avoir vingt cadeaux de Noël à offrir. Il voudrait bien une excuse pour flâner dans tous les rayons du grand magasin – chemises d'homme, appareils ménagers, jouets, et même chapeaux pour dames. Il admire la présentation engageante des articles exposés. Les mannequins en robe de chambre et tenue de soirée invitent le chaland dans un monde joyeux, coloré et chatoyant. McDermott ne fait aucun effort pour comprendre ce que disent les gens dans le vacarme qui constitue le fond sonore. Il lui suffit de savoir que les voix sont heureuses – surtout parce que les gens sont sortis plus tôt de leur travail, pense-t-il.

L'homme qui le précède effectue enfin son achat et quelqu'un, derrière, se réjouit bruyamment. La vendeuse enveloppe les bas dans du papier de soie marron et noue une ficelle. Quand l'homme prend son paquet et se retourne, McDermott reconnaît des caractéristiques qu'il a souvent vues à la filature – visage gris d'épuisement, cireux de résignation. Pauvre bougre, songe McDermott tout en envisageant de flirter un peu avec la vendeuse – bien que ce ne soit pas facile pour lui. Ce petit jeu exige qu'on saisisse les mots qu'une femme laisse échapper du coin des lèvres, et McDermott n'en est pas capable. Il donne à la vendeuse les indications d'Eileen, et elle semble soulagée de ne pas avoir besoin de faire l'article. McDermott la voit nouer le paquet avec de la ficelle.

— Vous n'avez pas de ruban ? demande-t-il.

— Le ruban se trouve au rayon mercerie, au deuxième étage, récite-t-elle machinalement. Le papier cadeau au quatrième.

McDermott soulève le mince paquet du comptoir en verre, puis, voyant qu'il ne reste pas bien plat, le plie en deux et le fourre dans la poche de sa veste en cuir.

— Ce qu'ils font à Mironson est dégueulasse, lâche Ross en secouant la tête.

Il se cure les dents et son haleine pue le poisson pourri.

Le bar clandestin est bondé parce que les ouvriers ont travaillé la moitié de la journée et ont touché leur paye de Noël : une pièce de un dollar supplémentaire, qu'ils appellent une « roue ». McDermott a effectué ses achats avant de se payer un coup ; il a vu trop d'hommes boire toute leur paye puis sangloter au moment de la fermeture parce qu'ils n'avaient pas de cadeau de Noël à apporter à leur femme et à leurs enfants.

Ross évoquait ce que l'*Ely Falls Gazette* a publié sur Mironson : son appartenance au parti communiste, sa défense de l'amour libre et ses trois mariages. Ils ont enfoncé le clou avec un article où on l'accusait d'avoir volé des fonds syndicaux en Caroline du Nord. Qu'il soit au parti communiste est sans doute vrai, pense McDermott, mais il est prêt à parier que le reste est mensonger.

— Nous avons avec nous les tisseurs et les cardeurs, nous sommes parés, dit Ross.

— Et les autres ? demande McDermott. Tu ne peux pas réussir une grève sans les non-syndiqués.

Ils représentent quatre-vingt-dix pour cent des ouvriers en ce moment.

— Ils comptent sur les syndicats. C'est ce qui s'est passé à Gastonia. Et à New Bedford.

— Beal ne serait pas d'accord pour faire le piquet de grève.

— Mironson non plus, ajoute Ross. Tu n'as pas lu dans les journaux qu'on avait déshabillé une jaune ? On l'a mise à poil, là, dans la rue.

Un mouvement attire le regard de McDermott. Un homme vêtu d'un manteau marron maintenant familier s'installe seul à une table. La chaleur du bar en sous-sol l'oblige à se débarrasser de son manteau et à tirer sur son nœud de cravate. Il pose ensuite son chapeau sur la table, se passe les doigts dans les cheveux et les aplatit. Son teint est tout aussi cireux qu'il l'était au rayon des bas.

— De toute façon les Franco-Américains ne font pas confiance à Mironson, dit McDermott.

— Ils ne font pas confiance à quiconque n'est pas français, réplique Ross. Si grève il y a, nous nous débrouillerons entre nous. Avec l'Église et les bonnes œuvres – par exemple la Ladies' Aid Society, ou Saint-Vincent-de-Paul. Une fois la grève déclenchée, nous ferons appel à la direction du syndicat. Ils veulent prendre les opérations en main et, le moment venu, tout le monde ne sera que trop content de les laisser faire.

L'Anglaise, qui ne porte pas ses lunettes aujourd'hui, se glisse sur la chaise vide, en face du type au teint cireux. McDermott voit l'homme commander et boire trois whiskies d'affilée. L'Anglaise a mis son rouge à lèvres orange, et quand elle sourit McDermott constate qu'elle en a un peu sur une canine.

— Ce qu'il faudrait, c'est faire notre propre propagande, suggère Ross. Nous n'avons aucun moyen d'informer les ouvriers. Tout n'est que rumeurs.

L'Anglaise et l'homme sont en train de rire. Elle n'est pas bête. Une femme peut fort bien augmenter son tarif pour un étranger en manteau de gabardine et cravate de soie qui descend trois verres d'un coup.

— Nous avons besoin d'une presse. Pour imprimer les tracts et les affiches, dit Ross.

Par-dessus l'épaule de son camarade, McDermott regarde les chaussures qui passent devant la fenêtre du sous-sol. Il aime bien imaginer ceux qui les portent, surtout les femmes, et surtout celles qui ont des escarpins ou de jolies bottes fourrées. C'est un plaisir fugitif : on aperçoit une minute la cheville et les mollets, et la minute d'après ils ont disparu – une seconde pour se représenter un visage. McDermott observe les petits pas d'une paire de hauts talons peu pratiques et imagine une blonde au rouge à lèvres rose. Il voit passer une paire de solides trotteurs et pense à Eileen.

— Qu'est-ce que tu fais pour Noël ? demande-t-il.

— Bon, l'église, le repas de Noël. Nous allons manger chez mon frère. J'ai acheté une montre pour Rosemary. Six dollars chez Simmons.

— C'est une bonne idée.

L'homme, dont le visage a pris quelques couleurs, se lève en même temps que l'Anglaise et attrape son manteau posé sur le dos de la chaise. McDermott le voit s'éloigner, et ce n'est qu'ensuite qu'il remarque un paquet par terre. Il baisse une seconde les yeux parce que Ross lui tend du feu et, quand il les reporte vers la table en songeant à rappeler celui qui vient de partir avec l'Anglaise, il s'aperçoit que le paquet a déjà été piqué. Il scrute rapidement les types assis à proximité, mais aucun ne se trahit. Il espère que l'inconnu se rendra compte qu'il a perdu son cadeau avant la fermeture des magasins.

McDermott lève les yeux sur la fenêtre en se disant qu'il verra peut-être l'homme passer, même s'il n'a aucune idée de ce qu'il pourrait faire pour lui. Derrière les pieds des passants, il distingue un kiosque à journaux et, parfois, il arrive à lire les gros titres.

BONNES PERSPECTIVES POUR L'ÉCONOMIE DE LA NOUVELLE-ANGLETERRE. Une silhouette frêle passe devant les gros titres. Des jambes maigres comme des allumettes dépassent d'un pantalon trop court et de bottillons sans lacet. Des bottillons que McDermott reconnaîtrait entre tous. Il jette quelques pièces sur la table.

— Joyeux Noël, Ross !

Le gamin a tiré sur les manches de sa veste pour se réchauffer les mains, et il a le nez qui coule à cause du froid.

— Coucou, dit McDermott.

L'enfant lève les yeux. Il s'essuie le nez à sa manche.

— Qu'est-ce que tu fais ? lui demande McDermott.

— Il aurait fallu que j'aille au magasin de Tsomides pour ma mère.

— Et qu'est-ce qui s'est passé ? Tu as perdu l'argent ?

Le gosse ouvre le poing. McDermott compte les pièces.

— Alors, où est le problème ?

— Elle m'a dit d'acheter cinq choses, mais j'ai pas fait attention, et maintenant je me souviens seulement de quatre. Si je rentre sans les cinq, elle va me donner une autre corvée à faire, ou bien elle va m'envoyer réciter un rosaire à l'église.

McDermott sait que les Franco-Américains envoient leurs enfants à l'église quand ils se sont mal conduits. Parfois, en passant devant Saint-André en été, si les portes sont ouvertes, il voit une douzaine de mômes assis sur les bancs, leur chapelet à la main. C'est pas une si mauvaise affaire, songe McDermott. Rester assis pendant une heure dans une église calme, même s'il faut dire un rosaire. Rien à voir avec des coups de ceinture.

— Bon, voyons, dit-il. Que prépare ta mère pour le repas de Noël ?

— Du porc et du poisson.

— C'est le poisson ? C'est le porc ?

Le gamin secoue la tête. Il enfonce les mains dans les poches de son pantalon.

— Le café ? La farine ? Le lait ? Le pain ?

Le gosse continue à secouer la tête.

— La crème ? Le saindoux ?

Le visage d'Alphonse s'éclaire.

— Le sucre, dit-il, paraissant gagner deux ou trois centimètres d'un coup.

— Allons, comment t'as pu oublier le sucre ?

Alphonse hausse les épaules.

— File vite au magasin.

— Merci.

— Pas de quoi. Après avoir apporté les courses à ta mère, ça te dirait de prendre le tram ?

— Pour aller où ?

— C'est un secret.

Alphonse

Ils ont des bonnes places dans le tramway, et Alphonse trouve la neige belle, illuminée soudain d'un rayon de soleil. Ce n'est pas la première de l'année, mais c'est celle qui a le mieux tenu. Déjà les rues sont blanches, souillées seulement par les traces du tram. Assis à côté de lui, McDermott fume une cigarette et, de temps en temps, Alphonse le regarde à la dérobée. Ils sont montés dans la voiture qui se dirige vers l'ouest, et Alphonse en a été déconcerté, parce que dans cette direction il n'y a que des fermes minables. Peut-être que McDermott a un parent dans une ferme, se dit Alphonse, et qu'ils vont aller le voir. Ça ne l'embêterait pas du tout.

Quand ils se sont mis en route, McDermott lui a demandé s'il avait un chandail parce qu'il risquait de faire froid là où ils allaient. Alphonse est parti en courant et revenu quatre minutes plus tard avec un tricot qui appartient à Marie-Thérèse. C'est elle qui a la taille la plus proche de la sienne, vu qu'il est grand pour son âge et elle petite pour le sien. Le chandail est vert clair et a un ruché sur le devant, mais si Alphonse tient son blouson bien fermé, personne ne verra que c'est un vêtement de fille. Parfois, à l'usine, Arnaud Nadeau porte une chemise de flanelle qui a un col plissé. Elle est écossais rouge, et Arnaud prétend qu'elle lui vient de son frère, mais tout le monde voit bien qu'elle appartenait à sa mère.

Demain la famille d'Alphonse ira à l'église, mangera du porc et du poisson, la cousine de sa mère viendra les voir avec ses sept enfants et, si Alphonse ne se dépêche pas de filer après le repas, il sera coincé à la maison jusqu'à près de dix heures du soir pour surveiller ses petits cousins, et ce sera la fin de ses vacances. De toute façon ce ne seraient pas des vraies vacances à cause des réductions de salaires, avait dit sa mère. C'était déjà difficile de mettre de quoi manger sur la table, alors qu'ils ne s'attendent pas à avoir des cadeaux de Noël cette année. Et elle ne voulait pas les entendre se plaindre. Marie-Thérèse avait pleurniché et dit qu'elle avait tellement envie d'une robe en velours, et tous les autres étaient restés silencieux en pensant à ce dont ils avaient aussi très envie. Bon, ça servait à rien de pleurer, avait dit sa mère en regardant bien, pour une fois, Marie-Thérèse, qui d'habitude avait le droit de faire n'importe quoi. Tout le monde se serrait la ceinture, avait-elle ajouté. Ce serait un Noël maigre dans toute la ville.

McDermott et Alphonse voyagent en silence, et Alphonse observe les gens qui montent et qui descendent, surtout qui descendent, d'ailleurs, au fur et à mesure que le tramway s'éloigne vers l'ouest. McDermott échange deux mots avec le conducteur, lui offre une cigarette et, quand il se retourne vers Alphonse, il lui montre la vitre. Alphonse voit une grande étendue plate avec un bâtiment, une tour, et un avion qui s'arrache à la neige. Brusquement, la journée, qui n'avait jusqu'ici pas ressemblé à de vraies vacances, devient aussi étincelante que la neige.

— Parfois je viens ici pour voir les avions décoller et atterrir, dit McDermott. Il y a une petite salle d'attente dans le bâtiment, on peut prendre un chocolat chaud. Je parie que tu ne refuserais pas un chocolat bien chaud, là, tout de suite.

Alphonse a déjà compté sept avions. Il ne connaît pas tous les noms, mais McDermott les lui donne pendant qu'ils s'éloignent de l'arrêt de tram.

— Tu vois celui-là avec l'étoile Texaco ? demande McDermott en lui montrant un avion rouge vif. C'est un monoplan Lockheed, exactement le même que celui avec lequel Frank Hawkes a fait l'aller-retour New York -Los Angeles l'été dernier. Dix-neuf heures dix minutes vers l'ouest. Dix-sept heures trente-huit minutes vers l'est. D'ouest en est, ça va plus vite.

— Pourquoi ?

— À cause des vents, je crois. Et le gros rouge, là ? C'est un Fokker 32. Il a une envergure de trente mètres. Quatre pièces, une cuisine, deux toilettes et seize couchettes. L'autre, là, celui qui décolle, avec le cockpit découvert, appartient à la Travel Air.

Cent quatre-vingt-quinze kilomètres à l'heure. Il doit aller à New York. La plupart de ces avions vont à New York ou Boston, et une fois là-bas les passagers prennent un autre avion pour Miami, Saint Louis ou La Havane. Il devrait y avoir beaucoup de monde dans la salle d'attente aujourd'hui, les gens essaient de rentrer chez eux pour Noël. Et celui qui arrive est un avion postal, un Boeing. Il est beau, hein ? Il doit être bourré de cartes et de paquets aujourd'hui.

Alphonse et McDermott avancent dans la neige et, même si elle pénètre par les côtés de ses bottillons, monte jusque dans ses chaussettes, Alphonse s'en fiche. Il aperçoit un homme dans la tour, un microphone à la main. Dire que l'aérodrome a toujours été au bout de la ligne de tram et qu'Alphonse l'ignorait ! Bon, d'accord, il aurait été trop intimidé pour entrer dans le bâtiment, mais il aurait pu au moins se poster au bout du terrain et voir les avions décoller et atterrir.

McDermott le guide vers la salle d'attente. La chaleur le surprend, et pourtant tout le monde a gardé son manteau. Dans un coin une femme en manteau garni de fourrure parle à une autre vêtue d'un manteau de drap, et quand Alphonse les regarde mieux, il remarque que celle au manteau en drap est la femme qu'il a vue un jour en maillot de bain marron à la plage, celle qui enterrait ses mains et ses genoux dans le sable.

Alphonse a peur que quelqu'un ne vienne leur demander de partir, parce que dans cette salle tout le monde est bien habillé ; et voilà qu'il est là avec des godasses sans lacet et un pantalon qui ne descend même pas jusqu'aux chaussettes. Quant à McDermott, bon, il présente un peu mieux, mais rien à voir avec les gens debout en train de boire du café et de bavarder comme s'ils venaient là tous les jours. Et puis Alphonse baisse les yeux et aperçoit le chandail vert clair à ruché, que tout le monde peut voir aussi parce qu'il a ouvert son blouson en sentant la chaleur. Il se fige comme un chien pris en faute.

— Je vais te chercher une tasse de chocolat, dit McDermott.

Alphonse serre son blouson sur sa poitrine et acquiesce. Il aurait dû demander à sa mère de réparer la fermeture à glissière. McDermott va au comptoir et revient avec une tasse en porcelaine blanche ornée d'une ligne bleue et d'un avion. Alphonse boit un long trait de boisson chaude et se dit que, de toute sa longue vie, il n'a encore jamais rien bu d'aussi bon.

Les horaires sont marqués à la craie sur un tableau, près du guichet du vendeur de billets. Le vol de 14 h 15 pour New York a été rayé deux fois, et la dernière inscription indique 15 h 35, c'est-à-dire dans dix minutes. La femme en manteau garni de fourrure dit quelque chose à sa compagne et, quand elles se mettent à rire, Alphonse imagine une averse de beaux morceaux de verre.

Honora

Honora n'était encore jamais allée dans un aérodrome et elle est contente d'avoir pensé à demander à Vivian si elle avait besoin de quelqu'un pour ramener son automobile. Au début la Ford réagissait d'une manière brusque qui ne lui était pas familière (« N'achetez jamais une Ford », avait dit Sexton le jour où il était venu à la banque pour la première fois), et Honora n'était pas sûre du tout d'arriver à la conduire. Mais, avant même d'avoir traversé les marais, elle a adapté sa conduite aux caprices et aux singularités de l'automobile de Vivian, et ensuite le trajet l'a amusée. Honora se rend compte tout à coup qu'il y a bien longtemps qu'elle ne s'est pas amusée, sûrement pas depuis l'été, depuis que Sexton et elle ont appris que la maison était à vendre. Elle a laissé à Sexton un petit mot sur la table de la cuisine. *Je suis allée emmener une voisine à l'aérodrome dans sa voiture. Je t'expliquerai plus tard. Je devrais être de retour vers 17 heures. Joyeux Noël. Affectueusement, Honora.* Bien entendu elle pardonnera à son mari d'avoir manqué le déjeuner de fête malgré sa promesse, mais ça ne lui fera pas de mal d'être pour une fois celui qui attend.

Pour aller à l'aérodrome, Honora et Vivian ont traversé Ely Falls et, en passant lentement le long des vitrines de chez Simmons, se sont exclamées devant les dioramas de Noëls anciens peuplés de mannequins en robe à collet ou en longue robe de chambre, assis autour d'arbres décorés de rubans, de canneberge tressée et de bougies (on n'allumait sûrement pas ces bougies, songe à présent Honora). Vivian et elle ont joué à essayer de deviner, d'après leur allure et leurs vêtements, ce qu'avaient acheté les passants qui se faufilaient dans la circulation. En avisant un petit bonhomme pimpant en manteau de tweed et nœud papillon, Vivian a pensé à une guêpière Charis avec porte-jarretelles ajustable (pour sa maîtresse, bien sûr). En voyant une femme rondelette d'âge mûr, Honora a imaginé un jambon Hormel. Vivian a klaxonné sur son passage.

Honora et Sexton avaient évoqué la possibilité d'aller à Taft pendant les vacances, mais Sexton était réticent à l'idée de passer trop de temps loin de ses clients. Honora a écrit à sa mère et lui a demandé si oncle Harold et elle ne pourraient pas prendre un bus jusqu'à Ely Falls pour passer les vacances avec eux à Fortune's Rock (Honora brûle d'envie de leur montrer la maison), mais sa mère a répondu que Harold était encore trop faible pour voyager (ce qui n'était pas étonnant), et que cette année ils devraient se contenter de lettres et de paquets.

— Est-ce que vous avez peur en avion ? demande Honora.

— Mince, oui alors, répond Vivian en sortant un poudrier nacré de son sac. J'en ai les jointures blanches pendant tout le vol.

— Où sont vos bagages ?

— J'ai déjà expédié mes malles. Des choses inutiles. Dites-moi un peu ce que je comptais faire ici avec une étole en hermine ?

— Et vous emmenez Sandy dans l'avion ?

Dans sa petite caisse, le chien a l'air aussi inquiet que Vivian.

— Il n'aura pas de problème. La plupart des gens trouvent l'avion très agréable, en fait. Je reconnais que le service est prodigieux, et le gin de première qualité. La cabine comporte six pièces. Le plafond est peint avec des étoiles, les toilettes sont modernes, et les fauteuils club pivotent pour permettre de jouer aux cartes. Je n'aurai sûrement pas le temps de jouer une partie entière avant l'atterrissage.

— Je vous envie.

— On dit que l'avion est plus sûr que la voiture, mais je ne le crois pas un seul instant.

Des chaises en bois sont alignées dans la pièce assez nue mais peinte de frais. Une jeune femme en combinaison d'aviateur disparaît derrière une porte sur laquelle on lit RÉSERVÉ AU SERVICE et ressort une carte à la main. Quand elle traverse la salle d'attente pour se rendre sur la piste d'atterrissage, tout le monde s'interrompt, bouche bée, surtout la demi-douzaine d'hommes qui s'apprêtent à embarquer. L'expression d'un petit garçon, devant la fenêtre, ne relève que d'un qualificatif : extatique. Honora se demande si le gamin va prendre l'avion, mais écarte cette idée ; pauvrement vêtu, il est d'une maigreur pitoyable. Elle trouve surprenant que son père, debout à côté de lui, le laisse sortir par ce mauvais temps avec des bottillons dépourvus de lacets et un pantalon tellement court qu'il ne couvre même pas ses chaussettes. Pendant qu'Honora les observe, le père prend une tasse vide des mains de l'enfant. Ce dernier se retourne et colle le visage à la vitre.

— C'est sûrement mon avion, dit Vivian.

— Où voulez-vous que je laisse la voiture ? demande Honora.

— Juste devant la maison, répond Vivian en se remettant du rouge à lèvres. Quelqu'un va s'en occuper.

Les cheveux de Vivian sont ondulés comme du sable après une tempête. Honora examine son manteau de ville garni de fourrure et le tailleur sport en tweed qu'elle porte dessous. Le tailleur est magnifiquement coupé et lui va trop bien pour n'avoir pas été fait sur mesure. Honora envie aussi ses bottines fourrées – tellement plus élégantes que ses propres bottes de pluie, qu'elle a d'ailleurs négligé d'enfiler, dans la hâte du départ. Ses chaussures marron sont mouillées, froides, et il faudra qu'elle les fasse sécher devant le poêle en rentrant à la maison.

— Inutile d'attendre, conseille Vivian en refermant le poudrier d'un claquement sec. Vous avez une longue route devant vous.

— J'aimerais m'assurer que vous êtes bien partie. S'il y avait un problème d'avion, vous vous retrouveriez coincée ici.

— Je me débrouillerais pour rentrer d'une manière ou d'une autre. Il fait déjà presque nuit. Vous devriez vous mettre en route.

— Quand allez-vous revenir ?

— Pas avant mai, je pense.

— Oh ! s'exclame Honora, soudain affectée par le départ de sa nouvelle amie. Ce sera long.

Vivian lui donne un petit coup de coude et désigne d'un mouvement de tête un homme qui porte un chapeau mou élégant et un manteau en tweed de bonne qualité. Il tient un paquet plat, rectangulaire, enveloppé de papier rouge, avec un nœud doré.

— Chemise de nuit en crêpe de soie vert menthe, taillée dans le biais, suggère Vivian, et les deux femmes se mettent à rire.

Malgré l'obscurité qui gagne, Honora ne peut se résoudre à quitter la salle d'attente. Elle regarde les passagers grimper l'échelle raide de l'avion et se baisser pour franchir la porte. Quand elle se retourne, elle constate qu'il ne reste plus qu'elle et le petit garçon dans la salle, et elle se demande où est passé le père.

— C'est plutôt impressionnant, hein ? dit-elle à l'enfant.

Il se retourne en laissant la marque de son nez et de ses lèvres sur la vitre. Dehors, l'avion lance son moteur. Honora s'abrite les yeux pour scruter les vitres éclairées de l'appareil. Si elle repère Vivian, elle agitera la main. Mais, bien qu'elle distingue des silhouettes derrière les hublots, elle ne parvient pas à reconnaître sa nouvelle amie. L'appareil tourne et s'éloigne.

— Si on se dépêche, on pourra attraper le dernier tram, dit une voix derrière Honora. Je viens de me renseigner auprès du responsable de la maintenance.

Honora pivote en enfilant ses gants. Elle entrevoit des cheveux bruns frisés et des yeux d'un bleu soutenu. Puis, lorsqu'elle examine l'homme plus attentivement, elle se rend compte qu'il ne peut pas être le père de l'enfant – il est trop jeune. Il s'agit peut-être de son frère, bien qu'ils ne se ressemblent pas.

Quand elle ouvre la porte, le vent s'engouffre sous son manteau. Elle prie pour que l'automobile démarre. Y a-t-il encore un tramway pour Ely à cette heure tardive ? À côté d'elle, le gamin et l'homme rentrent les épaules pour lutter contre le mauvais temps et commencent leur long trajet jusqu'à l'arrêt du tram. Le petit doit avoir horriblement froid, pense-t-elle.

— Excusez-moi. Puis-je vous déposer quelque part ? propose-t-elle.

L'homme et l'enfant s'arrêtent. Honora s'approche pour voir leur visage.

— Où allez-vous ?

— On retourne en ville, répond l'homme après une brève hésitation.

— Il faut que je traverse la ville pour rentrer chez moi, je peux donc vous emmener. Il fait trop froid pour attendre le tram.

L'homme pose la main sur l'épaule du gamin.

— Merci, dit-il simplement.

McDermott

McDermott et l'enfant suivent la jeune femme jusqu'à son automobile. S'il avait été seul, il n'aurait pas accepté de se faire raccompagner. Le chapeau de la femme oscille avec le vent, et elle est obligée de le maintenir. Ses pas laissent des marques bien nettes dans la neige.

McDermott n'est pas monté dans un véhicule, tramway excepté, depuis que Mahon les a tous emmenés jusqu'à un bar clandestin de Rye dans son camion de livraison de pain, en novembre. McDermott, Ross et Tom Magill étaient assis par terre à l'arrière, environnés par l'odeur de levure et de papier sulfurisé, le derrière en compote après les rudes cahots tout au long de la route. Des coups de vent capricieux soulèvent la neige luisante qui tombe en averse du toit des cinq ou six voitures garées juste derrière la tour de l'aérodrome. McDermott jette un coup d'œil sur le gamin, constate qu'il est presque aussi surexcité qu'en voyant son premier avion décoller et se demande s'il est déjà monté dans une automobile.

La jeune femme se tourne brusquement, et McDermott manque lui rentrer dedans.

— Elle n'est pas à moi, dit-elle. J'espère qu'elle va démarrer.

Ses yeux pleurent un peu avec le froid. Il estime qu'elle doit avoir son âge, peut-être un an de moins. Sous le chapeau on n'aperçoit qu'une frange de cheveux. Bruns, comme ses yeux.

— Je suis sûr qu'à nous deux on se débrouillera, dit McDermott.

— Vous vous y connaissez en moteurs ? demande-t-elle.

— Je m'y connais en machines, dit-il en tendant la main. Je m'appelle Quillen McDermott.

Le gamin lui jette un regard dubitatif et rectifie :

— On l'appelle juste McDermott.

— Moi, c'est Honora. Honora Beecher. Et toi ?

— Alphonse. Je vous ai vue à la plage un jour.

— Ah bon ?

— Vous aviez un maillot de bain marron.

— En effet, dit-elle, légèrement surprise. Est-ce que vous êtes frères ? demande-t-elle en les désignant tous les deux.

McDermott remarque qu'Alphonse hésite un instant avant de secouer la tête.

— Je crois que nous pourrons tous facilement nous caser à l'avant, dit la jeune femme.

La banquette de la Ford est souple et ferme. Le plancher est couvert de sable et de neige fondue. Le manteau de la femme s'ouvre et sa jupe remonte sur ses genoux. McDermott observe le mouvement de ses jambes fines. Entre eux, le gosse écarquille les yeux derrière le pare-brise. Chaque fois que McDermott aperçoit le chandail vert sous le blouson du môme, un sourire l'oblige à se détourner.

La voiture avance sur la route verglacée. Il a envie de dire à la femme d'y aller doucement, parce qu'ils pourraient déraper, mais il ne la connaît pas assez bien pour lui donner ce genre de conseil. Leurs trois corps rapprochés produisent un peu de chaleur.

La jeune femme lui pose une question, mais, avec le grondement du moteur, il ne comprend pas ses paroles.

— Il est presque sourd, explique l'enfant d'un ton protecteur. Il faut le regarder bien en face pour qu'il lise sur vos lèvres.

La jeune femme sourit.

— Je me tairai donc, fait-elle d'un ton léger. Mon mari m'a appris à conduire il n'y a pas longtemps, alors je n'ose pas quitter la route des yeux.

— Je vais me pencher en avant, dit McDermott. Comme ça.

Maintenant il voit bien le visage de la femme. Entre ses sourcils, le pli de concentration est bien marqué. Elle conduit penchée sur le volant, un léger sourire aux lèvres.

— Est-ce que vous êtes sourd de naissance ? demande-t-elle.

— C'est la filature qui m'a rendu comme ça. Les métiers à tisser. Le bruit de tous ces métiers concentrés dans une seule pièce. Presque tout le monde devient un peu sourd. Chez moi c'est plus accentué.

— On travaille tous les deux à l'usine, précise le gamin.

La jeune femme a l'air surprise.

— Tu n'es pas trop jeune pour travailler ? demande-t-elle.

Les fermes sont éclairées, et de la fumée s'élève des cheminées qu'ils croisent de temps à autre. Les pieds de McDermott sont devenus pratiquement insensibles. Il a envie d'envelopper les bottillons mouillés du gosse dans sa veste pour les sécher. Il se demande où habite la jeune femme. Il essaie d'imaginer le genre de maison qu'elle va regagner, mais tout ce qu'il parvient à se représenter, ce sont les décors de ces Noëls démodés exposés dans les vitrines de chez Simmons. Personne ne vit vraiment comme ça. Au loin il distingue les contours des cheminées qui se détachent sur le ciel nocturne. Les usines sont muettes à présent – aucun panache de fumée ne se répand plus sur la ville –, et déjà cet après-midi il a remarqué que l'air était plus pur. Hommes et femmes rejoignent les syndicats en foule maintenant, et lorsqu'il fera plus chaud il y aura une grève, McDermott en est certain. Il faut faire grève en été, a dit Mironson, pour que les ouvriers qui se font expulser de leur appartement ne crèvent pas de froid dans les villages de tentes.

Putains de patrons, pense McDermott.

Il indique à la jeune femme où habite le gosse, mais sincèrement il préférerait qu'ils continuent à rouler. Il les imagine tous les trois s'arrêtant pour manger dans une auberge. Elle ne serait pas trop bondée – tout le monde reste chez soi le soir de Noël –, mais il y ferait bien chaud. Tous trois prendraient place dans un box, et McDermott dirait des choses qui feraient rire la jeune femme.

Quand ils arrivent à l'angle des rues Alfred et Rose, McDermott et l'enfant descendent. Il tend au gosse un petit paquet enveloppé de papier marron. Il lui pose la main sur l'épaule.

— Passe un joyeux Noël, lui dit-il, et il suit des yeux Alphonse qui tourne le coin en courant.

McDermott considère la voiture et se penche à la portière.

— Il est tout heureux, dit-il.

— Qu'est-ce que vous lui avez offert ?

— Un couteau de poche. Pour la pêche. Ça lui servira à nettoyer le poisson.

— Vous l'emmenez en balade ?

— De temps en temps. Il me fait de la peine.

Il marque une pause.

— Dites, merci bien de nous avoir ramenés. Vous avez encore beaucoup de route à faire ?

— Non, pas beaucoup. Seulement jusqu'à la plage.

— Alors comme ça, vous habitez sur la plage ?

— Oui.

— Vous avez bien de la chance.

— Je ne sais pas. Pas à cette époque de l'année.

— N'empêche.

— N'empêche, dit-elle en souriant.

— Comment allez-vous passer Noël ?

— Nous nous lèverons tard. Et nous irons dans la salle de séjour ouvrir nos cadeaux. Et vous ?

— J'irai chez ma sœur. Ça va être la foire. Mes frères ne vont pas aimer leurs cadeaux. Comme d'habitude.

Il s'interrompt un instant, puis reprend :

— Qu'est-ce que vous désirez pour Noël ?

— Un bébé, répond-elle sans hésiter. Et vous ?

— La paix.

Elle se met à rire, et il essaie de l'imiter, mais il a la bouche presque gelée. Bon Dieu, il se sent heureux. C'est le soir de Noël, il n'a pas besoin d'aller travailler demain ; la ville est presque belle ; quand il fera plus chaud, il y aura une grève ; et, dans un geste qui ébranle McDermott jusqu'au tréfonds, la jeune femme tend la main et effleure la sienne, posée sur la vitre.

— Je suis sûre que vous aurez ce que vous voulez, dit-elle.

Au prix d'un grand effort, McDermott s'arrache à l'automobile et suit des yeux la jeune femme qui s'éloigne du trottoir et tourne au croisement. Il remonte le col de sa veste en cuir et regarde les étoiles. Il récite une brève prière – pour Eileen, pour le gamin, pour la jeune femme dans la voiture, et même pour ses frères qui ne sont pas faciles –, puis il secoue la tête et éclate de rire. Il n'a pas récité de prière – de vraie prière, de message adressé directement à Dieu – depuis qu'il était gosse.

Honora

Honora traverse les marais en secouant la tête. Elle ne comprend pas pourquoi elle a dit à cet homme qu'elle voulait un bébé, ni pourquoi elle lui a effleuré la main. Sûrement à cause de Noël, décide-t-elle ; ça vous pousse à agir impulsivement – ainsi quand elle a proposé à Vivian de l'accompagner à l'aéroport. Mais elle ne le regrette pas ; ça lui a fait du bien de sortir de la maison. Elle pense au gamin, à son esprit possessif, à sa fierté, revoit son expression extatique à l'aéroport. Son grand sourire quand McDermott lui a remis son cadeau. Et la manière dont le même McDermott la regardait pour lire sur ses lèvres.

Puis elle espère que Sexton n'aura pas été trop fâché de ne pas la trouver là pour l'accueillir. Elle lui expliquera, elle est certaine qu'il comprendra. En tournant au coin de la rue, elle s'attend à voir la Buick garée devant la maison, mais elle est tellement sidérée par ce qu'elle voit – ou plutôt ne voit pas – qu'elle lève par mégarde le pied de l'embrayage et cale.

La maison n'est pas éclairée, la Buick n'est pas là.

Sexton a dû aller acheter du café au magasin. Ou bien il n'avait plus d'essence et a été obligé d'en prendre dans une station-service. Ou alors il y avait trop de circulation sur la route 1, et il n'avait aucun moyen de la prévenir. À moins qu'il n'ait oublié son cadeau sur un comptoir de grand magasin et n'ait dû retourner le chercher.

Elle n'en croit pas un mot.

Remettant le contact, elle s'engage complètement dans la rue et se gare devant la maison, à l'endroit où devrait se trouver la Buick. Elle grimpe sur la dalle de granit. La porte luit au clair de lune. Honora pénètre dans le vestibule et pense à la première fois que Sexton et elle sont entrés dans cette demeure. Le couloir est plus gai à présent, le papier peint décollé à motifs de valets en livrée a disparu, remplacé par de la peinture jaune citron. Les appliques électriques s'allument maintenant par une simple pression sur un interrupteur. La maison ne sent plus le moisi, et Honora ne pense plus aussi souvent aux gens qui l'ont habitée avant elle. Après avoir accroché son manteau à une patère, elle va dans la cuisine. Les fenêtres sont propres, les volets intérieurs repeints, la crasse des ans retirée depuis longtemps. La porte du four s'ouvre désormais sans grincer ni claquer, et l'eau s'écoule du robinet en un jet régulier.

Le bruit des vagues qu'elle a dans la tête rend toute réflexion difficile. Elle s'assied à la table et laisse ses mains courir sur la nappe brodée. La vaisselle du thé est toujours dans l'évier ; on n'a touché à rien. Sexton n'est pas rentré avant de ressortir pour acheter une bouteille de lait. Il n'est pas rentré du tout.

Elle lève la tête vers la pendule murale à coucou. 18 h 10. Elle fait couler de l'eau et commence à laver les tasses. Pour le repas de Noël elle avait prévu de la dinde rôtie farcie aux raisins secs, du gratin de pommes de terre, des choux de Bruxelles et un plat qui s'appelle « suprême d'oignons à l'espagnole ». Et les tourtes comme dessert. Ni Sexton ni elle ne sont particulièrement pratiquants, ils ne se rendront donc pas à l'église pour l'office de minuit – ni même demain matin, pense-t-elle. Non, demain ils feront la grasse matinée, puis ils se lèveront, prendront leur café et iront au salon admirer le sapin.

Il a eu un accident, se dit-elle alors. La Buick est immobilisée dans un fossé, au bord d'une route. Blessé, Sexton se tord de douleur sur une civière.

Honora porte ses mains mouillées à son visage. Non, non, pas question de se laisser aller à de telles idées.

En se retournant, elle s'aperçoit que Vivian a laissé un journal soigneusement plié sur une chaise. Sa nouvelle amie devait le tenir à la main ou sous le bras quand elle a frappé à la porte. Peut-être avait-elle l'intention de le lire dans la salle d'attente de l'aérodrome. Honora s'essuie les mains, attrape le journal et le déplie. BONNES PERSPECTIVES POUR L'ÉCONOMIE DE LA NOUVELLE-ANGLETERRE, lit-elle à la une, mais ses yeux glissent vers un autre titre de la même page : QUINZE BANQUES EN FAILLITE. Honora s'assied, tourne les pages, regarde les réclames pour s'ôter de l'esprit l'image de la Buick dans un fossé. *Chez Cudahy, langue en tranche pour sandwiches : 21 cents*, lit-elle. *Sardines 13 cents. Robes en soie 4,89 dollars.* Il y a des réclames pour les rouleaux de papier sulfurisé, les bas en mousseline de soie, les sous-vêtements bordés de picots, les savonnettes Camay et Ivory. Les culottes bouffantes en rayonne sont à quarante-neuf *cents*. LE BUDGET D'UNE FAMILLE ENTRE LES MAINS DE LA JUSTICE, lit-elle. UN CHEF DE FAMILLE FRAPPÉ D'INCAPACITÉ LÉGALE APRÈS L'ACHAT D'UN MANTEAU DE FOURRURE. De nouveau elle consulte la pendule qui avance avec une atroce lenteur, puis examine les offres d'emploi : *Femme sachant cuisiner. Recherche femme d'un certain âge. Jeune fille. Jeune fille pour emploi de bureau. Serveuse. Vendeuse. Gouvernante.*

Bientôt elle met le journal de côté pour attraper le paquet de verre marin que lui a donné Vivian, soulève chaque tesson et l'examine. La lumière électrique modifie les teintes – la couleur lavande vire au rose et le bleu pâle prend plus d'éclat. Honora se lève et va chercher dans le salon le plat où elle a disposé ses trésors. Sous le sapin reposent plusieurs paquets bien enveloppés, des cadeaux que sa mère lui a envoyés dans son gros colis, le stylo dont elle a parlé à Vivian et le gilet qu'elle a tricoté pour Sexton. Elle soulève le plat, l'emporte dans la cuisine et le pose sur la table. La faïence disparaît à présent sous plusieurs couches de tessons et, y plongeant la main, elle les laisse couler entre ses doigts comme de l'eau. Puis elle y ajoute la collection de Vivian. Les tessons se mélangent si bien qu'Honora ne peut plus dire qui les a trouvés.

Elle perçoit le bruit d'une automobile qui roule sur le gravier, un bruit intermédiaire entre un ronronnement et un grondement, qu'elle reconnaîtrait entre tous. Elle se précipite dans le couloir, ouvre la porte et appelle son mari.

Sexton sort de la Buick d'un pas mal assuré. Il se retourne, pose la main sur le toit de la voiture, pour garder l'équilibre, semble-t-il, et paraît un instant ignorer sa présence. Elle l'appelle une nouvelle fois et, en entendant son nom, il se redresse.

Elle fait un pas en avant, mais il lève une main pour l'arrêter.

— Sexton, que se passe-t-il ? demande-t-elle.

— Ça va, dit-il.

Il contourne la Buick, sa valise dans une main. Quand il arrive à la hauteur d'Honora, il l'enlace et l'attire vers lui dans une étreinte molle. Il dégage une odeur fétide de corps non lavé, son haleine empeste l'alcool.

Peut-être a-t-elle un mouvement de recul. Laissant retomber le bras de son épaule, il se dirige vers la maison, et Honora a l'impression qu'il l'a déjà oubliée. Il a changé de posture – légèrement voûté, les épaules plus arrondies que dans son souvenir. Il trébuche sur une dalle, hésite un instant sur le seuil, semble décontenancé par la couronne de Noël.

Honora le suit à l'intérieur. À la lumière plus vive de la cuisine, elle remarque la barbe irrégulière qui commence à pousser, les grands cernes bleuâtres sous ses yeux aux paupières rougies.

Il a pleuré, pense-t-elle.

— Je me suis fait du souci en ne te voyant pas revenir, dit-elle.

— Excuse-moi.

— Qu'est-ce qui t'est arrivé ?

— Qu'est-ce qui m'est arrivé ?

Elle attend sa réponse, mais il n'a pas l'air de pouvoir ou de vouloir rompre le silence. Au bout d'un moment elle met la bouilloire sous le robinet. Mais elle est obligée de la poser tant ses mains tremblent.

— J'ai perdu mon boulot, lui annonce-t-il.

Elle appuie très fort les doigts contre le bord de l'évier.

— Je vais perdre la voiture. La banque annule le prêt.

— Pourquoi ? demande-t-elle en se retournant.

Il s'assied brusquement, comme si ses jambes ne le soutenaient plus, pose les coudes sur ses genoux et y laisse tomber la tête.

— Toutes les banques exigent le remboursement anticipé des prêts. C'est partout pareil.

— Ils ne peuvent pas faire ça. Je ne comprends pas. Ils ont accordé ce prêt de bonne foi.

— Ils peuvent faire tout ce qu'ils veulent.

Honora aimerait bien que son mari la regarde. Elle n'aperçoit que le dessus de son chapeau. Le fond est taché, on dirait de la boue, comme si Sexton l'avait fait tomber.

— Est-ce que nous avons perdu la maison ? demande-t-elle.

— Pas encore.

Pas encore.

— Que s'est-il passé ? Tu as reçu une lettre ?

— J'ai reçu une lettre. Je suis allé à la banque ce matin.

— Pourquoi ne m'en as-tu pas parlé ?

Il ne la regarde toujours pas. Même quand il lève la tête dans sa direction, ses yeux l'évitent.

— Et c'est tout ? dit-elle en remarquant la note d'affolement qui perce dans sa voix. Ils se sont contentés de dire : « Bon, nous vous avons consenti ce prêt, et maintenant nous revenons sur notre accord » ?

— Quelque chose dans ce goût-là.

Elle s'approche du réfrigérateur et sort le plateau qui se trouve sous le bac à glaçons. Il est plein d'eau et déborde quand elle le retire. Avec précaution elle se dirige vers la porte de derrière, l'ouvre et vide l'eau, puis remet le plateau en place.

— Qu'est-ce que tu fabriques ?

— Je vide l'eau.

— Pour l'amour du ciel, Honora !

— Je vais réchauffer quelque chose pour dîner. Il est trop tard pour faire cuire la dinde maintenant.

— Je n'ai pas faim.

Elle s'approche lentement de la table et s'assied sur l'autre chaise. Il se tourne et pose le bras sur la nappe en tissu, mais ne le tend pas assez pour pouvoir la toucher. Il n'a toujours pas retiré son manteau, et, par-dessus la table, elle sent une odeur de whisky dans son haleine.

— J'ai fait un pari, dit-il. Quelque chose de pas vraiment illégal, mais de pas vraiment légal non plus. De pas honnête à proprement parler.

— De quoi s'agit-il ?

— Tu n'as pas besoin de le savoir.

— Je n'ai pas besoin de le savoir ?

— Ne commence pas, Honora.

Elle attire le plat de tessons vers elle en songeant à son repas de Noël – la dinde, les oignons, les choux de Bruxelles, les tourtes. Elle touche un morceau de verre opalin, l'expose à la lumière. Comment ose-t-il lui parler sur ce ton ? Ne s'agit-il pas aussi de sa voiture, de sa maison, de sa vie ? Elle saisit un tesson de verre à bulles et en examine les bords. Elle pense aux cadeaux déposés dans le salon : le stylo Multi-Vider qu'elle a payé en économisant sur l'argent du ménage, le gilet à losanges qu'elle a passé des heures à tricoter. Elle égrène le verre marin entre ses doigts. Ce qui la tracasse surtout, c'est la révélation qu'il vient de lui faire.

J'ai épousé un homme qui n'est pas complètement honnête, songe-t-elle.

— Toi et ton fichu verre marin ! marmonne Sexton.

Elle voudrait que son mari quitte la pièce. Qu'il monte prendre un bain, se couche et ne lui adresse plus la parole ce soir.

— Monte prendre un bain, dit-elle. Je vais réchauffer quelque chose pour dîner.

Elle repousse sa chaise. Sexton se lève, se penche au-dessus de la nappe et attrape le plat de verre marin. Il lance brutalement les tessons en l'air, comme on pourrait faire rebondir quelqu'un sur un lit ou sauter une crêpe dans une poêle. Les tessons voltigent, frappent le plafond, les fenêtres, les murs, la pendule à coucou, la cuisinière, le réfrigérateur, les étagères. L'espace d'un instant, on a l'impression qu'il pleut des fragments de couleur. Honora se protège la tête de ses bras.

Sexton repose le plat sur la table. Il pivote, les pans de son manteau claquent derrière lui. Elle entend la porte d'entrer se fermer et le moteur de la Buick démarrer.

Honora laisse retomber les bras.

Dans la cuisine le silence est pire que l'averse de tessons.

Un morceau de verre glisse de ses genoux et tombe à terre avec un petit *ding* ! Elle se baisse pour le ramasser. C'est le bleu cobalt qui ressemble à une gemme. En se retournant, elle voit que le verre marin s'est éparpillé partout.

Elle se lève, ramasse les tessons sur les rebords des fenêtres et sur la cuisinière. Sur les étagères et sous le réfrigérateur. Sur la chaise que son mari vient de quitter, sur le papier sulfurisé dont elle a enveloppé les tourtes. Elle ramasse tous les morceaux qu'elle trouve et les remet dans le plat blanc.

Elle se rassied à la table et examine les tessons.

C'est un miracle, songe-t-elle. Le verre marin ne se casse pas.

Honora

La mer se retire toujours plus loin qu'elle ne le pensait, et pourtant Honora a passé plus de trois cents jours dans cette maison et en a franchi autant de fois la porte pour regarder la plage humide. La marée est terriblement basse – tellement basse qu'on dirait qu'elle ne va jamais réussir à grimper la longue pente douce, luisante, jusqu'aux cinq derniers mètres qui la séparent de la digue.

Nous sommes en 1930. Au mois de juin. Un jour pas tout à fait comme les autres.

La plupart des cottages sont encore vides, bien que certains, apparemment barricadés, soient habités clandestinement par des vagabonds, des hommes et des femmes qui se sont retrouvés à la rue. Honora les aperçoit quand elle marche sur la plage – un visage à une fenêtre, une silhouette qui tourne bien vite le coin d'une maison, de la fumée qui s'échappe d'une bâtisse apparemment abandonnée – et de temps en temps ces mêmes gens se présentent à la porte de derrière pour quémander de quoi manger. Même si elle n'a elle-même presque rien, il est entendu qu'elle ne les renverra pas. À Taft, sa mère garde en permanence de la soupe sur le feu et cuit une miche de pain supplémentaire tous les matins. Honora, quant à elle, donne plutôt du pain – et du fromage quand elle peut s'en procurer – que de la soupe chaude, en cette saison.

Ses pieds s'enfoncent légèrement dans le sable moelleux et humide. Elle les essuie quand elle arrive sur la route et remet ses chaussures pour se rendre au magasin tout proche. Sur le chemin du retour elle marche plus vite parce qu'elle ne veut pas s'attarder. Avec les homards sans pinces qu'elle paie huit *cents* la livre en ce moment à l'échoppe de poisson, elle fera une soupe. Cette semaine il ne lui reste pas assez d'argent pour acheter de la viande.

Sexton ne revint que dans la nuit de Noël. Ce retour marqua la fin de la vie conjugale agréable qu'ils avaient menée pendant six mois, un univers ordinaire et innocent de toile cirée à carreaux et de magazines féminins, de bains érotiques et de paquets de boules de gomme, de confiance, d'espoir et de modestes rêves. Certes ils continuaient de mener une vie conjugale, songe-t-elle à présent, de même qu'une pièce de théâtre s'appellerait toujours pièce de théâtre si on en modifiait radicalement les personnages, les dialogues, voire le ton dramatique, au point de la rendre presque méconnaissable et d'inquiéter, de dérouter les spectateurs.

Cette nuit-là Sexton, affamé, démoralisé, sale, pleura comme un grand enfant, avec des gestes brusques et des hoquets qui effrayèrent sa femme. Parfois, elle pense qu'elle a accepté de lui pardonner sa malhonnêteté, ce Noël désastreux et l'odieux incident du verre marin, simplement pour qu'il cesse de pleurer. Trois jours plus tard, quand on vint chercher la Buick (son mari ayant refusé de la conduire à l'adresse indiquée), Sexton attendit sur la terrasse, face à la mer, pour ne pas assister à ce qui était pour lui un supplice. Ce fut Honora qui, postée au bout de l'allée, remit les clés à l'assistant du commissaire-priseur et le vit peiner à faire démarrer cette automobile qu'il ne connaissait pas.

Les semaines suivantes Sexton et Honora s'adressèrent à peine la parole. Perdu dans une sorte de rêverie paralysante, il avait l'air de ne pas pouvoir croire à son désastre ; quant à elle, elle était tellement à bout, à vif, qu'elle ne supportait pas qu'on la touche et ne parvenait pas à trouver la force de converser, même pour dire des banalités. Tous les jours Sexton allait chercher du travail – tout d'abord un travail de représentant, puis, quand il s'avéra que personne n'embauchait, un emploi de bureau dans l'une des onze filatures de la ville. Finalement, désespéré, il accepta de devenir fileur sur un métier continu à anneaux dans une usine d'Ely Falls. Il doit veiller à ce que deux mèches légèrement entortillées soient transformées en un fil bien tendu enroulé ensuite sur une bobine. Honora n'en sait pas beaucoup plus, car Sexton ne lui parle jamais de ce qu'il fait. Il travaille de 6 h 30 à midi, puis de 12 h 30 à 17 h 15. Il gagne vingt-deux dollars par semaine et en prélève huit pour payer sa chambre et ses repas dans une pension entièrement peuplée d'ouvriers des filatures.

Une fois que Sexton eut perdu son travail et en eut retrouvé un autre (bien moins intéressant), Honora essaya de le convaincre de renoncer à la maison. Elle les saignait jusqu'au dernier *cent*, lui dit-elle. Il ne leur restait vraiment plus grand-chose pour se nourrir, et souvent rien du tout pour s'habiller. Elle pouvait aller avec lui s'installer dans un appartement à Ely Falls. Ce ne serait pas terrible, disait-elle (même si, en son for intérieur, cette solution lui faisait horreur). Mais Sexton ne voulait pas entendre parler de lâcher la maison. S'il travaillait, c'était pour qu'ils puissent habiter dans un endroit correct, loin de la saleté de la ville, disait-il. S'il travaillait, c'était pour garder la seule chose qu'on ne lui avait pas encore prise. Et Honora finit par comprendre que la virilité de Sexton était encore plus liée à cette maison qu'à sa femme. Que quelque chose en lui serait irrémédiablement perdu s'il ne réussissait pas à conserver la maison dont l'achat avait causé sa ruine.

Quand Honora va attendre Sexton au terminus du tramway le vendredi soir, il l'embrasse en descendant. Il est le dernier passager, et, pendant un certain temps, Honora s'imagine que ce geste de descendre les marches et d'embrasser sa femme va effacer le passé ou lui ôter de son importance, et que, quoi qu'il arrive dorénavant, ils vivront ce qu'ils étaient censés vivre : un vrai mariage. Mari et femme regagnent leur domicile à pied et, bien que Sexton soit couvert de peluches – dans les cheveux, le cou et même dans les narines – et ne puisse donc pas complètement oublier d'où il vient, malgré une conversation réduite à sa plus simple expression, Honora nourrit l'idée d'un nouveau départ. Quand ils se retrouvent à la maison, Sexton prend un bain, et parfois Honora est choquée de voir la crasse dont il se débarrasse. Elle lui récure le cou, le visage, les cheveux, les oreilles, ce qui le met dans une sorte de transe. Les premières semaines il ne pouvait pas lever le bras droit pour faire sa toilette tout seul. Il était incapable de se laver le dos ou de tenir un broc d'eau.

Mais vient le moment, entre le bain et le repas – peut-être pendant le repas – où Honora surprend le premier regard évasif, les mâchoires serrées. Le ressentiment commence à gonfler en elle, si bien que, quand elle fait la vaisselle, ses nerfs meublent déjà le silence d'une note tendue. Puis Sexton et elle vont dans la chambre. Déjà dévêtu, son mari l'attend entre les draps (repassés ce jour-là, parce que deux jours d'air marin suffisent à les froisser), et la notion de nouveau départ fond comme neige au soleil. Les membres d'Honora sont raides pendant qu'elle se déshabille, elle se glisse au lit plus vite qu'elle n'en avait l'intention. Son mari semble revenir à la vie, mais elle sait que c'est le seul désir sexuel qui l'anime – trop vite allumé, trop vite éteint.

Revenir du magasin en empruntant le trottoir sablonneux de la route serait plus facile, elle le sait bien, mais par la plage le trajet est deux fois moins long. Comme la plante des pieds (tendre après le long hiver) lui fait mal quand elle marche sur le sable émaillé de coquillages, elle avance au bord de l'eau et laisse les vagues lui mouiller les orteils. Bientôt Honora aperçoit une forme brillante familière, rejetée par une vague de la marée montante. Mais, au moment où elle s'élance pour attraper le morceau de verre marin, une autre vague l'emporte.

Elle n'a jamais perdu sa passion pour le verre marin, ni le frisson d'excitation de sa quête, malgré ce soir de Noël terrible où il a plu du verre dans la cuisine. Elle attend que le rouleau se retire. À la place du tesson, il ne reste plus rien à présent – rien qu'une surface lisse de sable mouillé attendant un autre dépôt, un autre escamotage. La plage est faite et refaite ainsi des centaines de fois par jour, toute sa géographie effacée puis instantanément redessinée. Parfois, quand Honora regarde par la fenêtre de sa chambre, elle aperçoit des collines et des ravins qui n'étaient pas là la veille. Plus rarement, le sable est couvert de cailloux – des cailloux gris, marron, noirs, gros comme le poing. D'autres fois la plage est tellement jonchée d'algues qu'elle ne distingue presque pas le sable. Les occupants furtifs des cottages vides accourent sur la plage pour les ramasser, comme s'il s'agissait d'un trésor. Elle se dit qu'ils doivent les faire cuire et les manger.

Et, de temps en temps, surtout en hiver, il arrive que, en regardant par la fenêtre de sa chambre, Honora s'aperçoive que le sable a disparu. La plage se trouve alors cinq ou six mètres plus loin de la digue que la veille. On dirait que le sable a été ramassé, et le peu qu'il en reste soigneusement lissé, tel le glaçage d'un gâteau. On ne remarque aucun signe de cataclysme ou de bataille, seulement une absence. Au printemps le sable revient mystérieusement. Du jour au lendemain. Comme si on l'avait emprunté quelque temps.

Honora ramasse un tesson de poterie aux bords arrondis, avec une fleur rouge et marron peinte du côté verni. Elle remet ses chaussures derrière le Highland Hotel fermé – il a fait faillite et doit être démoli à l'automne.

Un jour un homme a du travail, et la vie est riche de possibilités. Le lendemain son emploi et sa voiture ont disparu, et l'homme ne peut plus regarder sa femme dans les yeux. Il ne touche plus de chèque, il n'a aucun moyen de gagner de l'argent pour se nourrir et s'habiller. La vie se passe à essayer de survivre.

Certains jours ils devaient se contenter de farine de maïs : en bouillie au petit déjeuner, frite à midi et, comme il n'y avait rien d'autre et que l'argent de la paye était déjà dépensé, réchauffée le soir. Il leur est arrivé de faire plusieurs repas de baies séchées et de sandwiches au beurre de cacahuètes, car ils avaient déjà vendu tout ce qui pouvait l'être : le poste de radio, la pendule et le stylo Multi-Vider (jamais utilisé). Aujourd'hui, quand elle ira acheter les corps de homard dans la poissonnerie puante, Honora devra se coller son foulard sur le nez. Les queues et les pinces auront toutes été expédiées à Boston. Une fois revenue à la maison, elle extirpera péniblement la chair des carcasses puis cuisinera sa soupe. Soir après soir, ils n'ont parfois que ça à manger : du homard.

Un jour où Sexton n'était pas là, elle a fait tremper du pain dans de l'eau et essayé de préparer une sorte de porridge. Le lendemain elle est allée au magasin de Jack Hess et, pour la première fois, lui a demandé s'il pouvait lui faire crédit. Le vendredi, quand Sexton est rentré avec sa paye (les quatre dollars en pièces d'argent – les « roues » comme les appellent les ouvriers – et les dix dollars en billets), Honora est allée voir Hess et a payé ses dettes. Maison ou pas maison, a-t-elle dit à Sexton, il n'était pas question qu'ils doivent de l'argent à Jack Hess.

La pauvreté rend astucieux, lui a écrit sa mère, et Honora sait que c'est vrai. Si on est dépourvu d'ingéniosité, on ne mange pas, être malin est donc une nécessité. On retire le col et les poignets en dentelle d'une robe pour lui donner une nouvelle jeunesse. On récupère des vieux pardessus à l'église, on les découd et on les retourne pour en faire de nouveaux manteaux et de nouvelles vestes. On trouve des vieux chandails troués, on les détricote, on lave la laine et on la retricote. On glisse du carton dans les chaussures de son mari tous les dimanches pour éviter que les semelles s'usent trop vite. On retourne les cols de ses chemises, on fabrique son propre savon à lessive avec de la graisse, de la potasse, du borax et de l'ammoniaque. Mais Honora vit comme une humiliation ces économies. Elle n'en parle jamais à personne, dissimule ses efforts de la même manière qu'elle cache la poudre, le tuyau de caoutchouc et la poire de sa douche vaginale. Tout en haut d'une étagère.

Et pourtant. Pourtant. Si on lui posait la question – si on insistait –, Honora répondrait que, curieusement, elle est satisfaite de sa vie. C'est un sentiment bizarre qu'elle ne peut décrire à personne – pas à sa mère et certainement pas à Sexton, dont le malheur, qui ne connaît pas de bornes, se définit à présent par ce qui lui fait défaut, c'est-à-dire presque tout. Dans son esprit il restera toujours le représentant qui n'a plus rien à vendre. Un homme qui brûle d'envie de prendre la route, mais ne pourra jamais le faire.

Tandis que, bizarrement, Honora est maintenant plus déterminée que jamais. En bonne épouse, elle s'occupe de son mari malgré ses faiblesses. Elle est ingénieuse. Elle est sans illusions. Et surtout, elle est trop affairée à essayer de s'en sortir pour s'inquiéter de ses problèmes conjugaux.

Honora s'est fait embaucher comme gardienne dans cinq cottages de la plage, un emploi en amenant un autre. Le premier était le fruit d'une recommandation de Jack Hess. La plupart du temps son travail consiste à s'assurer que les conduites n'ont pas éclaté au sous-sol, qu'il n'y a pas de bêtes dans les placards, que l'orage n'a pas cassé de vitre. Quand il fait beau, elle ouvre toutes les fenêtres pour aérer et faire disparaître l'odeur de moisi. Dans le plus beau des cinq cottages, elle sort les draps si elle sait que les propriétaires vont venir. En cas de problème (des chauves-souris dans une chambre, un volet arraché par le vent), Sexton l'accompagne le week-end et effectue les réparations. Ce travail rapporte à Honora quinze dollars par mois, dont la totalité est consacrée à rembourser l'emprunt pour l'achat de la maison.

Chaque fois qu'elle se rend au magasin, Honora est frappée par les étagères de plus en plus vides, et elle se demande comment Jack Hess peut nourrir autant de gens alors qu'il paraît avoir de moins en moins de choses à proposer. C'est là un tour de passe-passe, et Honora l'imagine parfois procédant à une sorte d'alchimie dans l'arrière-boutique, version moderne de la multiplication des pains et des poissons. Aujourd'hui elle est terriblement tentée par deux mottes de beurre, mais avec la chaleur elle ne pourra pas les rapporter. Elle n'est pas montée dans une automobile depuis qu'elle a conduit celle de Vivian, le jour de Noël, avant de rentrer chez elle à pied pour trouver une maison vide. Honora a besoin de riz, de haricots, de farine, et aussi de légumes, bien qu'un examen rapide lui apprenne que M. Hess n'a pas grand-chose en matière de légumes. Et aujourd'hui elle va faire une folie en achetant des fraises et du sucre. Elle a envie de préparer une tourte à la rhubarbe et aux fraises, en utilisant la rhubarbe sauvage qui pousse à proximité. Aujourd'hui, c'est son anniversaire de mariage.

Il y a un an jour pour jour, Honora et Sexton se mariaient et étaient heureux. Pourquoi ne pas fêter l'événement, s'est-elle demandé toute la semaine, même si ce qui a suivi n'est pas exempt de nuages et de complications ? Elle n'imagine pas une vie dans laquelle un anniversaire de mariage ne serait pas marqué, fêté.

— Bonjour, madame Beecher.

— Bonjour, monsieur Hess.

Jack Hess est tellement voûté qu'elle ne comprend pas comment il arrive à garnir ses étagères ou à dormir. Comme d'habitude il porte un nœud papillon et un chapeau. Et une chemise propre.

— Vous avez l'air un peu perdue dans vos pensées, dit-il.

— Oui.

— Comment allez-vous ?

— Très bien, merci.

— Et M. Beecher ?

— Il sera là ce soir. C'est notre anniversaire de mariage.

Elle n'avait pas prévu de le dire tout haut ; Honora n'est pas du genre à aborder des sujets personnels. Mais elle ne peut nier qu'elle avait envie d'en parler à quelqu'un.

— Je revois comme si c'était hier le jour où votre mari est venu ici pour la première fois, confie Hess. Un fringant jeune homme, ai-je pensé. Tout fier parce qu'il venait de se marier.

Jack Hess se trouve derrière le comptoir avec le crochet qu'il utilise pour attraper les articles placés sur les étagères les plus élevées. Chaque fois qu'Honora choisit quelque chose, il le dépose sur le comptoir puis note le prix au crayon sur le sac en papier dans lequel il mettra le tout. Ensuite il fait l'addition, et le total sera toujours inférieur de cinq ou dix *cents* à la somme exacte. Au début Honora se sentait obligée de le lui faire remarquer (une fois elle est même retournée tout exprès au magasin), mais à présent elle s'en garde bien. C'est sa façon d'aider les gens. Un cynique pourrait estimer que Hess entend par là fidéliser sa clientèle, que ses petites réductions ne lui coûtent guère plus qu'une réclame dans un journal, mais Honora sait que l'aide qu'il apporte à leur communauté est authentique, bien au-delà de simples acrobaties arithmétiques.

— À propos, madame Beecher, je voulais vous prévenir que pendant quelques semaines, enfin, tant que durera ce fichu machin, je n'accepterai pas que les familles des gens qui travaillent à la filature me paient comptant.

Honora lève les yeux.

— Jusqu'à ce que ce soit fini, explique-t-il.

Décontenancée, Honora secoue la tête.

— La grève, précise-t-il.

La liste de provisions s'efface des pensées d'Honora.

— Je croyais que vous étiez au courant, ajoute-t-il.

— Non, je l'ignorais.

— Bon, je suppose que votre mari ne voulait pas vous inquiéter avant que ça se produise. J'aurais préféré que ça ne soit pas moi qui vous l'aie annoncé.

Honora s'approche du comptoir.

— Ça commencera le jour où la réduction de salaires prendra effet, précise Jack Hess. Lundi. Toutes les filatures sont concernées. Il paraît qu'à

Ely Falls la tension est tellement palpable que l'air en crépite.

Non, Honora n'avait pas entendu parler d'une grève imminente. Elle sait seulement ce que lui dit son mari. Et quand il est à la maison, il ne parle jamais de son travail. Au début elle lui posait des questions sur ses tâches, lui demandait s'il s'était fait des amis, s'il avait rencontré quelqu'un de sympathique à la pension – tout comme une mère pleine de bonnes intentions pourrait interroger un enfant difficile qui ne s'adapte pas très bien à l'école. Mais elle a bien vite constaté que Sexton n'avait pas envie qu'on le questionne, et elle a renoncé. À présent, lorsqu'il rentre le week-end, il ne mentionne jamais le lieu d'où il vient et, s'il n'y avait pas ces peluches dans son linge ni cette crasse dans la baignoire, elle est certaine qu'il ferait semblant de revenir d'un « déplacement ».

— Ça ne me plaît pas de voir une famille se priver, reprend Hess. Mais les conditions sont inhumaines à Ely Falls. De temps en temps je vais voir ma sœur. Arlene a épousé un Franco-Américain. Et je vous assure que je n'ai jamais rien vu de comparable à ces logements pour ouvriers. Les gosses de ma sœur restent la plupart du temps sans surveillance, parce qu'il n'y a personne à la maison pour s'occuper d'eux. Il n'y avait encore jamais eu autant de problèmes avec des bandes de jeunes.

Hess se tait un instant.

— Je regrette de m'être mêlé de ce qui ne me regarde pas, mais je suppose que votre mari vous en aurait parlé ce week-end… après avoir fêté votre anniversaire de mariage.

Honora règle son épicerie. Elle met le sac en papier dans son cabas.

— Nous allons nous en sortir, affirme-t-elle.

— Bien entendu.

Elle avance sur la plage d'une démarche furieuse, et le bruit des vagues rivalise avec celui qu'elle a dans la tête.

« Pourquoi est-ce que tu ne m'en as pas parlé ? »

Elle est fatiguée qu'il ne lui dise rien, malade de désillusion. Comment faire confiance à cet homme ? La déloyauté, l'injustice de cette attitude l'emplissent de rage. Ce soir elle va aborder la question. Ce soir ils devront s'expliquer comme ils auraient dû le faire depuis des mois. Elle hurlera s'il le faut. Elle ne peut plus garder le silence. À quoi bon lésiner sur tout ? De toute façon ils finiront par perdre la maison. Ils ne peuvent pas s'en tirer, même si la grève ne dure que quinze jours. Toutes leurs économies ont été englouties dans cette maison, leur vie conjugale est gâchée par le remboursement du prêt.

Elle s'immobilise brusquement sur la plage. Les carcasses de homard puent aujourd'hui. Elles puent, il n'y a pas d'autre terme. Elle sort de son cabas le sachet en papier sulfurisé, s'avance au bord de l'eau et le jette à la mer.

McDermott

Les machines pourraient être des orgues, des violons ou des pianos tant les hommes et les femmes qui y travaillent ont une subtilité de musicien. Leurs gestes sont précis : cette note, puis cette autre, et ensuite celle-là, le tout culminant en un furieux crescendo. Le rythme bien marqué confine à la fébrilité puis cède et s'adoucit, simple mélodie. La musique est exigeante et répétitive ; les musiciens n'ont pas le temps de souffler. Ils doivent lever leur instrument, encore et encore. Sans cesse. Tant de fois qu'ils connaissent chaque mesure, chaque nuance, chaque note par cœur. Plus que par cœur, ils les ont dans le sang, dans les os. Ils sont capables de mener des conversations avec leur esprit pendant que leur corps accomplit l'exploit de virtuose consistant à manier canettes, porte-bobines, navettes et bobines.

Il ne reste qu'une minute avant la sirène du déjeuner. McDermott n'a pas besoin de montre ;

son horloge interne le prévient. Sean Rasley, un tisseur, le regarde, et ce regard – bien en face, sans le moindre sourire ni hochement de tête – dit tout ce que McDermott a besoin de savoir.

« Je suis prêt ».

Rasley fait référence à la grève. Lundi. Ils pourraient bien vivre leur dernier jour de travail avant plusieurs semaines.

McDermott incline la tête. Il reste seulement dix, quinze secondes avant le déclenchement de la sirène. Un par un autour de lui les tisseurs arrêtent leur machine. La pause de midi. Trente minutes. La première occasion qu'ils auront de s'asseoir depuis qu'ils sont entrés dans la filature, ce matin à 6 h 30.

L'air tiède frappe McDermott au visage quand il sort de l'usine. C'est l'été, pense-t-il ; on est officiellement passé en été. La mer proche fait sentir son effet jusqu'en ville, et le ciel est d'un bleu presque artificiel. McDermott enfonce les mains dans ses poches et se dirige vers la pension.

Il cherche un chewing-gum et trouve un morceau de papier froissé – l'un des tracts que Ross, Tsomides et lui étaient en train de tirer juste avant l'attaque. En y repensant, il a l'estomac noué, même si ça fait maintenant trois semaines que ces hommes masqués, dont l'aspect sinistre évoquait le Ku Klux Klan, ont fait irruption dans l'entrepôt abandonné où, avec cinq autres ouvriers, il imprimait des affiches pour la grève à venir. Quand les hommes ont fait voler portes et fenêtres et investi les lieux, McDermott s'est figé, l'espace d'un instant, trop étonné pour tenter le moindre geste.

À coups de marteau de forgeron, ils ont démoli la presse envoyée de New York et frappé Paul Tsomides à la tête ; il a fallu l'emmener à l'hôpital. Accroupi derrière un tonneau, McDermott a observé la déroute avant de s'enfuir par une porte latérale.

Dix-huit mois de licenciements et de réductions de salaire ont jeté la plupart des ouvriers dans un dénuement presque catastrophique, lit-il tout en marchant.

> *Une demi-douzaine de syndicats professionnels ont été créés et se sont unis en vue d'une grève qui commencera lundi. Vingt-cinq syndicalistes, qui ont le courage de parler au nom de dix fois plus d'ouvriers non-syndiqués, ont déjà voté la grève à l'unanimité, avec la plus grande conviction. Pendant la durée du mouvement, les adhérents toucheront vingt pour cent de leur salaire durement gagné. Les non-syndiqués recevront l'assistance nécessaire sous forme de contributions versées par leurs camarades d'autres branches. Le Comité d'aide sociale citoyen, le Bureau du Secours catholique et la Caisse de secours des soldats et marins distribueront de la soupe à partir de lundi. Libérez-vous des chaînes de l'oppression et venez rejoindre la fraternité internationale des travailleurs !*

Indiquer aux familles des grévistes où elles pourront se procurer des secours est essentiel, a-t-on expliqué à McDermott, dans la mesure où les ouvriers de Nouvelle-Angleterre ont la réputation de refuser toute forme d'assistance en considérant que cela va à l'encontre de leur culture yankee – la leur, ou celle dont ils ont hérité. Ils sont donc plus sujets à la faim et cèdent plus rapidement aux exigences de la direction. Afin d'assurer le succès du mouvement, a martelé Mironson, il faut convaincre les grévistes de la nécessité d'accepter des secours.

La direction a rogné sur les salaires, lit McDermott, et il imagine des ongles qui raclent un mur en ciment. *Et sur l'autre rive les patrons mènent grand train*. De la cour de la filature, McDermott aperçoit leurs énormes maisons – une erreur de conception dans le choix du site, songe-t-il. Là-bas, rien ne suggère la dépression économique. On ne voit que tondeuses électriques, piscines et automobiles de luxe. En fait, il se peut même que les patrons s'en sortent encore mieux en ce moment. On en fait plus avec moins d'argent ces temps-ci : jardiniers, cuisiniers et chauffeurs sont payés une misère. En grimpant les marches de la pension, McDermott se doute que la grève va constituer le seul sujet de conversation pendant le déjeuner. Si elle n'a pas lieu lundi, la ville se consumera toute seule, à force d'énergie refoulée.

McDermott se lave les mains et trouve une place à la table occupée par des hommes qui n'ont pas peur de montrer leur appétit. Ils dévorent, comme s'ils pouvaient ne rien avoir à manger le lendemain, et il leur importe rarement que le repas soit exécrable, que les ingrédients des ragoûts servis dans leur écuelle restent mystérieux. Aujourd'hui il y a du poisson, et McDermott préfère ne pas savoir lequel. Le visage impénétrable de Mme Derocher n'invite ni à la conversation ni aux questions. Lorsqu'elle est suffisamment agacée, elle répond dans un patois français qu'un Parisien ne comprendrait sûrement pas, suppose McDermott. On l'a déjà vue arracher son écuelle à un homme qui se plaignait, sans rien lui laisser à manger. Un pensionnaire ne commet généralement pas cette erreur deux fois.

Parfois le repas est curieusement silencieux, les hommes étant trop accaparés par la nourriture, trop vite rassasiés, puis trop sonnés à la fin pour réfléchir de manière cohérente. Il faut de l'énergie pour parler, et ils prennent garde de ne pas trop en gaspiller, a observé McDermott. Il reste encore quatre heures et demie de travail à la filature.

Mais aujourd'hui la conversation est vive, même si McDermott n'en saisit qu'une partie, car les gens qui parlent la bouche pleine sont encore plus difficiles à comprendre. Les pensions sont des lieux de passage, les hommes vont et viennent, délogés quand l'une ou l'autre change de propriétaire, perd son bail ou est saisie parce que l'emprunt n'a pas été remboursé. Ces derniers temps la rotation est plus fréquente. McDermott n'a adressé la parole qu'à une poignée de la vingtaine d'hommes assis à la longue table. N'empêche qu'il aime bien les écouter et s'efforce de suivre la conversation. Il a besoin de sentir leur état d'esprit, leur ton, de savoir ce qui compte pour eux.

Il se met une pilule dans la bouche et avale une bouchée de ragoût. Son ulcère ne l'avait pas fait autant souffrir depuis plusieurs semaines. Quelquefois il ne parvient pas du tout à manger la cuisine de Mme Derocher et doit aller se faire nourrir chez Eileen. Elle lui prépare un bol de pain trempé dans du lait pour qu'il ne meure pas d'inanition. Il a été question d'une opération, mais pour l'instant McDermott n'a ni le temps ni l'argent nécessaires à une mesure aussi radicale.

En ce moment, quand il va voir Eileen, la maison est étrangement calme. Eamon est parti au Texas, et McDermott ne sait pas où est Michael. Sa sœur Mary est mariée, il ne reste donc que Rosie, Patricia et Bridget, toutes trois apparemment trop fatiguées le soir pour faire des histoires. McDermott plaint Eileen et lui donne la même somme que quand tous les gosses étaient là. Il la pousse à s'acheter de jolies choses, et parfois il lui apporte un petit cadeau : des chocolats de l'usine Harley, une broche italienne Morain qu'il a trouvée dans une boutique d'occasions. Un jour, il lui a offert un grille-pain de chez Simmons.

L'hiver précédent McDermott a eu une petite amie – Evangeline, une tisseuse qui travaillait à son étage. Elle avait des cheveux d'un roux ardent et la peau la plus transparente qu'il ait jamais vue. Il avait fait sa connaissance en réparant son banc d'étirage. Une semaine plus tard il était de nouveau cassé, et il la soupçonne à présent de l'avoir abîmé exprès pour qu'ils aient l'occasion de se revoir.

Pendant tout le temps qu'il l'a fréquentée, il ne s'est pas rendu compte qu'elle était du genre calculateur. Leur relation était assez innocente, et il songeait à lui demander de l'épouser. Le samedi soir ils allaient danser ou voir un film. En avril il lui a acheté une montre qu'il avait vue à la vitrine d'un bijoutier. Mais le dimanche de Pâques, quand il est allé chez elle pour la lui offrir, elle s'est mise à pleurer et lui a dit qu'elle était enceinte. Elle quittait Ely Falls pour se marier avec le père, un maçon d'Exeter. McDermott se rappelle encore le choc que lui a fait cette trahison : il ne lui avait même jamais effleuré la poitrine.

À côté de lui un cardeur rote pour avoir avalé trop vite son ragoût. McDermott attrape un broc de lait. Le ragoût ne passe pas, mais s'il mange un peu de pain et boit du lait, ça ira. Les hommes sont serrés autour de la table, on dirait qu'ils sont plus nombreux que la veille. Mme Derocher doit les entasser comme des rats, songe-t-il. N'importe quoi pour gagner un dollar.

McDermott entend les mots « commerce » et « machines ».

Il pose le broc de lait et cherche des yeux celui qui vient de parler. Un homme à l'allure familière agite la main et prononce le mot « représentant ». McDermott l'a déjà vu quelque part, mais où ? Il se penche en avant, se met la main en coupe sur l'oreille pour essayer de saisir la phrase complète. L'homme a des cheveux blond foncé, séparés par une raie au milieu, et des yeux injectés de sang. Ses mouvements ont une sorte de précision militaire.

De l'autre côté de McDermott, un tisseur éclate de rire à une bonne blague. Les renvideurs et les batteurs frappent leur cuiller contre leur bol, leur verre contre le bois, avancent brusquement leur chaise, hurlent pour se faire entendre. Quelqu'un réclame du rabiot et dit que, dans la mesure où il paie huit dollars par semaine pour sa pension, il exige davantage de pain. Sur son fauteuil, dans un coin de la pièce, Mme Derocher feint de ne pas avoir entendu. Dans le tumulte, trois mots réussissent à flotter au-dessus de la table en bois, et McDermott s'efforce de les attraper au vol. Trois mots banals, apparemment dépourvus d'intérêt pour tout le monde, sauf pour McDermott, dont le cœur bondit lorsqu'il les comprend.

« Machine à écrire », entend-il.

Et « Copiograph ».

Alphonse

En face de lui, McDermott ouvre un sachet sulfurisé contenant du pain. Les paquets sont empilés par centaines sur les étagères métalliques, et Alphonse est coincé au milieu comme une gigantesque miche. McDermott, Ross, Rasley et un autre type prennent trois tranches chacun et, quand ils se sont servis, Alphonse a droit aux entames. C'est comme ça que ça marche, et il ne s'en plaint pas. Il n'a jamais aussi bien mangé que depuis deux mois, depuis que McDermott lui a dit de laisser tomber la filature parce qu'il avait du travail à lui confier, et lui a promis qu'il le paierait autant. Alphonse a failli s'évanouir de joie, car rien, ou presque, n'est pire que de s'occuper des bobines.

Tout ce qu'il a à faire maintenant, c'est courir. Il court avec les tracts et les distribue aux ouvriers qui sortent des usines textiles. Il doit être rapide pour filer avant que les patrons puissent l'intercepter. Il colle des affiches sur les poteaux des lignes téléphoniques, tellement vite qu'on a l'impression que les affiches fleurissent là toutes seules. Il apporte des messages dans les filatures et dans des lieux dont il a juré de ne jamais parler, il va chercher des provisions, des cigarettes, des journaux, soulève des caisses et ne quitte presque jamais McDermott après la fermeture des magasins, sauf quand on l'envoie faire une course. Les commerçants donnent de la nourriture à McDermott et à ses amis, et parfois Alphonse n'en revient pas d'avoir autant de veine.

Ross lui tend les deux entames. Alphonse aimerait qu'ils ouvrent les boîtes de petits gâteaux, même s'il se garde bien de le leur demander. S'il veut conserver son boulot, le secret, c'est de ne pas dire un mot, ça, il l'a tout de suite compris. Il ne prend jamais la parole, à moins d'avoir quelque chose de vraiment important à dire, comme le jour où il a averti McDermott que, en sortant de Saint-André, le père Riley avait arraché une affiche. Une fois, McDermott lui a demandé s'il ne préférerait pas retourner à la filature, où le travail est moins dangereux, et où il pourrait au moins être avec des garçons de son âge. Alphonse a été tellement ébranlé par cette question qu'il n'a même pas pu répondre. Il s'est contenté de secouer la tête, tant et si bien que McDermott a éclaté de rire et lui a posé une main sur l'épaule.

Alphonse se demande qui est le nouveau, parce qu'il a l'impression de le connaître vaguement. Personne ne le lui a présenté, ni ne le fera, Alphonse le sait. En fait, on ne parle quasiment pas, à cause du bruit qu'il y a dans le camion. C'est un certain Mahon qui conduit. Alphonse a déjà roulé quatre ou cinq fois dans ce camion. Il adore l'odeur de pain qui s'échappe des sachets sulfurisés. Il a toujours faim, et pourtant il mange mieux qu'il n'a jamais mangé. McDermott dit qu'il fait sûrement une poussée de croissance.

Avant qu'Alphonse quitte la filature, McDermott a voulu « parler » à sa mère. Alphonse est resté sur la terrasse pendant qu'ils s'entretenaient, et, quand on lui a permis de revenir dans l'appartement, sa mère l'a regardé d'une manière complètement nouvelle, si bien qu'il s'est senti… bon, formidablement bien, même s'il avait un peu peur. C'est à ce moment-là qu'il a cessé de nettoyer par terre, de préparer les gamelles et de laver les draps. Dorénavant c'est Marie-Thérèse qui en sera chargée, a décidé sa mère, et Augustin l'aidera. Alphonse a d'autres choses à faire. Ça, il n'est pas près d'oublier l'expression de Marie-Thérèse, à elle seule, elle valait le coup qu'on lui demande de faire presque n'importe quoi dans son nouveau boulot. Parfois il fourre des morceaux de fromage, des pommes ou des barres de chocolat dans sa poche et les apporte à sa mère. Il ne lui raconte jamais ce qu'il fait, mais elle a l'air de le savoir, et quelquefois elle le serre brièvement dans ses bras quand il quitte la maison, comme si elle risquait de ne plus jamais le revoir, comme s'il pouvait filer de la même façon que le père de Sam Coyne.

Alphonse n'en croit pas ses yeux, mais en face de lui Ross ouvre une boîte de petits gâteaux. Alphonse se dépêche de compter combien il y en a et calcule que, si chacun des adultes, Mahon compris, en prend un seul, il aura le dernier. Il est forcé de déglutir tellement ils ont l'air bons. Ross passe la boîte à McDermott, lequel fait alors une chose merveilleuse : il tend la boîte à Alphonse. À ce moment précis, Mahon freine sec, comme s'il avait embouti un poteau et, avant qu'Alphonse puisse goûter une bouchée de gâteau au chocolat, la porte arrière s'ouvre brusquement, et il est obligé de lever un bras pour se protéger les yeux de la lumière.

Vivian

Elle pose sur le parquet le chien qui agitait les pattes alors qu'elle le tenait en l'air.

— J'ai retiré les draps, comme vous me l'avez dit, mademoiselle.

— Merci, madame Ellis.

— J'ai rempli le Frigidaire ; il y a du lait, des œufs, un beau gigot d'agneau, un poulet et ainsi de suite.

— Magnifique, dit Vivian.

— Votre monnaie est sur la paillasse de la cuisine.

— Formidable.

— Et M. Ellis a remis la voiture en état. Il a fait charger la batterie ce matin même.

— Merci mille fois, dit Vivian en sortant de son sac un billet de cinq dollars.

Si elle ne lui donne pas bientôt un pourboire, cette femme ne lui épargnera pas la litanie de toutes les tâches accomplies.

— Merci, mademoiselle. L'eau et l'électricité sont en marche.

Vivian incline la tête et passe dans le salon. Plat et aussi bleu que le Lido de Venise, l'océan réfléchit un ciel sans nuages.

— Bon, alors, s'il n'y a rien d'autre…

Vivian se retourne.

— Oh ! non, tout va bien. Tout va très bien.

— Je n'ai pas pu m'empêcher de remarquer que vous n'aviez qu'une malle cette fois.

— Oui.

— La dernière fois il y en avait huit.

— C'est vrai. Je n'ai pas besoin de grand-chose ici.

— Bon, c'est à vous de décider. Vous allez vouloir que je fasse la lessive, je suppose.

— Comme d'habitude.

— Alors, c'est réglé. Je suis contente de vous voir de retour.

Vivian entend le déclic de la porte de derrière. Elle soupire, dégrafe la cape de son tailleur jonquille, retire ses chaussures et se rend à pas feutrés à la porte principale pour laisser sortir Sandy. Après cinq mois passés à New York, le chien plane presque de bonheur en marchant sur autre chose que du béton – et puis il y a des mouettes, des crabes, des poissons morts ; le paradis ! –, et en Vivian quelque chose commence à poindre aussi. Il fait une journée merveilleuse, la lumière vive est étincelante. Elle se mettra peut-être à l'ouvrage demain, pas aujourd'hui. Gerald a dit que si elle écrivait tous les jours, sauf le dimanche, elle pourrait avoir revu son texte pour septembre – une prévision que Vivian trouve furieusement optimiste.

— Faites de Roger un personnage plus fort, lui a suggéré Gerald. Utilisez moins d'indications scéniques.

Il voulait monter la pièce début décembre, et Vivian a retenu son souffle, étonnée devant de telles perspectives. *Les Cours de la Bourse*, sa pièce sur la désintégration d'une famille après le krach financier, a plu à Gerald, mais il a émis quelques réserves.

— Il ne faudrait pas que ça tourne à la tragédie, a-t-il recommandé après avoir lu le premier jet. Pour l'instant, ce n'est ni chair ni poisson. Mais je vois là une comédie qui essaie de percer.

Vivian a fait la connaissance de Gerald à l'hôtel Plaza de La Havane un soir de janvier. Ils ont bu des whisky-sodas en compagnie des Gibson, et Gerald a passé toute la soirée à raconter des blagues. Vivian ne s'est rendu compte de l'heure qu'en le voyant s'endormir tout habillé sur son lit à six heures du matin. Elle n'a pas couché avec cet homme et, en comprenant à demi-mot que ses penchants le portaient ailleurs, s'est sentie immensément soulagée. Deux jours plus tard, au dîner, Gerald lui a soudain déclaré :

— Racontez-moi une pièce.

Vivian lui a demandé ce qu'il entendait par là.

— Donnez-moi une idée. Vous êtes intelligente. Racontez-moi une pièce de théâtre.

Après avoir réfléchi à toute vitesse, elle a suggéré le thème des *Cours de la Bourse* à Gerald qui, tout le monde le savait, venait de remporter un grand succès à Broadway avec une parodie de pièce policière. Le sujet venait à Vivian au fur et à mesure qu'elle parlait et, bien entendu, elle n'envisageait pas sérieusement que quelqu'un pût avoir envie de le traiter, surtout si elle était impliquée dans le projet.

— Parfait, a-t-il dit.

— Parfait ?

— Écrivez. Vous venez presque de le faire en me parlant.

— Je ne saurais pas écrire une pièce de théâtre, a protesté Vivian.

— Pourquoi ?

— Je ne suis même pas capable de rédiger correctement une simple lettre.

— Je vais vous apprendre. Nous irons au théâtre. Vous lirez des pièces. Vous pouvez tout à fait y arriver.

Après La Havane, Vivian s'est installée à New York, surtout pour pouvoir aller au théâtre tous les soirs, puis aux réceptions qui suivaient le spectacle. Mais un soir de mars, au dîner, Gerald lui a annoncé qu'il ne l'emmènerait plus au théâtre si elle ne lui montrait pas une page rédigée. Le lendemain, assise au bureau de sa chambre d'hôtel, Vivian s'est mise à écrire.

Tout en examinant la plage, Vivian réfléchit aux conseils que lui a donnés Gerald après avoir lu le premier jet. Elle reconnaît volontiers avec lui que quelque chose de sombre s'agite à la surface des *Cours de la Bourse*, quelque chose qui menace de faire sombrer la pièce, en lui donnant un ton gémissant. Elle peut toujours essayer de supprimer ça. Et elle a naturellement envie d'écrire une comédie. Sincèrement, elle se méfie de la tragédie qu'elle trouve souvent guindée, artificielle. Toutes ces pleurnicheries, tous ces grincements de dents ! Elle préfère de loin un ton spirituel, incisif, des dialogues percutants, des personnages qui ne se prennent pas trop au sérieux, ceux qui le font étant délicieusement épinglés. Deux pages par jour, a dit Gerald. Il n'en faut pas plus.

Debout au bord de l'eau, elle jette un coup d'œil sur les cottages et se demande si les membres de l'ancienne bande reviendront cet été. Certainement pas les Nye ni Dorothy Trafton, et Vivian pense qu'elle regrettera peut-être cette dernière, ne serait-ce que pour avoir quelqu'un à détester. Elle pourrait bien se sentir très seule ici sans les estivants habituels. Dickie se trouve maintenant à Indianapolis et travaille chez Arrow, le fabricant de chemises. Elle a essayé de le convaincre de venir passer quelques jours sur la côte Est, mais il a répondu qu'il ne pouvait pas se le permettre, car il est nouveau et doit attendre au moins six mois avant de pouvoir prendre un congé. Vivian a été horrifiée. Ni l'un ni l'autre n'a évoqué la maison.

Scrutant les cottages pour y déceler un signe de vie, elle laisse son regard remonter jusqu'à la pointe du croissant, où elle distingue la maison de la jeune femme qui collectionne le verre marin. Elle a envoyé à Honora une carte postale de La Havane, mais n'a bien sûr pas indiqué d'adresse où elle aurait pu lui répondre. En fin d'après-midi Vivian prendra sans doute la voiture pour voir si elle marche bien et s'arrêtera chez Honora. Elle y fera peut-être la connaissance du mari – l'insaisissable représentant en machines à écrire, qui était en retard pour le déjeuner de fête, la veille de Noël.

Vivian enfonce les orteils dans le sable.

— Sandy, viens ici !

Le chien accourt docilement aux pieds de Vivian. Elle l'attrape et entre dans l'eau avec lui, jusqu'au moment où ses chevilles glacées lui font mal.

Alice Willard

Chère Honora,

Je me suis dit que j'allais t'écrire quelques lignes. J'ai l'impression que ces jours-ci le temps me manque même pour ça. Harold ne va pas bien du tout. Il a énormément maigri, déjà qu'il n'était pas bien gros, comme tu le sais. La semaine dernière, il m'a dit qu'il ne s'était pas vraiment senti un homme depuis Halifax. Ce matin il m'a dit : « La vie est une longue échelle, Alice, et je n'ai pas peur d'arriver au dernier barreau. »

Si tu pouvais trouver un moment pour lui envoyer un petit mot, je sais que ça lui ferait très plaisir.

Est-ce que tu manges bien ? C'est ce qui m'inquiète le plus, parce que je sais que tu es très juste financièrement. Pour ma part, j'ignore comment je me serais débrouillée sans les bocaux que j'ai préparés l'année dernière. Si tu pouvais avoir un potager, même près de la mer, ça vaudrait peut-être la peine. Demande à Sexton de t'aider à bêcher.

Nous avons été durement touchés dans la région. La filature de Waterboro a fermé, ainsi que la banque. Ici, à Taft, la banque rembourse aux clients cinquante cents *pour un dollar et fermera le 1er juillet. Bernice Radcliffe m'a dit l'autre jour qu'elle ne pouvait plus souffrir les raisins secs, et je la comprends. En mai on pouvait acheter des raisins secs et du miel à un prix intéressant, et on n'a mangé que ça pendant des semaines d'affilée.*

Richard nous a raconté une histoire drôle hier soir. Quand Jack, son frère, est venu le voir, comme ils retournaient à la maison, ils se sont dit qu'ils n'avaient pas assez d'essence, alors Jack a fait faire demi-tour à sa Ford Modèle T et a grimpé la colline en marche arrière, car le réservoir se trouve sous la banquette avant. L'essence coûte maintenant dix-neuf cents *le gallon.*

Le vinaigre, lui, ne coûte pas cher, alors assure-toi d'en avoir toujours sous la main. Ça empêche les pommes de virer au marron, tu le sais bien, et c'est un bon moyen d'attendrir la viande. Quelques gouttes dans le pain et la pâte les rendent croustillants. Et une cuiller à soupe dans les meringues, à la place de la crème de tartre, les fait joliment lever.

*Voici une bonne recette de toast à l'anglaise que j'ai découpée dans l'*Estelle's Ladies' Home Journal, *et qui ne demande pas trop d'ingrédients. Faire tremper une tasse de miettes de pain dans une tasse de lait. Faire fondre une cuiller à soupe de graisse. Verser une demi-tasse de fromage doux* *râpé. Y mélanger les miettes de pain trempées dans le lait. Battre un œuf et l'ajouter. Saler, poivrer. Faire cuire trois minutes. Étaler sur un toast et servir.*

Affectueusement,

Maman

Honora

Honora laisse la lettre retomber sur la table de la cuisine et pense à Harold. Harold qui a fait de son mieux pour remplacer son père dans la vie comme à l'église. Harold qui ne s'est pas senti un homme depuis Halifax. Harold qui a de la volonté, à qui on peut faire confiance.

Elle glisse son mouchoir dans sa manche et réfléchit un instant à la tourte. La rhubarbe est déjà cuite ; il ne reste plus qu'à s'occuper des fraises et à étaler la pâte. Elle se lève, va chercher dans le réfrigérateur le plat de rhubarbe qu'elle a pris soin de couvrir. On dirait un animal marin gluant dans le plat blanc peu profond. Mais elle a trop faim et se sent trop fatiguée pour faire une tourte. Elle attrape la boîte de Saltines dans le placard, étale de la rhubarbe entre deux crackers et mange le tout. Elle mâche d'abord prudemment, puis avec plus de conviction. Ce sandwich aux fruits cuits est délicieux. Debout devant la fenêtre, elle regarde les églantines roses à peine écloses, et il lui vient une idée. Une très bonne idée, pense-t-elle.

Elle trouve le tailleur beurre frais de son mariage dans le placard peu profond d'une pièce vide au premier étage. Le sac en papier dans lequel Jack Hess a mis ses provisions n'a pas été jeté. Dans sa chambre elle le coupe pour en faire un papier d'emballage, y glisse le tailleur et rédige un petit mot :

> *Chère Bette,*
> *Je regrette d'avoir gardé ce tailleur aussi longtemps. Il est encore en assez bon état. Je ne veux pas être remboursée. J'espère que tout va bien au magasin.*
> *Avec mes meilleures salutations,*
> *Honora Willard Beecher*

Elle noue le paquet avec de la ficelle et le pose sur sa table de chevet.

Voilà une bonne chose de faite, pense-t-elle.

Elle se retourne et jette un coup d'œil dans le miroir. Son visage est plus maigre, ses joues plus creuses, et son teint n'a pas perdu sa pâleur hivernale malgré plusieurs longues promenades sur la plage. Et elle perçoit encore autre chose, quelque chose qui n'était pas là il y a un an – une tension dans les muscles, un malaise rampant.

« Quand avais-tu l'intention de me parler de la grève, Sexton ? »

Ce soir elle n'ira pas attendre son mari à l'arrêt du tramway ; d'ailleurs, l'heure est sans doute déjà passée. Il en éprouvera peut-être de l'inquiétude, il se posera tout au moins des questions. Elle n'a pas pensé non plus au repas. Il n'aura qu'à manger de la rhubarbe bouillie et des Saltines comme elle vient de le faire.

Elle s'approche de la fenêtre qui donne sur la mer. L'eau est plate ce soir, d'un bleu teinté de rose. Elle observe un pêcheur en train de ramener ses casiers à homards sur son bateau. En général elle aperçoit ces pêcheurs quand elle se réveille, à l'aube. Elle aime la façon dont ils se concentrent, méthodiques, sur leur tâche, et se demande s'ils détestent autant qu'elle manger du homard.

Oh ! c'est vraiment dommage, songe-t-elle en s'asseyant au bord du lit. Elle adore cette maison, elle l'adore vraiment, pourtant ils vont la perdre, et qui sait ce que l'avenir leur réserve ? Que se passera-t-il si la grève s'éternise pendant des mois, si toutes les filatures sont obligées de fermer ? Elle a entendu parler de grèves qui ont épuisé, décimé des communautés entières. Sexton et elle pourraient toujours aller vivre avec sa mère à Taft, et trouver du travail là-bas, suppose-t-elle. Ce ne serait pas déshonorant, pas vraiment.

Elle entend un grondement bas et un craquement – on dirait un camion qui change de vitesse –, puis un bref crissement de pneus. Une portière métallique est claquée, des voix lui parviennent par une fenêtre ouverte. Elle se rend compte qu'il y a des gens en bas, chez elle.

— Honora ! appelle Sexton d'une voix plus enjouée qu'elle ne lui a entendue depuis des mois. Honora !

Trois syllabes. Bien rythmées.

Elle s'approche de la rampe en haut de l'escalier et perçoit vaguement des vestons sombres, des casquettes et des pas agités dans l'espace réduit. Sexton lève les yeux vers elle et, pendant quelques instants, ne semble pas se rappeler ce qu'il voulait lui dire. Elle croit que son visage va reprendre l'expression qu'elle a dû supporter depuis Noël, qu'elle verra, comme toujours, des yeux évasifs, des mâchoires serrées. Mais il soutient son regard, en équilibre sur une corde raide sans doute tendue entre nouveau départ et désespoir.

— J'ai amené des gens, dit-il.

La main sur la rampe, elle descend. Une silhouette se détache derrière Sexton. Le mot « Vous ! » est sur les lèvres d'Honora, et peut-être aussi sur celles de l'homme. Elle a l'impression de l'avoir rencontré dans une autre vie, au cours de laquelle elle lui a proposé de le raccompagner en ville. Au pied de l'escalier, elle remarque l'enfant qui la dévisage, bouche bée.

— Honora, ces gens sont de la filature. Voici…

Sexton semble avoir déjà oublié le nom de l'homme.

— McDermott, dit l'homme en s'avançant. Quillen McDermott.

— Bonjour, dit Honora en se tournant vers le petit garçon pour voir s'il va évoquer leur première rencontre.

— Et voici Alphonse, reprend Sexton. Bon, les gars, je vous présente ma femme, Honora.

Honora incline la tête en direction des autres hommes, qui ont retiré leur casquette et gardent les yeux rivés sur le sol.

— Ils font partie du comité d'organisation, s'empresse d'ajouter Sexton. Il va y avoir une grève et il faudra imprimer des tracts, alors ils aimeraient voir la machine à écrire et le Copiograph.

La machine à écrire ? pense-t-elle. Le Copiograph ?

— Au grenier, explique-t-il en détournant le regard.

Elle finit de descendre et se retrouve dans l'entrée au milieu du groupe.

— Je les emmène au grenier, conclut Sexton. Voir les machines.

Il ressemble à un petit garçon qui aurait un trésor dans sa chambre et voudrait le faire admirer à ses nouveaux amis. Timidement un homme s'avance, une boîte de biscuits au chocolat dans les mains.

— C'est pour vous, m'dame, dit-il.

Oh, mon Dieu ! que va-t-elle bien pouvoir servir à ces hommes ? se demande-t-elle, persuadée qu'ils n'ont pas encore mangé.

Sexton parcourt la distance qui les sépare et l'embrasse sur le coin de la bouche.

— Joyeux anniversaire, dit-il.

McDermott reste en retrait et tient sa casquette derrière son dos. L'enfant racle les pieds sur le parquet. C'est alors qu'apparaît à la porte, que personne n'a songé à fermer, une silhouette féminine soignée et étincelante qui se mêle aux hommes gris et marron.

— Coucou ! s'écrie joyeusement Vivian. Il y a quelqu'un ?

McDermott

Il est assis sur une chaise en bois dans la cuisine et fume une cigarette. Devant l'évier la jeune femme épluche des pommes de terre. Lentement, méthodiquement, avec un économe laissant sur la peau aussi peu de chair que possible. La cuisine est pourvue d'un réfrigérateur et d'étagères recouvertes de toile cirée et, pour autant qu'il puisse en juger, tout reluit de propreté. Derrière la fenêtre, le soir de juin tombe.

Il ne voit que le dos de la femme. Son corsage rose est rentré dans une jupe grise qui lui arrive juste sous les genoux. Elle porte des socquettes et des chaussures marron, et entre les socquettes et la jupe la peau est nue. Peut-être devrait-il lui proposer son aide, mais il sent qu'elle refuserait. Il y a encore une minute Ross, Sexton, le nouveau, et l'autre femme, Vivian, se trouvaient dans cette pièce alors bondée et bruyante. Mais Sexton a dit qu'il allait graisser le Copiograph, la femme est retournée chez elle avec

Alphonse pour chercher de quoi manger et boire, et Ross… Bon, il ignore complètement où est passé Ross. Toujours est-il que la cuisine est maintenant calme et vide. Trop calme. Trop vide. Il se demande s'il ne ferait pas mieux de partir, s'il ne met pas la jeune femme mal à l'aise.

— Je suppose que vous n'avez pas eu ce que vous désiriez, dit-il.

Elle se retourne en gardant les mains au-dessus de l'évier.

— Je vous demande pardon ?

Il s'empresse de tirer sur sa cigarette et rejette la fumée par les deux coins de la bouche. La volute s'immobilise devant la fenêtre puis repart, sinueuse, dans la pièce, comme si elle était dotée d'une vie propre.

— À Noël, vous disiez que vous vouliez un bébé, explique-t-il en secouant sa cigarette au-dessus d'un cendrier en verre posé sur la table.

Elle sourit.

— Oh ! Non, apparemment non.

Elle a retroussé les manches de son corsage rose jusqu'aux coudes. La peau de ses avant-bras est parsemée de délicats poils noirs.

— Et vous ? demande-t-elle. Vous vouliez la paix.

Il hausse les épaules.

— Je la cherche toujours.

Elle doit pivoter vers l'évier pour terminer sa tâche, et il s'aperçoit que mener une conversation sera impossible s'il reste assis à la table. Il traverse la pièce et s'appuie au mur, à côté de l'évier, une main dans la poche de son pantalon, l'autre tenant toujours la cigarette.

— Vous êtes vraiment chic, dit-il. Alors qu'on a débarqué chez vous sans crier gare.

— C'est vrai que j'ai été surprise. Je m'inquiète seulement de ne pas avoir assez à manger.

— Cette femme, comment s'appelle-t-elle déjà, Vivian, est allée chercher des trucs chez elle.

— Oui.

— C'est une amie à vous ?

— Plus ou moins. Une nouvelle amie. Elle était à l'aéroport l'autre jour.

— Ah bon ?

Il ne se souvient pas d'elle. Il se rappelle la femme pilote dans son équipement de vol, et le gosse, son allure pitoyable mais son air heureux.

Honora rince une pomme de terre.

— J'ai été assez étonnée de vous voir tout à l'heure.

Il opine, même si, pour sa part, il était plus qu'étonné – sidéré. Il venait de se rappeler à peine quelques minutes plus tôt où il avait déjà vu l'inconnu assis à côté de lui dans le camion : l'image d'un homme sifflant trois verres d'alcool dans le bar clandestin puis partant avec l'Anglaise lui a alors traversé l'esprit. Il a repensé au paquet que le type avait laissé tomber par terre. À ce moment-là, aucun de ces faits n'avait la moindre importance pour lui. Il était simplement content d'être parvenu à s'en souvenir, parce que ce genre de choses – un visage qu'on n'arrive pas à situer, une chanson dont on ne retrouve pas le titre – peut vous rendre dingue pendant toute une journée. Mais quand ils se sont tous retrouvés dans l'entrée, que la femme a descendu l'escalier – il a tout de suite reconnu celle de l'aéroport, comment aurait-il pu oublier cette rencontre ? – et que le type s'est approché d'elle, l'a embrassée sur la bouche et lui a dit « Joyeux anniversaire », McDermott a senti le mot « non » le traverser des pieds à la tête.

— Et le petit, comment va-t-il ? demande Honora.

— Bien, je crois. Je le fais travailler pour moi. Enfin, pour nous. Je pense que c'est mieux que l'usine. En tout cas il est plus heureux.

— Ce que vous faites, ce n'est pas dangereux ?

McDermott hésite. Il écrase sa cigarette. Il revoit en un éclair le marteau sur la tête de Tsomides.

— Pas vraiment, dit-il.

— Est-ce que ça vous embête si je vous demande ce que vous faites exactement ?

— Non, ça ne m'embête pas, et vous en avez parfaitement le droit, vu qu'on se sert de votre maison et tout ça.

Pendant un instant il ne sait toutefois pas comment expliquer au juste ce qu'ils font. Il observe Honora qui se rince les mains sous le jet, les secoue rapidement puis les essuie à un torchon. Elle attrape une casserole sur une étagère et l'emplit d'eau.

— Vous êtes au courant pour la grève de lundi ? commence-t-il.

— Maintenant, oui, dit-elle en mettant les pommes de terre dans l'eau.

— Nous essayons d'imprimer des tracts et un bulletin de liaison. Les syndicats ont voté la grève, mais ils ne représentent que dix pour cent des ouvriers qui travaillent dans les filatures de la ville. Nous essayons de créer un syndicat de branche pour ceux qui ne sont pas encore affiliés. Nous l'avons appelé Syndicat du textile indépendant d'Ely Falls.

— Vous vous mettez en grève à cause de la réduction de salaires ?

Il lui prend la lourde casserole des mains et l'apporte sur la cuisinière.

— À Ely Falls les salaires sont les plus bas de toute la Nouvelle-Angleterre. Bon, vous le savez sûrement.

— Je savais qu'ils n'étaient pas extraordinaires. J'ignorais que c'étaient les plus bas, dit-elle en allumant le brûleur.

— Depuis combien de temps votre mari travaille-t-il à la filature ?

— Depuis février.

— Il était représentant de commerce, c'est ça ?

— Oui.

— Il a été licencié ?

— Quelque chose comme ça.

Il la voit prendre du saindoux et de la farine dans le placard. Elle les mesure, puis tamise la farine dans un bol et ajoute une cuiller à café d'eau glacée dans le mélange.

— Qu'est-ce que vous préparez ?

— Une tourte. Aux fraises et à la rhubarbe.

— Ça me met l'eau à la bouche.

— Que faites-vous à la filature ? lui demande-t-elle en malaxant la pâte.

— Je suis vérificateur de métiers à tisser, répond-il, se penchant sur le rebord de l'évier pour voir son visage.

— Qu'est-ce que ça veut dire ?

— Je vérifie les métiers.

Elle se met à rire en renversant légèrement la tête en arrière. Son cou est long et blanc, et son menton carré.

— Est-ce que je peux vous aider ? demande-t-il.

Elle réfléchit une minute.

— Ça ne vous ennuierait pas de couper les fraises ?

— Pas du tout.

— Elles sont dans le réfrigérateur. Coupez-les en tranches.

Il se sent un peu mieux maintenant qu'il a quelque chose à faire, même s'il lui est plus difficile de converser. Il se contente donc de laver les fraises et de les couper, et cette simple tâche lui donne l'impression d'être un parfait empoté. Au bout d'un moment il demande :

— Vous n'étiez pas au courant pour la machine à écrire et pour ce Copiograph, hein ?

Elle ne répond pas tout de suite.

— Non, finit-elle par reconnaître.

— Je l'ai lu sur votre visage.

Il remet les fraises coupées dans leur petite boîte en bois.

— Vous êtes doué pour lire sur les visages.

— Il le faut bien, dit-il en la regardant.

Puis il se retourne et s'essuie les mains au torchon.

— Je crois que je vais aller donner un coup de main à votre mari.

Honora

Le salon bourdonne d'une sorte d'activité qu'il n'a pas connue depuis des années, peut-être depuis que des petits groupes animés de mères célibataires y prenaient le thé (Honora les imagine en train de tricoter de la layette), jetant de temps à autre un coup d'œil vers la mer.

Prévenir la faim à Ely Falls, tape-t-elle. Ses doigts s'agitent, indistincts, au-dessus des touches familières, ovales, émaillées dans leur cercle d'argent. Elle n'a pas perdu la dextérité dont elle faisait preuve quand elle dactylographiait les boniments de vente de Sexton dans les salles lambrissées des banques. Un peu plus loin, le bras de son mari effectue des rotations répétitives pour actionner le Copiograph. Sexton examine chaque copie éjectée puis la pose sur la table bricolée la veille avec une porte sortie de ses gonds et posée sur deux chevalets dénichés au sous-sol. Il a revêtu son plus beau pantalon en gabardine (son pantalon-pour-aller-à-l'office-du-dimanche, comme dirait Harold) et une chemise des grandes occasions (bien qu'il y ait eu fort peu de grandes occasions depuis Noël). Quand elle lève les yeux, Honora songe qu'il y a bien longtemps qu'elle n'a pas vu son mari aussi débordant d'énergie.

Une redoutable pauvreté menace des milliers d'ouvriers à Ely Falls, tape-t-elle encore. Un dénommé Mironson lui dicte ce qui est écrit sur la feuille de papier qu'il tient à la main. Il repousse une longue mèche de son front. C'est un homme petit, plutôt délicat, à la bouche bien dessinée, presque féminine. Une allure qui jure avec sa vocation déclarée d'organisateur syndical, pense Honora – un peu comme si un prêtre venait rendre visite à ses ouailles en salopette, ou si un artiste avait passé un col d'ecclésiastique. À l'autre bout de la pièce Quillen McDermott, en manches de chemise bleue, rassemble et agrafe les pages d'un bulletin de liaison. Alphonse, le petit garçon, entoure d'une ficelle des liasses de tracts. Vêtue d'un pantalon et d'un chemisier en lin blanc impeccable, Vivian fait les cent pas, un bulletin à la main. Sans s'adresser à quelqu'un de précis, elle s'écrie en soufflant un long panache de fumée bleue :

— Vous plaisantez ! Vous ne pouvez pas imprimer ces sornettes !

McDermott et Mironson lui lancent un coup d'œil.

— Non, mais, écoutez un peu, poursuit-elle d'un ton railleur qui ne vise personne en particulier : « Dans la crise du textile, noblement, sans récrimination / Les travailleurs subissent les revers des cotations. »

McDermott laisse échapper un petit rire, et même Mironson a l'air confus.

— C'est une chanson des grévistes de New Bedford, explique-t-il.

— J'ai déjà du mal à prononcer les mots, quant à les chanter, vous pensez ! dit Vivian. Et puis « les revers des cotations » !

Mironson repousse de nouveau ses cheveux en arrière.

— Le but est d'imprimer des poésies ou des chansons qui incitent à la réflexion politique. Que les vers soient bons ou non ne compte pas beaucoup.

— Je crois que ça compte énormément, si on n'arrive pas à les réciter sans s'étrangler, rétorque-t-elle en tirant délicatement sur sa cigarette et en éloignant d'elle les vers de mirliton incriminés.

— Bravo, bravo ! lance Ross dans un coin de la pièce.

— Vous croyez que vous vous en tireriez mieux ? demande Mironson à Vivian.

Vivian le jauge froidement, et Honora ne sait pas au juste si Mironson est en train de la rabrouer ou de lui lancer un défi.

— Je pourrais toujours essayer.

— Alors à vous de jouer, dit Mironson, en chef habitué à déléguer les responsabilités.

Comme si cet échange n'avait absolument rien d'inhabituel, Vivian s'assied à côté de la table de fortune, le bulletin sur les genoux. Elle fouille dans son sac et en retire le stylo qui lui sert à marquer les scores de golf.

— De quand date la crise du textile ? demande-t-elle ingénument.

— Les filatures sont en crise depuis 1924, précise Mironson.

— Oh ! s'exclame Vivian en pinçant les lèvres.

Honora la voit écrire un mot au dos de la feuille posée sur ses genoux.

— « La fermeture, à compter d'aujourd'hui, de onze filatures à Ely Falls signifie la suppression d'emplois, et donc de moyens d'existence », dicte Mironson juste derrière l'épaule d'Honora.

Elle tape les mots presque en même temps qu'il les prononce et se dit que Vivian voudra peut-être également jeter un œil sur ce tract.

— « Elles ne sont pas à elles seules responsables de cette situation », poursuit Mironson.

— À qui est destiné ce tract ? demande Honora.

— C'est un appel de fonds. Il sera distribué dans les filatures, les lieux de réunion syndicale, de rencontres sportives, les quartiers ouvriers d'Ely Falls et des villes voisines.

— Ne serait-il pas préférable de s'adresser à des gens qui ont de l'argent ?

— Oui, bien sûr, répond Mironson. Mais il s'agit surtout d'un appel à la solidarité.

— Je vois, dit Honora, pas vraiment convaincue.

Si l'objectif est de secourir ceux qui ont faim, songe-t-elle, distribuer des tracts dans les magasins, les églises et les clubs privés serait peut-être plus approprié. Mais elle n'a pas l'aplomb de Vivian pour se permettre d'élever une objection.

— « Il est évident que la persistance de cette impossibilité de gagner leur vie fera sombrer les ouvriers du textile d'Ely Falls dans une indigence absolue », lit Mironson.

— Doux Jésus martyrisé ! s'exclame Ross dans le coin de la pièce.

Sept hommes et le gamin ont couché sur des matelas de camping dans les pièces vides du premier étage. Peu après l'arrivée de Sexton avec la première fournée d'ouvriers et de syndicalistes dans le camion, quand McDermott et le dénommé Ross ont eu vu la machine à écrire et le Copiograph de chez Fosdick, et surtout cette maison vide éloignée de la ville, pense Honora – un endroit où personne n'aurait l'idée de chercher des leaders syndicaux –, Ross et un certain Mahon sont allés chercher Mironson et trois autres personnes. À ce moment-là Vivian avait déjà apporté de chez elle tout ce qu'elle avait pu caser dans son véhicule : un gigot d'agneau, un poulet rôti, des légumes, du pain, du beurre, du lait, plusieurs bouteilles de vin, et toute la vaisselle, tous les couverts et les verres de son cottage – des assiettes en porcelaine délicate, de l'argenterie et du cristal véritables. (« Je ne mange jamais, de toute façon », a-t-elle dit.) Honora a fait la cuisine et préparé une autre tourte. Sexton a transporté dans le salon la porte posée sur les chevalets, Honora l'a transformée en table du dîner et l'a recouverte de la nappe brodée par sa mère. C'était un repas de fête plutôt qu'un simple casse-croûte destiné à rassasier ouvriers et syndicalistes, et le vin coulait comme de l'eau. Sexton, qui s'était rapidement lavé et changé, présidait la table et laissait affleurer son charme et son affabilité de représentant, ayant abandonné son expression d'échec et de désespoir – à tel point que, à minuit passé, quand Honora s'est retrouvée seule avec lui dans leur chambre (tous deux épuisés et, pour la première fois depuis plusieurs semaines, repus), la colère qui l'avait agitée dans la journée avait fait long feu. Il semblait absurde de punir son mari pour ne pas l'avoir prévenue de la grève alors que les organisateurs de cette grève venaient de débarquer chez eux. En outre ils auraient dû se disputer à voix basse, pleinement conscients de ne pas être seuls dans leur propre maison pour la première fois depuis qu'ils en avaient franchi le seuil. Sexton n'a pas fait un geste vers elle, et Honora s'est dit qu'il se sentait peut-être gêné par la présence de tiers. De toute façon elle était soulagée.

Les hommes étaient arrivés avec leur matériel de couchage, mais elle avait dû leur trouver des serviettes et du savon. Elle s'inquiétait pour le petit garçon, tout seul au milieu de tant d'adultes, mais elle s'est aperçue que McDermott veillait sur lui. Allongée dans son lit sans trouver le sommeil, elle entendait les ronflements des hommes malgré le bruit des vagues.

Vivian avait regagné son cottage, et Louis Mironson était allé téléphoner chez elle. Incapable de dormir, Honora est descendue couper les précieux pamplemousses que Vivian avait apportés, de manière à s'avancer pour la préparation du petit déjeuner. Elle se trouvait dans la cuisine quand Mironson est entré par la porte de la terrasse, du sable mouillé sous les pieds ; ils se sont assis un instant dans la cuisine pour boire un verre de lait. Il était revenu en longeant la plage, guidé par le clair de lune, ses chaussures à la main mais portant toujours veston et cravate, et lui a avoué qu'il y avait bien longtemps qu'il n'était pas resté au bord de la mer. Il lui a exprimé sa gratitude pour les avoir hébergés. Elle lui a demandé s'il était marié, s'il avait des enfants, et il a répondu que non. Il sillonnait la côte Est depuis plusieurs années et n'avait encore trouvé personne avec qui fonder un foyer. Le travail était trop important, trop urgent, et elle a remarqué qu'il avait failli ajouter « trop dangereux », mais s'était repris à temps. Il a détourné les yeux, l'a remerciée et lui a demandé si ça ne la dérangeait pas que d'autres gens viennent chez elle de temps en temps. Honora a répondu que ce n'était apparemment pas à elle de prendre la décision. Mironson a annoncé qu'il veillerait à les dédommager financièrement, elle et son mari. Si elle voulait bien les aider en faisant la cuisine, il lui en serait très reconnaissant et se débrouillerait pour lui fournir les provisions nécessaires. Il n'a pas échappé à Honora que c'était avec elle, et non avec Sexton, que Mironson semblait conclure un accord.

Une certaine Sadie, une « camarade » de New York, pourrait venir les rejoindre à un moment ou à un autre, l'a-t-il prévenue en étudiant sa réaction face à ce mot à connotation politique.

— Vous êtes communiste, a-t-elle observé.

— Oui. Mais les autres ne le sont pas.

— Pourquoi travaillez-vous ensemble ?

— Ce pays a une longue histoire de grèves spontanées mêlées à des mouvements franchement révolutionnaires.

— Autrement dit, vous vous servez les uns des autres, a dit Honora.

— En un mot, oui, a reconnu Mironson.

Il a ajouté qu'elle ne devait pas s'attendre à voir Sadie l'aider beaucoup à la cuisine ; elle n'était pas ce genre de femme. Honora s'est levée, a apporté les verres vides à l'évier et les a lavés.

— Eh bien, bonne nuit, a-t-il dit en se levant lui aussi.

Honora a été surprise par sa petite taille. Déroulant le bas de son pantalon, il a fait tomber du sable sur le parquet. Il a essayé de le ramasser à la main.

— Ne vous en faites donc pas. J'ai un balai, a-t-elle protesté.

— Je voudrais insister sur l'importance de cette affaire.

— Je ne prétendrai pas que je la comprends vraiment.

— Il n'y a pas grand-chose à comprendre. Les ouvriers et leurs familles mènent une vie de chien.

Honora a songé que Louis Mironson serait peut-être étonné d'apprendre à quel point elle savait ce que voulait dire mener une vie de chien.

Le lendemain matin Vivian est revenue tôt, impeccable et presque lumineuse dans un ensemble en lin pêche, suivie par un certain Ellis, qui a apporté des tas de cartons de provisions. L'esprit d'organisation d'Honora a été mis à rude épreuve, mais c'était une tâche merveilleuse que de tout ranger sur les étagères et dans le réfrigérateur. Vivian a attribué à Jack Hess le mérite de fournir les victuailles, mais à l'évidence c'était elle qui avait réglé la note. En robe de chambre, Honora a préparé des œufs, du lard, du jambon, des toasts et du café – les précieux pamplemousses accompagnaient le tout – pendant que, un par un, l'air un peu timide et ensommeillé, les hommes et le gamin sont descendus. Ils se sont de nouveau attablés dans le salon, le soleil levant baignant cette scène incongrue d'une lumière vive qui les faisait tous loucher. Honora a remarqué avec satisfaction que le petit avalait quatre œufs, un sandwich au lard qu'il avait lui-même confectionné, et du café au lait bien blanc dans une délicate tasse de porcelaine. Après le repas, McDermott a envoyé Alphonse dans la cuisine pour aider Honora à faire la vaisselle. Elle avait l'intention de lui demander seulement de l'essuyer, mais il avait déjà terminé avant même qu'elle ait fini de débarrasser la table.

— Tu t'en sors vraiment bien, lui a-t-elle dit.

— Oui, m'dame.

— Tu dois vraiment avoir l'habitude.

— Oui, mais…

Il s'est interrompu.

— Mais quoi ? a-t-elle demandé d'une voix douce.

— Ben, c'est facile, ici, a-t-il lâché. L'eau sort toute chaude du robinet.

— Tu n'as pas l'eau chaude chez toi ?

— Non, m'dame.

Honora a hoché la tête et songé que, tout compte fait, elle ne savait peut-être pas ce que voulait dire mener une vie de chien.

— Ne me dites pas que vous allez imprimer cette ânerie de : « Travailleurs de tous les pays, unissez-vous » ! s'exclame Vivian en lisant une copie fraîchement imprimée des premières pages du bulletin.

Mironson se tourne dans sa direction et répond calmement :

— Mademoiselle Burton, bien que le problème immédiat soit la réduction des salaires et la situation épouvantable des ouvriers à Ely Falls, les problèmes sous-jacents sont, eux, beaucoup plus sérieux.

— C'est bien possible, mais je suis persuadée que les hommes et les femmes qui vont former votre piquet de grève lundi se fichent complètement de savoir que…

Vivian consulte le bulletin et cite :

— … « ce combat acharné apporte la preuve irréfutable du processus selon lequel, en une époque impérialiste, les contradictions internes du capitalisme génèrent des luttes économiques qui prennent rapidement un caractère politique ».

— Seigneur ! s'écrie Ross, depuis le coin où il range dans des caisses les liasses de tracts rassemblées en paquets ficelés.

Mironson lui darde un bref regard qui semble signifier : « On t'a demandé ton avis ? »

— Je crois que ce qui va préoccuper les travailleurs lundi… ça commence bien lundi ? demande Vivian.

Mironson le confirme.

— … ce sera de savoir comment nourrir leur famille, payer leur loyer, et de comprendre pourquoi ils sont en grève – c'est-à-dire connaître la raison qui a déclenché cette grève –, combien de temps elle va durer, où ils sont censés aller, et ce qu'ils sont censés faire. J'imagine qu'ils voudront aussi être tenus un peu au courant des conséquences de leur action. Perdront-ils leur emploi même si les patrons capitulent ? Bref, ce genre de choses.

Honora regarde McDermott. Il hausse un sourcil et sourit.

— Je crois au contraire que ce que les ouvriers veulent savoir, c'est de quelle manière on les exploite, comment ils partagent le sort des travailleurs du monde entier, pas seulement à Ely Falls ou en Amérique, mais à l'échelle internationale, rétorque Mironson. En se mettant en grève lundi, ils s'intégreront à une fraternité internationale.

— Sincèrement, j'ai l'impression que celui qui fera grève lundi se moque comme de sa première chemise de la fraternité internationale, ou – appelons un chat un chat, monsieur Mironson – du parti communiste.

Vivian fouille dans son sac et en sort son étui à cigarettes en argent.

— Peut-être plus tard, quand tout le monde s'ennuiera copieusement parce que la grève durera depuis plusieurs semaines et que personne n'aura rien à faire pendant des jours et des jours, pourrez-vous leur servir vos foutaises d'internationalisme et de théorie marxiste, et peut-être alors – ce n'est même pas sûr – la liront-ils. Mais si vous leur fourguez ça maintenant, le papier finira dans le caniveau.

Vivian allume une cigarette au mégot de la précédente. Elle tend son étui ouvert à Mironson.

— Je ne fume pas, dit-il, et, d'une certaine manière, son refus, bien que justifié, semble grossier à l'oreille d'Honora.

Vivian referme son étui avec un claquement sec et poursuit :

— À mon avis, bien que, naturellement, vous n'ayez rien à faire de mon avis, il faudrait présenter le bulletin sous forme de questions et de réponses. En commençant par le problème le plus important que les grévistes auront en tête lundi matin.

La suggestion de Vivian est tellement simple et pourtant tellement perspicace, estime Honora, que Mironson ne peut manquer de reconnaître sa pertinence. Un long silence s'installe dans le salon, durant lequel personne n'ose bouger – sauf Vivian, qui continue à fumer comme si tout cela ne la concernait pas. Pour la énième fois, Mironson repousse sa satanée mèche en arrière. Honora s'aperçoit que Sexton a arrêté le Copiograh en plein milieu d'une de ses rotations.

— Voilà une suggestion qui peut présenter un certain intérêt, dit calmement Mironson.

— Magnifique ! réplique Vivian comme si cette petite victoire n'avait rien de personnel. Alors ne devrions-nous pas cogiter, vous et moi, pendant quelques minutes, pour pondre une série de questions et de réponses ? À moins que vous ne préfériez vous y atteler seul ?

Mais Mironson n'est pas encore mûr.

— Ce qui est en jeu, ici, mademoiselle Burton…

— Oh ! appelez-moi donc Vivian.

Mironson croise les bras sur la poitrine, et la feuille qui lui servait à dicter se balance au bout d'une de ses mains.

— … n'est rien de moins qu'un mode de vie et l'avenir de ce pays. Je ne m'attends pas que vous reconnaissiez l'importance du « chamboulement » crucial de ce mode de vie, puisque vous êtes vous-même empêtrée dans la classe des capitalistes. Par définition, vous ne pouvez pas le concevoir. Si nous admirons votre esprit charitable et votre générosité – et il va sans dire que nous vous en sommes reconnaissants –, je ne peux pas espérer que vous compreniez la signification sous-jacente de ce qui se passe ici et dans tout le pays.

McDermott lance un regard acéré à Mironson et fait mine de prendre la parole, mais Vivian lève la main pour indiquer qu'elle peut se débrouiller toute seule.

— Je comprends fort bien ce que vous voulez dire, monsieur Mironson. Puis-je vous appeler Louis ? Il me semble que ça fait… je ne sais pas, moi, vraiment très peu « camarade » de s'appeler par son nom de famille.

— Bien sûr, je vous en prie.

— Vous vous exprimez à merveille, Louis. D'ailleurs, je me demandais où vous aviez fait vos études. Vous avez manifestement reçu une très bonne éducation.

— Ce n'est vraiment pas la question.

— Oh ! mais si, au contraire, c'est là toute la question, lui rétorque Vivian en croisant les jambes avec dignité.

Honora pense que Mironson ne peut pas refuser de répondre.

— Je suis allé à Yale, dit-il enfin.

— Ah ! Avec une bourse ?

— Non.

Vivian hoche la tête, le soleil levant embrase ses cheveux cuivrés.

— Trouverez-vous ma question trop personnelle si je vous demande ce que fait ou faisait votre père ?

Mironson hésite.

— Il était fabricant de chaussures.

— Les fabriquait-il lui-même, ou possédait-il une usine ?

— Mon grand-père a fondé son entreprise à Brokton, dans le Massachusetts. Il fabriquait lui-même les chaussures.

— Et votre père ?

Mironson rectifie son nœud de cravate.

— Il possédait l'entreprise.

— Il n'a donc jamais fabriqué une seule paire de chaussures.

— Je ne pourrais pas en jurer.

— Ne serait-il pas équitable, par conséquent, de dire que vous avez passé toute votre enfance « empêtré dans la classe des capitalistes » ?

Mironson sort un mouchoir de sa poche.

— Je suis juif, mademoiselle Burton. Ma conscience de classe est très différente de la vôtre.

— Ah bon ? Quelque chose m'aurait-il échappé ? lance Vivian d'un ton mielleux. Les Juifs ne peuvent-ils pas être des capitalistes ?

— J'étudie ce sujet depuis des années, explique Mironson en s'essuyant le front. J'ai passé toute ma vie d'adulte à l'approfondir. Je suis allé à Moscou. J'ai travaillé avec Eugene Debs.

— Naturellement, admet Vivian. Je ne peux pas vous dire à quel point j'admire votre dévouement. Nous admirons tous votre dévouement. Et sans vous, j'imagine que les hommes ici présents se sentiraient perdus. Mais quant à être capable de comprendre « ce qui est en jeu »…

Vivian marque une pause.

— Voyons si j'ai bien compris. Le capitaliste possède l'usine textile, gagne des sommes astronomiques et habite de l'autre côté de la rivière, dans une grande maison équipée d'un frigidaire et d'une machine à laver General Electric, il possède une Packard et un yacht à moteur Chris-Craft, alors qu'il emploie des centaines d'ouvriers pour un salaire de misère et trouve parfaitement normal qu'ils vivent dans des taudis horriblement crasseux sans eau courante ni sanitaires à l'intérieur et n'aient pas assez d'argent pour nourrir leurs enfants. Pensez-vous que, jusqu'ici, j'ai correctement décrit la situation ?

La tension palpable dans la pièce rappelle à Honora les secondes qui suivent un coup de tonnerre : le bruit résonne encore malgré le silence intense.

Vivian reprend :

— Et un beau jour ledit capitaliste décide, pour une raison ou une autre – son usine ne marche peut-être pas bien, ou alors il veut aller faire un petit voyage à La Havane –, de réduire les salaires de dix pour cent, et donc d'augmenter ses profits. Et, incroyable mais vrai, les travailleurs y trouvent à redire !

Mironson reste muet, mais Honora remarque un petit tressaillement aux commissures de ses lèvres.

— Non, mais enfin, pour qui se prennent-ils, ces ouvriers ? ajoute Vivian en soufflant un long panache de fumée bleue.

Mironson secoue la tête et sourit.

— Bien sûr, la situation dépasse largement mes capacités d'entendement, concède Vivian de bonne grâce. Je crois que cela va sans dire. Pour être très franche, je ne sais même pas qui est Eugene Debs. À mon avis il faut rester dans la simplicité. Il suffit de communiquer aux grévistes ce qu'ils ont besoin de savoir pour survivre jusqu'à mardi. Et ensuite jusqu'à mercredi, puis jusqu'à jeudi, et ainsi de suite. Et si plus tard quelqu'un vient vous demander quelle est la portée de tout cela... bon, à ce moment-là, je suppose que vous pourrez lui sortir toute la rhétorique marxiste que vous l'estimerez capable d'ingurgiter.

— J'espère que vous avez pris part à des débats contradictoires pendant vos études, dit Mironson.

— Oh ! non. En fait je ne suis même pas sûre que cela se pratiquait dans mon université. J'y ai suivi des cours de maintien et de bonnes manières.

McDermott se met à rire, et même Ross sourit.

— Comment va-t-on l'appeler, notre bulletin « pratique » ? demande Mironson en regardant Vivian.

Vivian exhale une longue volute de fumée. Elle écrase sa cigarette dans un cendrier posé sur la table de fortune. À côté du cendrier se trouve un paquet de cigarettes froissé.

— *Lucky Strike*[1], dit-elle, sans une seconde d'hésitation.

1. Tout à la fois marque de cigarettes, « coup de veine » et, littéralement, « grève vernie ». *(N.d.T.)*

Alphonse

Hier, ils ont travaillé toute la journée au bulletin de liaison. Alphonse parvient presque à le lire à présent, il est mille fois mieux que celui qu'ils commençaient à emballer avant que Mlle Burton donne son avis et cogite ensuite avec Mironson pendant que tout le monde s'attablait pour prendre un deuxième petit déjeuner, ce qu'Alphonse a trouvé franchement fantastique. C'est alors que l'autre femme, Mme Beecher, a surpris Alphonse à mettre des petits pains garnis de fromage dans ses poches, et elle lui a demandé s'il ne préférait pas les envelopper dans du papier sulfurisé. Alphonse a failli mourir de honte et il a avoué qu'il les prenait pour sa mère. Mme Beecher lui a dit que ce n'était peut-être pas une très bonne idée de garder des petits pains et du fromage dans ses poches, à cause des miettes, et qu'il vaudrait sans doute mieux qu'elle prépare des sandwiches pour sa mère au moment où il retournerait en ville. Toute la journée d'hier il s'en est voulu à mort de ne pas avoir été capable de lui sortir un vrai merci.

En fin d'après-midi, Ross, McDermott et Alphonse sont retournés en ville avec des paquets de bulletins et de tracts, et Alphonse s'est dit que M. Beecher n'allait pas tarder à se démancher le bras à force d'actionner cette formidable machine à reproduire. Après avoir déposé les tracts chez Nadeau, McDermott a demandé à Alphonse s'il n'avait pas envie d'aller voir sa mère pendant une heure, après quoi il passerait le prendre et le ramènerait à la maison de la plage. Aphonse savait que McDermott, Mahon et Ross voulaient aller boire au bar clandestin, mais il n'en était pas moins tout content d'en profiter pour voir sa mère, Augustin, Gérard, et même, il devait bien l'avouer, Marie-Thérèse, qui s'était considérablement calmée. C'était aussi l'occasion de vérifier s'il était devenu plus grand que Marie-Thérèse – une mesure qu'il aimait bien effectuer une fois par semaine –, même si elle refusait qu'ils se mettent tous les deux dos à dos.

McDermott est ensuite venu le chercher, comme convenu, et pour la première fois Alphonse n'a pas eu envie de manger le reste de pain ou de petits gâteaux dans le camion, parce qu'il savait qu'un bon repas les attendait. Mme Beecher avait préparé d'excellentes tourtes, des pommes de terre, des œufs et du café, et ce matin encore, l'odeur de lard était tellement appétissante qu'Alphonse a failli s'emmêler les pieds en dégringolant l'escalier pour s'installer à la table du petit déjeuner.

La veille au soir la femme aux cheveux cuivrés avait apporté de nouvelles provisions, les hommes avaient beaucoup bu, et Alphonse a remarqué que Mlle Burton levait elle aussi pas mal le coude. Elle a montré à Mironson comment préparer un cocktail appelé sidecar dans un beau shaker en argent et, quand il a eu attrapé le coup, tout le monde s'est encore soûlé, même Mlle Burton. Mme Beecher, elle, n'a pas bu beaucoup ; d'ailleurs, rien qu'à la voir, on se dit qu'elle ne tient sûrement pas l'alcool.

Après le dîner Alphonse a aidé Mme Beecher à faire la vaisselle, et McDermott, qui était assez éméché, mais moins que Ross, Mahon et M. Beecher, tous ivres morts sur la terrasse, s'est assis à la table de la cuisine et a fumé pendant que Mme Beecher et Alphonse lavaient et essuyaient la vaisselle. Cette tâche ne gênait vraiment pas Alphonse, parce que l'eau chaude sortait du robinet, et rien que mettre les mains sous le jet était déjà un régal. Il ne pouvait s'empêcher de penser que laver par terre, faire la lessive et le reste seraient bien plus faciles s'ils avaient de l'eau chaude au robinet dans l'appartement de Rose Street. Mais bon, ce n'était pas le cas, point final.

Pendant tout le week-end Alphonse a dû se répéter que la grève allait être déclenchée lundi, parce que, à voir les hommes et Mlle Burton se soûler et rigoler autant, et même à voir Mme Beecher rire tout bas au dîner, personne ne pouvait penser que des moments difficiles les attendaient.

Ce matin – le deuxième qu'Alphonse passe dans cette maison – il était le premier à descendre prendre le petit déjeuner. Mlle Burton était rentrée chez elle et tous les hommes dormaient encore et allaient sans doute se réveiller avec un mal de crâne carabiné. Mme Beecher s'est attablée avec Alphonse et lui a posé toutes les questions habituelles. Il a envisagé de lui répondre qu'il voulait être médecin, parce qu'il savait qu'elle serait déçue s'il disait tisseur, mais le moment venu il n'a pu se résoudre à lui mentir, alors il s'est contenté de hausser les épaules et d'espérer qu'elle ne recommencerait pas à lui demander ce qu'il voulait faire quand il serait grand.

Maintenant tout le monde est à la plage, allongé sur des couvertures que Mlle Burton a apportées de chez elle, et Alphonse est stupéfait que Mlle Burton soit aussi en forme, alors qu'il l'a vue de ses yeux vue boire à ce point la veille. En fait, elle a plus d'entrain que certains hommes, tiens, Ross, par exemple, qui n'a même pas pu avaler son petit déjeuner. Alphonse s'imagine qu'elle doit avoir chez elle une sorte de remède vitaminé à prendre dans ces cas-là. Mme Beecher et Vivian ont préparé des sandwiches, de la salade et des œufs bien épicés, et, même s'ils sont tous assis juste devant la maison et pourraient manger à l'intérieur s'ils le voulaient, ils pique-niquent comme s'ils étaient venus passer la journée à la plage, ce qui, tout compte fait, est bien le cas. M. Beecher s'est mis en maillot de bain, et les autres hommes ont relevé leurs bas de pantalon. Ross était très rigolo quand il s'est levé, il a marché dans l'eau tout habillé puis s'est mis à sauter en l'air comme s'il venait de s'électrocuter. Mais en revenant, il avait tellement meilleure mine que Mahon, McDermott et Mironson sont eux aussi entrés dans l'eau tout habillés. M. Beecher a couru jusqu'au bord, puis a plongé, et c'est alors qu'Alphonse s'est rappelé où il l'avait déjà vu – à la plage, l'été dernier, en train de fendre l'eau comme un requin. McDermott et Ross sont ressortis, ont attrapé Alphonse, qui hurlait et donnait des coups de pied, ils l'ont porté jusqu'à la mer et lâché dans l'eau. Saint Joseph ! c'était tellement froid qu'Alphonse en a eu le souffle coupé. Quand il est remonté à la surface et s'est essuyé les yeux, Ross, McDermott, Mahon et même Mironson étaient en train de dégouliner comme des canards mouillés et de rigoler comme s'ils n'avaient jamais rien vu d'aussi drôle de toute leur vie. Alphonse se dit que si c'est ça faire grève, il aimerait bien que la grève dure éternellement.

Vivian

— On dirait des gamins, vous ne trouvez pas ? remarque Vivian en observant les hommes qui jettent Alphonse à l'eau.

En fait, bien qu'elle veuille dire par là : « Ils font vraiment les idiots ! », elle songe qu'ils sont tous très, très jeunes. Honora et McDermott n'ont que vingt et un ans, Louis en a vingt-cinq.

— À leur façon, lui répond Honora.

— Pauvre Alphonse ! Vous croyez qu'il sait nager ?

— Il n'en a pas l'air.

— Il y a des mois que je n'ai pas mis le nez dehors, reprend Vivian en caressant le pelage de Sandy.

— Vous êtes allée à Boston, c'est bien ça ?

— Non, à New York.

Vivian envie un peu les hommes qui se sont mis à l'eau. Elle regrette de ne pas avoir apporté son maillot de bain pour pouvoir se tremper elle aussi.

— J'essaie d'écrire une pièce.

— Une pièce de théâtre ?

— Bon, c'est vraiment un coup de veine insensé – ou de déveine, je ne sais pas exactement. À La Havane j'ai rencontré un type qui est producteur à New York. Un soir au dîner je lui faisais part d'une idée qui m'était venue tout en parlant, et il m'a suggéré – surtout parce qu'il était soûl, à mon avis – d'écrire moi-même la pièce. Comme j'ai du temps libre, j'ai décidé de tenter le coup. C'est très amusant, bien que j'aie beaucoup de choses à apprendre.

— Voilà qui est vraiment intéressant. Quel est le sujet de la pièce ?

— Le krach boursier. Ses conséquences.

— Oh ! lâche Honora en tirant sur sa robe pour couvrir ses genoux.

— Je suis inquiète à l'idée de parler légèrement d'une tragédie que d'autres ont vécue, s'empresse de dire Vivian.

— C'est une comédie ?

— Pas encore, mais je pense que c'est dans cette direction que ça s'oriente. En fait, je ne suis pas sûre d'être capable d'écrire une comédie. Pour l'instant c'est encore assez flou.

Et ça le restera si elle ne se met pas au travail, pense-t-elle avant de lancer hardiment :

— Vous n'avez pas été épargnée.

Honora lui jette un bref regard et avec franchise confirme :

— Non.

— Votre mari a perdu son emploi ?

— Oui. En fait, il l'a perdu le jour où je vous ai accompagnée à l'aéroport. La veille de Noël.

— Oh ! je suis vraiment navrée.

Elle se rappelle le sapin avec les cadeaux soigneusement déposés dessous, et les tourtes aux pommes et aux raisins secs dans la cuisine.

— C'était horrible, confie Honora avec un soupir, et Vivian se demande si c'est la première fois qu'elle en parle.

— Que s'est-il passé ?

— On l'a… licencié, dirons-nous. Ça l'a… je ne sais pas quel est le mot juste… terrassé. Il lui a fallu plusieurs semaines pour se remettre un tout petit peu. Il a essayé de trouver du travail dans la vente, mais personne n'embauchait. Alors il est allé aux filatures pour tâcher de décrocher un boulot de bureau, mais là non plus on n'embauchait pas, si bien qu'il a dû travailler dans l'usine même. Il est fileur sur un métier continu à anneaux.

— Oh ! s'exclame Vivian en laissant Sandy boire dans son gobelet d'eau. Mais vous avez réussi à garder la maison.

— Tout juste.

— Et maintenant cette grève. J'espère qu'elle ne durera pas longtemps.

— Moi aussi.

— Si jamais vous aviez besoin de…, commence Vivian.

— Seigneur ! non, s'empresse de dire Honora. Surtout pas.

Vivian a envie d'interroger Honora sur sa vie conjugale, mais sent que ce n'est sans doute pas le moment. Bien qu'elle ne parvienne jamais à comprendre ce qui attire les gens mariés l'un vers l'autre, elle est particulièrement intriguée par Honora et Sexton. Bien sûr il est bel homme, mais il y a en lui quelque chose d'un peu… bon… mielleux, quelque chose de rebutant. C'est en tout cas l'effet qu'il lui fait. Il semble très soucieux de plaire, mais remarque à peine la présence d'Honora.

— Est-ce que ça ne vous ennuie pas d'avoir tous ces hommes chez vous ? demande Vivian au bout d'un certain temps.

— Je ne suis pas sûre de bien comprendre les conséquences. J'ai l'impression qu'ils me cachent tous quelque chose. Je l'ai senti quand Quillen… bon, je ne peux pas l'appeler Quillen, il déteste ce nom, donc McDermott, quand McDermott parlait. Et aussi quand Louis…

Elle s'interrompt un instant.

— Vous lui avez drôlement rivé son clou hier.

— Oh ! je plaisantais à demi. Il est adorable. C'est vraiment un saint. Je n'ai aucune expérience des hommes altruistes. Ils manquent incroyablement de sex-appeal, vous ne trouvez pas ?

— Vivian, vous savez qu'il est communiste.

— Je l'avais plus ou moins compris.

— Pourquoi faites-vous tout ça ? demande Honora. Vous entre toutes ?

— Bon, je ne prends pas toute cette histoire très au sérieux. C'est de la rigolade.

— Mais c'est après votre classe sociale qu'ils en ont.

— Louis, oui. Mais d'une manière plutôt abstraite à mon avis. Il me ressemble plus que vous ne pensez. Quant à moi, j'ai failli mourir d'ennui l'année dernière. D'ailleurs, ajoute-t-elle en se penchant vers Honora, je vous adore, vous et Alphonse.

Honora sourit.

— Je me fais du souci pour Alphonse, dit-elle. Il a l'air tellement jeune.

— Il est très attaché à McDermott.

— Je crois qu'il a de bonnes raisons de l'être.

— Et la présence de tous ces hommes n'ennuie pas votre mari ?... demande Vivian d'un ton hésitant.

Elle comprendrait parfaitement qu'un mari y trouve à redire.

— Non. Ça ne l'ennuie pas. Franchement, il y a des mois que je ne l'avais pas vu aussi heureux. Depuis l'automne dernier, en fait.

— Nous avons vraiment fait la bombe hier soir.

— J'ai compté huit bouteilles ce matin, dit Honora en s'allongeant sur la couverture et en s'abritant le visage avec son chapeau. Qu'est-il arrivé à cet homme ? L'ancien propriétaire de votre maison ?

— Dickie ? Oh ! pauvre Dickie !

Vivian pense à la dernière fois qu'elle l'a vu, en janvier. Dickie, avec son teint de papier mâché, sa moustache gominée, sa canne de jonc et sa cravate de chez Haskell-and-Haskell sur laquelle semblait avoir giclé un peu de sauce tomate.

— Il est complètement ruiné. Il travaille maintenant chez Arrow, à Indianapolis. Comme représentant de commerce, je crois. C'est l'ami d'un ami qui lui a fait obtenir cette place.

Immédiatement Vivian se rend compte que qualifier un représentant de commerce d'homme ruiné manque par trop de tact.

— Je ne voulais pas…

Honora balaie ses scrupules d'un revers de main.

— Tout est… je ne sais pas, moi… relatif, je suppose.

— Oui, sans doute, dit Vivian en baissant les yeux sur Sandy. Ce pauvre chien est tout haletant.

— Pourquoi ne pas le jeter à l'eau ?

— Il a horreur de l'eau.

— Ça lui ferait le plus grand bien, réplique Honora.

Honora

La plage est plate, vierge de tout détritus à l'exception de coquillages blancs arrondis et de galets ovales, lisses. Honora suit le rivage en croissant vers le nord, puis vers l'est, le soleil dans le dos, son ombre projetée sur le côté. De petits groupes d'estivants fraîchement débarqués sont disséminés à la lisière du sable moelleux, devant les dunes, le teint blanc, trop habillés, légèrement sonnés dans leur fauteuil de toile. Honora s'agrippe les bras pour essayer de se protéger du vent d'est qui vient de se lever et ourle la cime des vagues. Elle ne porte qu'une jupe en rayonne qu'elle a elle-même confectionnée et un chemisier en coton sans manches. Elle a laissé ses chaussures sur la couverture, une fois que la plupart des hommes, Sexton compris, se sont endormis sur la plage et que Vivian est retournée chez elle avec son chien mouillé. Honora avance lentement, tête baissée, et lève les yeux de temps à autre, toujours surprise, malgré le nombre de fois où elle l'a admiré, par le bleu marine de l'eau – un bleu qui semble vivant. Penché au vent, un bateau à voiles file le long de la côte. La grève commence demain. Voilà qui paraît à peine croyable.

Honora n'est pas souvent allée à Ely Falls depuis Noël. Elle trouve quelconque cette petite ville dominée par ses filatures, longues bâtisses plates aux énormes fenêtres, avec des tourbillons de fumée qui s'échappent des cheminées. Les logements de brique et de bois sont adossés aux collines qui entourent le centre de la ville – constructions dénuées de charme, sans jardin, linge mis à sécher sur des terrasses en bois peu solides. Elle n'est jamais entrée dans la pension de Sexton mais l'a aperçue de l'extérieur : une maison en brique alignée parmi d'autres, toutes semblables. Elle ne pouvait pas entrer, lui a-t-il dit, parce que l'endroit était réservé aux hommes.

Un tesson vert bouteille attire l'attention d'Honora, et elle se penche pour l'arracher au sable mouillé. Elle le frotte dans ses mains pour le nettoyer. C'est un beau spécimen – au moins un centimètre d'épaisseur. Elle essaie d'imaginer ce qu'il a été autrefois. Sa couleur évoque une bouteille, mais il est trop épais. Il ne peut pas s'agir non plus d'une vitre. Une sorte de bocal ? De saladier peut-être ? Une lanterne ? Quelque chose qui provient d'un bateau ? Elle ramasse un gros coquillage blanc, y dépose le tesson et referme la main dessus.

— Qu'est-ce que vous avez là ?

Honora tressaille, surprise par cette voix. McDermott est un peu essoufflé et se courbe un instant pour reprendre sa respiration. Raidis par le sel, ses cheveux ont séché d'une manière comique. Il porte une chemise bleue aux manches retroussées bien au-dessus des coudes.

— Du verre marin, explique-t-elle.

— Qu'est-ce que c'est ?

— Du verre qui a été poli par la mer et rejeté sur la plage. J'en fais collection.

Elle lui tend le coquillage renfermant le tesson vert bouteille. Il l'examine.

— D'où est-ce que ça vient ? demande-t-il en effleurant le tesson.

— D'un naufrage, peut-être ? À moins que quelqu'un l'ait jeté par-dessus bord ? Ou qu'il y ait eu un incendie sur la côte ? Parfois je trouve des fragments fondus, carbonisés à l'intérieur. C'est le mystère qui compte, le fait d'ignorer l'origine de ces tessons.

— … Un secret qu'ils ne révéleront pas, c'est sûr.

Le soleil lui a rosi la peau. Il plisse les yeux à cause de la réverbération.

— C'est un peu ça, dit-elle en laissant retomber sa main. Vous étiez tous en train de dormir.

— On s'en va. Je suis venu vous dire au revoir.

— Vous partez ? demande-t-elle, surprise.

— Nous devons être à pied d'œuvre tôt demain matin quand la grève commencera. Pour veiller à ce que personne n'entre dans les filatures. Pour distribuer les tracts.

— Oh ! fait-elle.

Elle est légèrement perturbée parce que Sexton ne l'a pas prévenue qu'ils partiraient avant le dîner. Si elle l'avait su, elle n'aurait pas préparé les tartes au citron meringuées. Pour être juste, Sexton l'ignorait peut-être lui aussi.

— Dans ce cas je vais revenir avec vous.

— Merci de nous avoir hébergés, dit-il lorsqu'ils se mettent en route. Surtout hier soir. Nous étions tous un peu déchaînés.

— Tout le monde a passé un bon moment.

— Pardon ?

Elle se rappelle qu'elle doit le regarder bien en face quand elle lui parle. Le rugissement étouffé des vagues rend déjà toute conversation difficile.

— Tenez, je vais marcher à reculons, suggère-t-il en faisant un pas en avant et en se retournant.

— Vous êtes sûr ?

— Je fais ça tout le temps.

Sa chemise est froissée et raide de sel elle aussi, remarque-t-elle. Son pantalon remonté jusqu'à mi-mollet. C'est curieux de marcher ainsi, McDermott à reculons, Honora en avant, et c'est aussi légèrement gênant – il observe de tout près son visage pour bien lire sur ses lèvres.

— Je disais seulement que tout le monde a eu l'air de passer un bon moment.

Elle se rend compte qu'elle exagère l'articulation de chaque syllabe et essaie de détendre la bouche.

Il hausse les épaules.

— On a trop bu.

— Oui.

— Vous voulez un chewing-gum ? lui demande-t-il en lui tendant un paquet.

— Avec plaisir.

Il retire le papier de deux chewing-gums et lui en donne un.

— C'était gentil, la façon dont vous avez essayé d'apprendre à nager à Alphonse, dit-il.

Honora a remonté et noué sa jupe, est entrée dans l'eau avec Alphonse et lui a dit de faire la planche. Elle allait le tenir et ne pas le lâcher avant qu'il soit prêt. Mais chaque fois qu'il lui faisait signe que le moment était venu et qu'elle retirait ses mains, ses pieds s'enfonçaient tout de suite.

— Il a besoin d'un maillot. Son pantalon l'entraînait au fond.

— Il a besoin de tellement de choses.

— Vous l'aimez bien, hein ?

McDermott hausse les épaules.

— Oui, je suppose.

— Il avait une peur bleue de l'eau.

— C'est ça que vous cherchez ? lui demande-t-il en se baissant pour ramasser dans le sable une tache vert pelouse.

Elle examine le tesson entre le pouce et l'index.

— Oui. C'est une belle couleur. Pas très courante.

— Bon, alors voilà ! Pour votre collection.

Il le lui tend.

— Merci.

— En fait, je suis venu vous voir parce que je voulais vous dire quelque chose. Vendredi soir, quand nous sommes arrivés chez vous et que nous bavardions tous les deux dans la cuisine, vous m'avez demandé si ce que nous faisions n'était pas dangereux, et je vous ai répondu « pas vraiment ».

Honora hoche la tête.

— Ouais, bon, fait-il en détournant les yeux. Ça l'est.

Honora ralentit le pas.

— C'est dangereux, reprend McDermott. Je me suis dit que vous deviez le savoir.

— Oh !

— Nous nous servons de vous.

L'espace d'un instant elle est interloquée par sa franchise.

— Je l'ai bien compris. Tout comme Louis se sert de vous.

— Mais nous nous servons aussi de Mironson, ne l'oubliez pas.

— Est-ce que vous êtes communiste ?

— Merde alors, non ! Un bon Irlandais catholique comme moi ? Non, je suis un fidèle du syndicat, pas des rouges.

Un homme et une femme portant un chapeau de paille et avançant à une allure normale arrivent à la hauteur d'Honora et de McDermott. Il attend qu'ils les aient dépassés avant de reprendre la parole.

— Pour nous, une maison loin de la ville, c'est parfait. Votre mari dit qu'il n'a jamais donné son adresse à la filature et que la seule qu'ils ont est celle de la pension. Donc, si nous pouvons garder cet endroit secret…

Honora hoche la tête.

— Le syndicat pour lequel Mironson travaille envoie une presse de New York, et nous l'apporterons sans doute ici dans le courant de la semaine. Manifestement, le Copiograph ne suffira pas pour reproduire tout ce dont nous avons besoin.

— J'imagine.

Elle repousse ses cheveux de son visage. Le vent d'est fait apparaître la chair de poule sur ses bras. Elle les frotte pour les réchauffer.

— Si je vous avertis que c'est dangereux, c'est que nous avions une presse dans un entrepôt de la ville, et qu'un soir des types masqués sont entrés et ont démoli la presse et le reste de l'équipement avec des marteaux de forgeron. L'un des nôtres a été touché. Il est toujours à l'hôpital.

Honora s'immobilise sur le sable.

— Écoutez, si vous me dites maintenant que vous ne voulez pas de nous chez vous, je ferai en sorte que personne ne vienne plus vous embêter.

— Qui étaient ces types ?

— Nous l'ignorons. Ce sont les patrons des filatures qui les ont envoyés. Des hommes de main. Je crois que l'un d'eux était le chef de la police, mais dans l'obscurité c'était pas facile d'en être sûr.

— Vous y étiez ?

Il confirme d'un signe de tête.

— Et vous n'avez pas été blessé ?

— Je me suis échappé.

— Oh ! Tout ça me surprend beaucoup, dit-elle en portant une main à sa poitrine. Même si je ne vois pas pourquoi.

McDermott reste muet et l'observe.

— C'est vraiment à mon mari de prendre la décision.

— Si nous utilisons votre maison, vous avez vous aussi votre mot à dire.

Ils reprennent leur marche, côte à côte à présent. Honora garde le silence et imagine un raid chez elle. Ils croisent trois petites filles en train de bâtir un château de sable qu'ils doivent contourner. Puis Honora pivote pour faire face à McDermott.

— Que va-t-il se passer demain ? demande-t-elle en avançant à reculons.

Au bout d'une minute il répond :

— Si j'en juge par la façon dont les choses se sont déroulées à New Bedford et à Gastonia, il y aura un grand rassemblement, et puis les piquets de grève défileront pour se mettre en place devant les filatures. Les organisateurs veilleront à ce que personne n'entre.

— Les jaunes ?

— Oui. Nous savons déjà qu'il y aura des gardes armés, et les gens du piquet de grève pourraient se montrer d'humeur combative. La colère enfle dans la ville. Les discours de Mironson deviendront de plus en plus marxistes…

— Pas si Vivian y apporte sa contribution, fait remarquer Honora.

McDermott se met à rire.

— Beaucoup de grévistes chercheront du travail ailleurs. Il y aura des expulsions. Les patrons pourront utiliser cette arme : expulser tous les grévistes des logements des filatures. Les syndicats monteront des villages de toile. Et il se peut…

Il s'interrompt.

— Il se peut que quoi ?

Il détourne les yeux.

— Il se peut que ça se termine assez vite.

— Ce n'est pas ce que vous alliez dire.

— Personne ne peut prévoir ce qui va se passer.

— Que s'est-il passé à Gastonia ?

— De la violence, répond McDermott. Il y avait des pistolets et des fusils. Des baïonnettes. Des gaz lacrymogènes et vomitifs.

— Comment est-ce que je vais être au courant ? De l'évolution de la situation ?

— S'il y a des problèmes, nous vous le ferons savoir. Mais ne vous inquiétez pas pour votre mari. Il sera dans le piquet de grève pendant les prochains jours, comme tout le monde. Le pire qui pourrait sans doute lui arriver, ce serait de s'ennuyer.

— Et vous ?

— Je ne crois vraiment pas que je vais m'ennuyer.

Elle marche les bras légèrement écartés pour garder l'équilibre. Avancer à reculons est délicat, surtout dans du sable, avec tous ces coquillages sous les pieds.

— Quelles sont les chances pour que la grève se termine vite ? demande-t-elle.

— Infimes. Les filatures ont des stocks excédentaires. D'une certaine manière, la grève sera pour elles une aubaine, puisqu'elle leur permettra de s'en débarrasser sans devoir verser de salaires et sans faire tourner les machines. Mais, au bout de quelques semaines, quand elles n'auront plus rien à vendre, les effets commenceront à se faire sentir.

— Quelques semaines ?

— La grève de New Bedford a duré six mois.

— Seigneur ! s'exclame-t-elle en s'immobilisant soudain.

Incapable de s'arrêter à temps, McDermott lui rentre dedans. Il tend les bras devant lui pour ne pas tomber. L'espace d'un instant il touche ceux d'Honora, tandis qu'elle lui pose les mains sur la poitrine. Ils s'écartent immédiatement l'un de l'autre.

Telles des puces, des bécasseaux sautillent tout autour d'eux.

— Je ne voudrais surtout pas vous inquiéter inutilement, dit-il.

— Nous allons perdre la maison. Nous avons déjà du mal à rembourser les mensualités.

— Mironson s'arrangera pour que ça ne soit pas le cas.

— Bon, je suppose que c'est au moins un avantage.

Elle cherche des yeux la maison au loin.

— Pourquoi faites-vous ça ? demande-t-elle.

— Je me suis laissé embringuer là-dedans, répond McDermott en souriant. J'avais de mauvaises fréquentations.

Sexton

— Il faut vraiment qu'on s'en aille, dit Sexton à Honora dans la cuisine.

Il l'observe emballer une demi-douzaine de sandwiches et deux tartes dans du papier sulfurisé. Il a envie de lui dire de se dépêcher. Mironson, Ross et McDermott sont prêts à partir.

— Tu vas être dans le piquet de grève demain, dit-elle.

— Je suppose. Je ferai ce qu'on me dira de faire.

— Sois prudent.

— Oui. Ne t'inquiète pas pour moi.

— Le linge propre est dans le couloir.

— Oui, je l'ai vu.

— Est-ce que vous aurez besoin de fourchettes ?

— On nous en donnera à la pension, répond-il avec impatience, bien qu'il n'en sache rien.

Mme Derocher est une vraie harpie. Elle enferme les couverts. De toute façon ils mangeront la tarte avec les doigts dans le camion.

— Je n'ai pas besoin de toute cette nourriture. Autant que tu l'emportes.

Elle met les sandwiches dans un sac en papier. Il n'a pas beaucoup aimé la manière dont les autres types ont reluqué Honora ce week-end, quand ils croyaient qu'il ne les voyait pas. Pourtant il ne peut nier qu'il est fier d'elle. D'une certaine manière Vivian est plus jolie, il est bien obligé de le constater – elle est sans aucun doute plus soignée, mieux habillée (et infiniment plus amusante) mais, curieusement, pas aussi sexy, malgré ses propos effrontés. Et bien sûr elle est beaucoup plus âgée – elle a près de trente ans, d'après ce qu'il a cru comprendre. Non, c'est Honora la plus séduisante des deux. Et s'il n'avait pas été aussi soûl ces deux derniers soirs, il aurait agi en conséquence.

Seigneur ! ces types s'y entendent vraiment pour lever le coude. Il a eu du mal à ne pas se laisser distancer. Surtout par Ross. En fait, Sexton est content de retourner en ville, même s'il déteste la pension. Juste pour souffler un peu.

Cette histoire de grève est un miracle, songe-t-il. Un vrai miracle. Mironson s'occupe maintenant de régler les mensualités de la maison – quel poids ça enlève à Sexton –, et Honora et lui n'avaient pas aussi bien mangé depuis octobre. Tout ça grâce au Copiograph et à la nº 8 qu'il avait gardés dans le grenier. Il a compris qu'il avait réussi sa vente dès le premier jour, au déjeuner pris à la pension. Il l'a lu sur les traits de McDermott. Pas une vente en argent comptant, bien sûr, mais c'était tout comme. Et même mieux.

C'est drôle que ce type n'entende pas à moins qu'on ne le regarde bien en face. Ça fait même un peu froid dans le dos.

— Quand avais-tu l'intention de me parler de la grève ? demande Honora.

Elle s'est retournée et a baissé la voix afin que les autres ne l'entendent pas.

— Quoi ?

— La grève, répéte-t-elle, tout près de son visage. Quand avais-tu l'intention de me prévenir ?

Pendant un instant, Sexton est tellement surpris par sa question et son ton qu'il ne sait que répondre.

— Qu'est-ce que le moment où j'allais te parler de la grève change à la situation ?

— J'ai besoin de savoir ce que tu sais.

— Ça t'aurait perturbée.

— Donc, tu me cacherais quelque chose si tu pensais que ça pouvait me perturber ? demande-t-elle.

Il lance un bref coup d'œil dans le couloir mais n'aperçoit pas les hommes. Ils attendent sûrement dehors à côté du camion.

— Je dois partir, dit-il.

— Si tu avais une petite amie et que tu estimais que l'apprendre me perturberait, tu me le cacherais aussi ?

— Seigneur ! Honora, qu'est-ce que tu racontes ?

— J'ai besoin de savoir ce que tu sais, Sexton. C'est ça la vie de couple. Se faire confiance, et tu m'obliges à ne pas avoir confiance en toi.

— Pourquoi soulèves-tu le problème maintenant ?

— Parce que, depuis ton arrivée, je n'ai jamais été seule avec toi, sauf quand tu dormais.

Seigneur Dieu ! qu'est-ce qu'il lui prend ? Elle ne voit donc pas que c'est la première fois depuis Noël qu'il n'a pas l'impression d'être un bon à rien ? Il ne s'est pas senti aussi bien, aussi utile depuis la fin de l'automne, ce qui fait presque un an. Et elle choisit ce moment précis pour se disputer ? Aurait-elle oublié que pendant tout l'hiver et tout le printemps il était tellement fatigué, déprimé et... honteux... qu'il n'arrivait pas à soutenir son regard ?

— S'il n'y avait pas Louis, McDermott et Jack Hess, je n'aurais pas la moindre idée de ce qui est en train de se passer, dit Honora.

Elle plie et serre le torchon dans ses mains.

— Je te dis ce que tu as besoin de savoir, rétorque-t-il.

— Oui, par exemple que tu gardais une n° 8 et un Copiograph au grenier ? Des machines qu'on aurait pu vendre au lieu de mourir de faim et de brûler le manteau de la cheminée quand on n'avait pas d'argent pour acheter du charbon.

— Ça ne te regardait pas.

À vrai dire, il n'a cessé de se sentir coupable depuis qu'il a sorti la n° 8 et le Copiograph de la Buick avant l'arrivée du commissaire-priseur. Des machines qui devaient être livrées à une banque inexistante, fabriquées par une entreprise bientôt inexistante (même si Sexton l'ignorait à ce moment-là). Il pensait alors que son revers personnel ne serait que temporaire et que, un jour, une fois qu'il aurait repris pied, ces deux rescapées lui permettraient de se lancer. Ou les considérait-il comme de simples trophées qu'il pourrait sortir de temps en temps pour se remémorer une autre vie, celle qui lui avait fait connaître une brève prospérité ?

— Écoute, je travaille en ville dans un endroit infernal, crasseux, bruyant, de six heures du matin à cinq heures du soir, dit-il. Et cinq nuits par semaine je loge dans une pension infestée de rats, je dors dans la même pièce que quatre autres types, comme un gosse en colonie de vacances, tout ça pour que tu puisses rester ici à lire et à chercher des morceaux de ton fichu verre marin.

Elle pose le torchon sur le bord de l'évier – lentement, soigneusement, comme quelqu'un qui essaie de se maîtriser.

— Tu crois que c'est à ça que je passe mes journées ? demande-t-elle.

— Il faut que tu me laisses mener ma barque à ma manière, Honora. Je sais parfaitement ce que je fais.

— Tu n'ignores pas que Louis est communiste.

— Les autres ne le sont pas.

— Il pourrait y avoir du danger.

Il se penche vers son visage d'un air de conspirateur.

— Regarde, nous sommes gagnants dans cette affaire. Ils vont s'occuper des mensualités et nous fournir de quoi manger. Que pourrait-on espérer de mieux ?

— Que pourrait-on espérer de mieux ? répète-t-elle. Avoir un mari qui ne me cache pas certaines choses. Avoir un mari en qui je puisse avoir confiance.

— De toute façon, je n'aurais pas pu vendre ces machines. Ça n'aurait pas été licite.

— Depuis quand te préoccupes-tu de savoir ce qui est licite ou non ? lâche-t-elle.

Honora voit bien qu'elle a passé les bornes, il s'en aperçoit tout de suite. Elle porte une main à son front.

— Excuse-moi. Je n'aurais pas dû dire ça.

Mais ça n'a pas d'importance, pense Sexton. Parce qu'il mène le jeu à présent. Il est tout à fait capable de s'en sortir.

— Laisse-moi m'occuper de ça, d'accord ? dit-il en se penchant pour l'embrasser sur le côté de la bouche. À bientôt, ajoute-t-il. Le week-end prochain ou avant.

— Sexton !

Mais il est déjà au milieu de la cuisine. Il feint de ne pas l'avoir entendue.

McDermott se tient près de la porte d'entrée. L'attend-il depuis tout à l'heure ? A-t-il surpris cette petite prise de bec conjugale dans la cuisine ?

Sexton s'arrête, sort de sa poche un paquet de cigarettes, en attrape une. Il prend son temps pour l'allumer, referme son briquet d'un claquement sec et se baisse pour attraper le sac de linge propre posé par terre.

— Il y a des sandwiches là-dedans si quelqu'un en veut, dit-il à McDermott.

McDermott

Ils sont encore presque tous dans l'allée. Il frissonne et fourre les mains dans ses poches pour les empêcher de trembler.

— Ça va ? lui demande Ross.

Mironson met une éternité à prendre congé. Alphonse et Sexton sont déjà dans le camion. McDermott jette un dernier regard sur Honora, postée sur le seuil.

— Impec ! dit-il en se tournant vers Ross.

Alice Willard

Chère Honora,

Je t'ai envoyé trois lettres et je m'inquiète de ne pas avoir reçu de réponse. Je suis heureuse que tu aies trouvé le temps d'écrire à Harold. Apparemment la grève ne vous a pas laissés souffler Sexton et toi.

Tu ne trouves pas qu'il fait un temps magnifique ces jours-ci ? J'ai du mal à me rappeler une aussi longue succession de belles journées. Je suis sûre que cet automne nous allons tous nous plaindre du manque de pluie et de notre pelouse jaunie, mais pour l'instant c'est vraiment agréable.

Bernice Radcliffe dit que le service funèbre était très bien, mais pour ma part je pense que le révérend Wolfe aurait pu mettre quelque chose d'un peu plus personnel dans son oraison. Ce qu'il a dit aurait pu s'appliquer à n'importe qui par ici, et je crois qu'il n'a pas tenu compte de certaines qualités propres à Harold, par exemple ses efforts pour mener une vie bien remplie malgré le fait qu'il était aveugle. Mais au moins l'office n'a pas été larmoyant comme certains auxquels j'ai assisté. Et Harold ne souffre plus. La maison est très calme.

Le journal de Concord parle énormément de la grève d'Ely Falls, et c'est avec horreur que j'ai lu l'article sur cette femme rouée de coups par la police alors que tout ce qu'elle faisait, c'était essayer de trouver de quoi manger pour sa famille. Ne va pas à Ely Falls en ce moment. Je sais que Sexton est obligé d'y aller comme les autres pour faire le piquet de grève, mais j'espère que tu seras raisonnable et que tu ne te retrouveras pas dans une bagarre. J'ai vu aussi qu'on avait réquisitionné la milice, et ça m'a rendue nerveuse.

Le jardin regorge de légumes, et j'ai toutes les peines du monde à ne pas laisser perdre haricots, carottes et ainsi de suite. Je ne supporte pas le gâchis, et d'ailleurs, comme ça, je peux donner à manger aux vagabonds qui se présentent presque tous les jours maintenant. Des femmes aussi ont commencé à venir, et parmi elles j'en reconnais certaines pour les avoir croisées en ville. Je crois qu'elles préfèrent frapper à ma porte qu'aller demander des secours à la mairie, car tout le monde les verrait et le bruit se répandrait. Je plains surtout celles qui ont des bébés car ils ont l'air complètement décharnés.

Est-ce que tu manges bien ? Je vais demander à Richard de me conduire à la poste pour t'envoyer un colis. Tu dois prendre soin de ta santé.

Affectueusement,
Maman.

Alphonse

Alphonse longe le piquet de grève désormais familier en songeant que les pancartes ont toujours un aspect bricolé, et que les militants auraient peut-être avantage à mieux imprimer L'INTERNATIONALISME NOUS FERA MANGER et AUCUN SYNDICAT NE MOURRA DE FAIM, parce qu'il suffit de jeter un coup d'œil sur les panneaux de la filature – TOUS LES GRÉVISTES SERONT REMPLACÉS – pour voir qui, des ouvriers ou des patrons, est le mieux organisé. Là, pas question de lettres tracées à la main.

Les membres du piquet de grève ont l'air de s'ennuyer, de transpirer copieusement, et on voit bien qu'ils préféreraient faire autre chose que tourner en rond sur le ciment devant le portail de l'usine. Même Alphonse s'est habitué à voir là les miliciens coiffés d'une casquette à visière et armés d'un fusil à baïonnette, et il se dit qu'ils doivent crever de chaud dans leur long pardessus marron. De temps à autre un gréviste jette une pierre sur l'un d'eux, et tous les soldats braquent leur baïonnette sur la foule et menacent de charger, mais, pour ce qu'en sait Alphonse, ils n'ont touché que deux personnes : le père d'Arnaud Nadeau a dû aller à l'hôpital, tout comme un autre homme que connaît Alphonse. D'ailleurs, Alphonse ne comprend pas pourquoi ils continuent à se bagarrer, puisqu'un camp a des pierres et l'autre des fusils, et qu'on sait donc parfaitement qui sortira vainqueur.

Mironson dit qu'il est important que les membres du piquet de grève gardent leur calme et qu'il ne tolérera aucune violence, mais on voit bien que l'envie d'en découdre les démange, surtout les hommes. Alphonse trouve les agents spéciaux habillés en civil et dissimulés derrière un masque pour qu'on ne les reconnaisse pas bien plus terrifiants que les miliciens. Ils se battent avec des briques et des marteaux de forgeron, entrent dans les villages de toile la nuit et attrapent certains hommes pour les passer à tabac. Quelqu'un a même dit qu'ils avaient essayé d'empoisonner la réserve d'eau, mais que les gens chargés de la surveiller les avaient coincés et obligés à s'enfuir. Alphonse ignore si c'est vrai, vu qu'il circule de nombreuses rumeurs, et il pense que parfois les gens les inventent pour faire passer la journée plus vite. La grève en est déjà à sa quatrième semaine, et plus personne ne s'intéresse aux meubles déposés sur le trottoir ou aux gens qui font des heures de queue pour avoir de la farine et des haricots au centre de secours. Quand Alphonse ne peut pas apporter de quoi manger à sa mère, elle achète des os chez le boucher. Elle les fait bouillir, écume l'eau de la marmite et prépare une soupe avec le bouillon. Le goût est horrible, et Alphonse n'ose pas demander de quelle sorte de viande il s'agit, de crainte que ce ne soit du cheval. Il mange et dort à la maison quatre jours par semaine. Le week-end ils vont tous chez Mme Beecher. Malgré tout le travail qu'il y a à faire, c'est le paradis là-bas. Vraiment le paradis.

Il coupe par une ruelle pour se rendre au magasin de bonbons d'Alfred Street où les hommes l'attendent dans l'arrière-boutique. C'est déjà le cinquième endroit qu'ils utilisent comme quartier général secret, parce que chaque fois qu'ils s'installent quelque part, les agents masqués découvrent leur planque, y pénètrent, cassent le mobilier, et flanquent même un ou deux coups de poing à McDermott ou à Mironson, qui est un très bon chef mais plutôt lamentable pour ce qui est de se défendre – il frappe comme une fille –, ou à Ross, ou à Tsomides, qui vient de sortir de l'hôpital, ou à n'importe lequel de la vingtaine d'organisateurs qui ont le malheur de se trouver là.

Tous les matins ils tiennent un comité de grève, et généralement Alphonse y assiste afin de recevoir les instructions de McDermott pour la journée. Il est de loin le plus jeune, bien que deux autres garçons d'environ seize ans servent de chauffeurs. Alphonse aimerait bien avoir l'âge de conduire, car ce serait vraiment amusant d'être au volant du camion de Mahon, même s'il n'y a pas de banquette et qu'il faut rester debout.

Après la réunion il y a toujours un meeting devant l'une des filatures, et généralement il dure longtemps, ce qui est censé remonter le moral du piquet de grève. N'empêche que certaines chansons sont vraiment trop gênantes à chanter. Un ou deux organisateurs donnent ensuite des interviews à des journalistes. Une fois, un reporter est venu de New York, alors tout le monde était surexcité, et ce jour-là, quand Alphonse est allé voir les grévistes, il a remarqué que les femmes portaient leur robe du dimanche et espéraient être interviewées. En ce moment Alphonse est mieux habillé, surtout parce que sa mère ne va pas travailler. Elle a donc plus de temps et lui a confectionné une chemise en coton blanc solide et un pantalon qui, pour une fois, n'est pas trop court et qu'il met parfois pour aller chez Mme Beecher. Quant à Mme Beecher, elle lui a tricoté une paire de chaussettes, bien qu'il fasse trop chaud en ce moment pour porter des chaussettes.

Ce soir ils iront chez elle, a dit McDermott, parce qu'ils doivent imprimer un nouveau bulletin de liaison ; il ne faut pas que les grévistes se découragent. Dimanche, au moment du départ, Mme Beecher a dit que la prochaine fois qu'ils viendraient, elle ferait du poulet frit, du maïs, du jambon et de la glace à la pêche, qu'il a hâte de goûter.

McDermott

Il arrête la presse, passe dans le salon et, en voyant les traits et les épaules se détendre, comprend que tout le monde est bien content que le vacarme ait cessé. Thibodeau doit composer la deuxième page, si bien que McDermott n'a rien à faire pour l'instant. Il s'essuie les mains à un mouchoir qui aurait besoin d'être lavé et qu'il remet dans sa poche.

Honora lui tourne le dos, ses mains volettent au-dessus des touches. À côté d'elle, Mironson dicte de son ton haché : « Une société socialiste n'est possible que si le capitalisme s'effondre complètement et se saborde. » « Quand nous serons unis, rien ne pourra nous arrêter. » Elle tape sans regarder la machine mais se penche parfois pour scruter la feuille glissée dans le cylindre. Ses cheveux lui couvrent presque la nuque maintenant, même quand elle les roule. Il lui connaît quatre robes qu'elle porte en une sorte d'alternance tenant pour lui du mystère. Sa préférée est la bleu pâle avec le faux col et la ceinture à la taille. Depuis le début de l'été son teint s'est légèrement hâlé, prenant la couleur d'un toast. Pas comme McDermott qui n'a qu'à regarder le soleil de loin pour virer au rose homard marbré. « C'est bien la veine des Irlandais », a dit Ross. « Fichus Irlandais », a rétorqué McDermott.

Il n'éprouve pas le besoin d'entrer, se contente de rester sur le seuil à observer Honora en fumant une cigarette. Toutes les fenêtres sont ouvertes pour laisser entrer le moindre souffle, et il sent l'air humide de la mer apporter un soupçon de fraîcheur. Honora est assise bien droite et, de temps en temps, elle se frotte un muscle tout en haut de la colonne vertébrale. Il envie Mironson qui peut s'asseoir tout près d'elle, et peut-être même sentir son odeur, alors que tout ce qu'il peut faire, lui, c'est la regarder.

Quant à Sexton Beecher, autant que McDermott ne pense pas trop à quel point il l'envie.

Un jour, alors que Vivian était seule avec lui sur la véranda, elle lui a dit : « Vous ressemblez un peu à Honora », comme s'ils avaient été en train de parler d'elle, alors que, bien sûr, ce n'était pas le cas, et il n'a pas pu s'empêcher de se demander si Vivian n'aurait pas remarqué quelque chose qu'il entendait garder pour lui.

Il contemple cette zone qu'elle vient de frotter, nue, légèrement humide, à la base du cou d'Honora, et se dit qu'il aimerait la toucher. Il ferme les yeux et s'imagine qu'il le fait, puis qu'il laisse courir ses doigts dans ses cheveux et qu'il voit la chair de poule apparaître sur sa peau. Il s'imagine effleurant toute la longueur de son bras nu, de sa main, puis peut-être même de sa bouche. Tous les jours, depuis cette première fois où il a vu Honora descendre l'escalier, il visualise cette scène et commence à se demander si quelque chose ne cloche pas chez lui pour qu'il désire autant quelque chose qu'il ne pourra jamais avoir. La semaine dernière il a dit à Mironson qu'il avait une course à faire et s'est rendu à Saint-André. Il est entré dans l'église, s'est assis au milieu des Franco-Américains, gamins rétifs et vieilles femmes, et a essayé de prier pour qu'un miracle se produise. Mais il s'est bien vite aperçu que tout miracle devrait obligatoirement passer par la mort ou la disparition de Sexton Beecher, et à l'évidence on ne pouvait pas demander ça à Dieu. Il a donc plutôt essayé de prier pour être délivré des griffes terribles de ce désir – un désir qui ne le quitte presque jamais, qui lui coupe l'appétit et l'empêche de dormir la nuit –, mais bien sûr il n'y a pas réussi non plus, parce que, pour être franc, il n'a pas envie d'en être libéré. Il a donc renoncé et est sorti fumer une cigarette sur les marches. Il s'est dit qu'il avait sans doute perdu l'habitude de prier dans une église ; il avait l'impression de faire du chiqué.

Honora repousse sa chaise en arrière, se lève et étire les bras en l'air, ce qui fait remonter sa robe de deux ou trois centimètres au-dessus des genoux. Mironson remue les épaules plusieurs fois pour les décontracter. Honora détend les bras, se retourne, une main sur la chaise, et aperçoit McDermott planté sur le seuil. Son sourire le bouleverse jusqu'à la plante des pieds.

— Vous faites une pause ? demande McDermott.

— Une petite, dit Mironson.

— Est-ce que vous avez faim, tous les deux ? s'enquiert Honora.

— Bien sûr, répond McDermott, même si ces jours-ci il n'arrive pas à avaler grand-chose.

— Vous voulez m'aider à préparer des sandwiches ?

— Bien sûr, répète-t-il, apparemment incapable, en sa présence, de prononcer des phrases plus élaborées.

Il s'efface pour la laisser passer. Parfois ils bavardent une minute dans le couloir, davantage quand Honora fait la cuisine ou s'est installée sur la terrasse. Il est facile d'engager la conversation avec elle, et les bons jours il arrive à se persuader qu'il n'est qu'un ami, un collègue – un camarade, dirait Mironson. Il lui a parlé d'Alphonse, d'Eileen, et de ses frères qui n'étaient pas commodes ; de la ferme, en Irlande, qu'il n'a jamais vue mais que son père avait toujours à la bouche. Il lui a confié que Ross l'avait plus ou moins coincé pour qu'il l'aide à organiser ce syndicat qui semble être devenu toute sa vie. Il lui parle pendant qu'elle épluche des carottes, met la table ou range les provisions. Une fois il l'a accompagnée dans sa quête de verre marin, et ils ont joué à un jeu loufoque consistant à affecter une couleur de tesson à chaque personne hébergée dans la maison. Honora était bleue jusqu'au bout des ongles, a déclaré McDermott, et elle a répliqué que, en tant qu'Irlandais, il était vert. Il a répondu que, bon, il voulait bien être vert bouteille si Alphonse était vert clair. D'accord ? Honora a trouvé que ça n'était pas bête, même si Alphonse était français. Alors McDermott lui a demandé de quelle couleur devait être un Français, et elle a avoué qu'elle n'en avait aucune idée, si bien qu'il a proposé d'en faire un « Irlandais honoraire ». Quant à Mahon et Ross, ils étaient nettement marron, ils étaient bien d'accord là-dessus. Vivian, elle, était bleu lavande – sans le moindre doute –, et Mironson, blanc opaque, « à cause de sa prose », a dit Honora, ce qui a fait rire McDermott. Sexton est le seul à qui ils n'avaient pas assigné de couleur.

— Mince alors, je ne sais vraiment pas de quelle couleur pourrait être Sexton ! a dit Honora.

McDermott a pensé que Sexton avait l'air jaune visqueux, avec des zébrures marron comme celles d'une méduse, une comparaison qui l'a fait tressaillir quand il s'est rendu compte qu'elle trahissait une jalousie d'écolier.

— En quoi puis-je vous aider ? demande-t-il en suivant Honora dans la cuisine.

— Faites-moi la conversation, dit-elle en déballant une miche de pain.

Il la suit des yeux pendant qu'elle se dirige vers le réfrigérateur pour en sortir un paquet de mortadelle et un autre de fromage.

— Vous avez arrêté la presse.

McDermott se place de façon à voir sa bouche. Il se dit que c'est la plus belle qu'il ait jamais contemplée. Parfois elle vient hanter ses rêves – la lèvre supérieure, bien pleine, semble plus française que yankee.

— Thibodeau doit composer la deuxième page.

— Où est Alphonse aujourd'hui ?

— Mironson l'a chargé de distribuer des tracts dans des clubs de Portsmouth.

— Est-ce qu'il va venir ce week-end ?

— Vous pouvez y compter. Pour venir, il viendra, sur ses deux jambes ou à genoux. Vous lui avez dit que vous lui prépareriez de la glace à la pêche. Il en a parlé toute la semaine.

Elle se met à rire.

— J'ai tous les ingrédients nécessaires.

— Et puis il voudrait une autre leçon de natation.

— Il se débrouille bien, dit-elle en étalant de la mayonnaise sur une douzaine de tranches de pain.

— Quand vous lui aurez appris, vous pourrez m'apprendre à moi aussi ? demande McDermott.

Il le regrette immédiatement. Voilà le genre de chose que diraient tous les types peu recommandables qu'il connaît.

Mais Honora paraît envisager sérieusement sa requête.

— Bien sûr, si vous avez vraiment envie de savoir nager.

— J'en ai envie, dit-il, même si, pour être franc, il ne s'approcherait jamais de l'eau s'il n'y avait pas Honora.

— Il vous faudra un costume de bain.

— J'en trouverai un.

— Alors, la semaine prochaine.

— Très bien.

Il l'observe pendant qu'elle garnit les sandwiches – une tranche de mortadelle, une tranche de fromage, une feuille de laitue, une autre couche de mayonnaise. Il regrette de ne pas avoir faim.

— D'après Louis, les grévistes n'ont pas le moral, reprend-elle.

— C'est vrai, confirme-t-il, soulagé de se retrouver en terrain connu. La fête est finie. Bill Ayers, le propriétaire du cinéma Emporium, raconte que la première semaine il devait faire marcher son projecteur jour et nuit.

Elle sourit.

— Et maintenant ?

— Maintenant tout le monde est abattu. Les gens sont affamés et fatigués. Certains types ont quitté leur famille pour aller chercher du travail ailleurs. Vous êtes au courant, pour les expulsions et le village de toile. Et, à vrai dire, les hommes ne s'en sortent pas bien dans le piquet de grève. Les femmes sont bien plus douées pour ça.

— Pourquoi ?

— Elles ont plus de patience.

Plus d'une fois McDermott s'est félicité de faire partie des organisateurs. Il n'est pas sûr qu'il aurait supporté l'ennui d'un piquet de grève.

— Écoutez, je suis allée jeter un coup d'œil sur place, dit-elle.

— Ah bon ? s'écrie-t-il, surpris.

— Il y a une dizaine de jours. Un jeudi. Je voulais voir.

— Et qu'est-ce que vous avez vu ?

— Ici, j'avais l'impression d'avoir un bandeau sur les yeux. Je me sentais coupée de tout ce qui se passait. Alors j'ai pris le tram jusqu'à Ely Falls. Dès que j'apercevais un rassemblement, je m'éloignais. Environ deux cents personnes faisaient le piquet devant une filature. Un homme portait une pancarte sur laquelle il y avait écrit : LA VÉRITÉ EST DE NOTRE CÔTÉ. Et sur celle d'un enfant on pouvait lire DIX POUR CENT DE SALAIRE EN MOINS, ET NOUS N'AVONS PLUS DE LAIT.

McDermott hoche la tête.

— J'ai vu la milice, baïonnette au fusil. Je n'ai pas compris pourquoi ils éprouvaient le besoin de faire ça. Les femmes étaient en robe d'été, et les hommes en manches de chemise et en cravate. Les enfants, assis sur le trottoir, portaient des chaussures en toile avec un trou pour le gros orteil. Quelqu'un avait distribué des visières aux gosses, ce qui faisait tout drôle.

McDermott sourit.

— J'ai cru voir un autre piquet de grève, puis je me suis aperçue que ce n'en était pas un. C'étaient des gens qui attendaient qu'un membre de leur famille sorte de prison. Une femme m'a expliqué que ça lui coûtait deux dollars de faire sortir son mari, et une autre que tous les jours la police arrêtait tellement de grévistes qu'elle devait louer des camions aux autres municipalités.

— C'est exact.

— Je n'ai pas vraiment vu le village de toile, mais j'en ai senti l'odeur. Une odeur d'égout. J'ai continué à marcher pendant une heure environ en me disant que j'allais peut-être tomber sur vous, Sexton et Alphonse, mais je ne vous ai pas vus. Je me suis arrêtée dans un bar, j'ai bu un milk-shake et je suis rentrée à la maison. Que va-t-il se passer, à votre avis ?

Il s'appuie contre la paillasse et croise les bras.

— Je crois que les organisateurs de la grève vont arriver à leurs fins – c'est-à-dire à casser les reins des filatures en Nouvelle-Angleterre. Mais là où je me démarque de Mironson, c'est que, d'après moi, les filatures vont fermer, ou s'installer dans le Sud, et donc personne n'aura plus de travail.

— J'espère que vous vous trompez.

— Moi aussi.

— Qu'est-ce que vous feriez si elles s'installaient dans le Sud ? Vous iriez là-bas ?

— Ça, jamais ! Un bon Irlandais catholique comme moi ? Je ne serais pas dans mon élément.

Il regrette d'avoir fumé sa dernière cigarette.

— Et votre mari ? demande-t-il, incapable de prononcer son nom, comme si ça pouvait le faire apparaître immédiatement dans la pièce.

— Je ne sais pas au juste. Ç'a déjà été tellement difficile de trouver le boulot qu'il a maintenant. Nous pourrions toujours déménager, je suppose, aller vivre avec ma famille.

— Où ça ?

— À Taft. C'est une petite ville de la région des lacs, au nord d'ici. Près du lac Winnipesaukee.

— Vos parents sont toujours en vie ?

— J'ai encore ma mère.

McDermott examine la façon dont Honora écarte les doigts sur un sandwich pour qu'il ne perde pas sa garniture, puis le tranche, juste à côté de sa main. À la cuisine, elle a des gestes nets, précis, brefs. Il ne l'a jamais vue s'énerver, même quand il y avait plus d'une douzaine d'hommes chez elle et autant de bouches à nourrir.

— Parfois je me demande si je ne devrais pas y aller moi aussi, dit-elle. Sur le piquet de grève.

— Vous faites votre part de boulot. Et même plus que votre part.

— N'empêche.

— N'empêche, répète-t-il, et il se demande : Se rappelle-t-elle qu'ils ont prononcé ces mêmes mots à Noël ?

Honora lève tout de suite les yeux, lui sourit. Ce sourire lui est aussi doux qu'une onde tiède.

— J'ai l'impression que ça fait une éternité, avoue-t-elle.

Il met les mains dans les poches.

— Dire que c'est ici que vous êtes revenue ce soir-là !

Il s'approche de la fenêtre et jette un coup d'œil sur la pelouse, la haie, et plus loin sur la route étroite qui, il le sait à présent, conduit à un minuscule village avec une cabane où on vend du poisson et un magasin où on peut acheter de tout. Il y a une quinzaine de jours, comme il avait une envie folle d'aller se promener, il a emprunté la route de la côte sans savoir où elle menait. Il s'est arrêté au magasin, y a bu une limonade et a bavardé avec le propriétaire.

— Vous devez avoir une paix incroyable ici, dit-il.

— Pas en ce moment, réplique-t-elle en souriant.

— Ça ne peut plus durer bien longtemps. Cette grève. La ville est une poudrière.

— Au fond de votre cœur, dit Honora en mentionnant un organe qui, pour McDermott, semble avoir une vie autonome ces temps-ci et l'a entraîné dans des contrées où il ne pensait jamais aller, croyez-vous que le capitalisme soit foncièrement mauvais ? Nous écoutons tous les deux ce discours à longueur de journée. Je me demandais seulement ce qu'il vous inspirait. Dans votre for intérieur.

McDermott la voit ouvrir un autre sachet sulfurisé et couper une douzaine de tranches de pain sur une planche.

— J'aimerais bien que tout le monde puisse avoir le minimum vital, dit-il. Des gens comme la mère d'Alphonse, par exemple. J'aimerais qu'elle ait au moins de l'eau chaude, des sanitaires dans son appartement, de quoi manger sur sa table, la possibilité de consulter un médecin qui ne soit pas un charlatan, une sorte d'allocation pour l'aider à élever sa famille toute seule, sans son mari – mais je ne suis pas convaincu que renverser le capitalisme soit la solution. Pour être franc, je ne suis pas très politisé. J'aime bien le boulot qu'on m'a confié, mais je ne réfléchis presque jamais à tout le fatras dont parle Mironson.

— Mais vous comprenez ce qu'il dit ?

McDermott se met à rire.

— Je ne vous vois pas souvent rire. C'est bien agréable. Ça me fait plaisir.

Il s'empourpre et espère que cette rougeur soudaine se confondra avec ses légers coups de soleil.

— Comment ça se fait que vous n'ayez pas de petite amie ? reprend Honora. Je me disais que vous deviez en avoir des tas.

— J'avais bien une petite amie, mais ça n'a pas marché comme je l'espérais.

— Comment s'appelait-elle ?

— Evangeline.

— Comme le poème [1].

— Sans doute.

— Vous ne connaissez pas le poème ?

— Eileen m'en a parlé. Je ne lis pas beaucoup de poésie.

Elle sourit.

— Je m'en doutais un peu.

— Elle est tombée enceinte d'un autre, lui révèle-t-il, alors qu'il n'en avait parlé à personne.

Honora lève les yeux de sa tâche, et son expression trahit une surprise considérable.

— Vous n'étiez pas au courant ?

— Je ne savais rien, dit-il. Je n'avais même jamais… J'étais bien loin de m'en douter. J'allais lui demander de m'épouser.

Elle pose son couteau.

— Je suis navrée pour vous. C'est vraiment malheureux.

— C'est pas plus mal, dit-il en haussant les épaules. J'aurais pu l'épouser. Voilà qui aurait vraiment été malheureux.

Elle se retourne et reprend son couteau. McDermott se demande si elle regrette de s'être mariée.

1. Poème de Longfellow, écrit en 1847, évoquant les Acadiens. *(N.d.T.)*

Parfois il devient fou en pensant qu'il sait quelque chose sur son mari qu'il ne pourra jamais lui confier – qu'il détient un renseignement de nature à le servir, qui briserait à coup sûr le cœur d'Honora mais la libérerait peut-être un jour. Même lui, qui n'est pas très proche de Dieu ces temps-ci, le comprend. Il fait tout pour ne pas y penser. Pourtant, quand il a vu, il y a quinze jours, Sexton Beecher quitter le bar clandestin avec l'Anglaise, il était tellement furieux (tout en éprouvant une impardonnable allégresse) qu'il a eu du mal à lui adresser la parole le soir. Et parfois, quand ils sont ensemble dans le camion, travaillent à la presse ou se retrouvent à la table de la pension, McDermott a un mal fou à se retenir d'attraper ce type par les revers de son veston pour le secouer comme un prunier et lui dire de se conduire convenablement. Ne voit-il donc pas ce qu'il a à la maison ? Ne sait-il pas ce qu'il met en danger ? Qu'est-ce qui cloche chez ce satané type, d'ailleurs ?

Mais, bien entendu, McDermott sait parfaitement ce qui cloche chez ce satané type. C'est un homme. Il se sent seul en ville. Il a envie d'une fille. Quoi de plus normal ? Si McDermott ne connaissait pas Honora, il ne s'appesantirait sûrement pas sur la question. Il se dirait que ça ne le regarde pas.

— Qu'est-ce que vous préparez ? demande-t-il.

— Du chou cru en salade.

Peut-être a-t-il un tout petit peu faim, après tout. Il se demande s'il a emporté son médicament. Avec toutes ces allées et venues entre la plage et la ville, il oublie souvent le flacon.

— C'est passionnant de prendre part à tout ça, dit Honora.

— La ville s'est vraiment animée.

— Je ne sais pas ce que je vais faire quand vous partirez tous. J'en suis arrivée à ne plus aimer être toute seule ici.

— J'aurais cru au contraire que vous seriez contente d'être débarrassée de nous.

— Vous allez me manquer.

Bêtement, son cœur bondit dans sa poitrine – la moindre miette est bonne à prendre.

— Personnellement, partir d'ici ne me fera pas plaisir, déclare-t-il au bout d'une minute. Quitter cette maison. Je m'y suis beaucoup plu.

Elle se lèche un doigt plein de mayonnaise.

— Merci.

— Déjà, je n'aurai plus l'occasion de bavarder avec vous, dit-il en essayant de prendre un ton léger.

McDermott entend Vivian appeler du salon : « Hou, hou, mon chou ! » Une chaise racle le parquet. « J'ai faim », dit Mironson. Par la fenêtre, McDermott entend le fracas des vagues. La presse s'est remise en marche.

Honora regarde fixement le plat de sandwiches posé devant elle.

— Il y a un broc de citronnade dans le réfrigérateur, si ça ne vous dérange pas d'aller le chercher.

Honora

— Pas d'armes, est en train de dire Mironson.

Les sandwiches et la salade de chou font le tour de la table. Vêtue de la batiste la plus fine, Vivian sert la citronnade. McDermott n'est pas venu déjeuner. Par la porte ouverte, Honora le voit appuyé à la balustrade de la terrasse.

— Mais les membres du piquet de grève devraient pouvoir se défendre, soutient Sexton au milieu de la table.

Louis, en chemisette blanche, est assis de biais, comme s'il n'était pas complètement présent. Dans cette position il donne l'impression d'un homme indiciblement las – ce qui est sans doute le cas, songe Honora. Elle se demande comment il peut exercer cette activité pour gagner sa vie. Aller de ville en ville, suivre les grèves, les lancer, partir, recommencer ailleurs. Quand ce sera fini, il quittera Ely Falls et se mêlera à une communauté complètement nouvelle. Elle voudrait savoir si ça le gêne, s'il se sent parfois seul.

— Pas d'armes, répète Louis. Les miliciens ne savent pas tisser. Ils instillent la peur, mais sont incapables de briser la grève.

— Ça n'empêche pas que ces merdeux – pardon, mesdames – peuvent vraiment nous en faire baver, et nous n'avons que des pierres pour riposter.

Honora pense que son mari aurait été mieux avisé de ne pas employer le mot « nous » – non seulement parce que, à l'évidence, personne n'a porté la main sur lui, mais surtout parce que Louis ne fait jamais le piquet de grève.

— Il faut mener cette grève sans violence, dit Mironson. C'est la seule solution. Oui, en effet, les patrons ont envie d'une bagarre. Ils guettent le moindre prétexte pour sortir les mitrailleuses et nous descendre tous.

— Dieu du ciel ! J'espère bien que non ! s'exclame Vivian en lissant sa jupe plissée.

— Bon, pas tout à fait, rectifie Louis. Mais presque. Il n'y aura pas de mitrailleuses, mais des fusils et des baïonnettes. Des gaz lacrymogènes. Des gaz vomitifs. On n'a encore rien vu tant qu'on n'a pas été attaqué aux gaz vomitifs.

— Sommes-nous obligés d'en parler pendant le repas ? remarque Vivian.

— Si nous avions des armes, tout serait réglé dès demain, déclare Sexton avec un geste d'une précision toute militaire, le bout des doigts taché par l'encre du Copiograph.

— Pour ça, oui, ça serait réglé dès demain, réplique Louis.

— Bon, alors ? dit Sexton.

— Tu ne comprends donc pas ? demande Louis en regardant Sexton comme s'il s'agissait d'un enfant particulièrement récalcitrant. Les conséquences que ça aurait si l'un de nous était pris avec une arme ?

— La presse nous présente déjà comme des vendus à l'étranger, qui détruisent un certain mode de vie, soutient Sexton.

— Quel mode de vie ? demande Ross en se curant les dents.

— Ils nous présentent comme des rouges, explique Sexton.

— Ils nous appellent « le Péril rouge », ajoute Tsomides. Waouh ! c'est vraiment effrayant !

— On pourrait tout au moins faire peur aux jaunes, dit Sexton.

— On leur a déjà fait peur. Et n'oublie pas une chose, les jaunes d'aujourd'hui sont les grévistes de demain, récite Louis machinalement, ayant, semble-t-il, répété cette phrase nombre de fois.

Par la porte ouverte Honora voit McDermott poser les deux mains sur la balustrade et baisser la tête.

— Nous avons besoin de secours, pas de fusils, entend-elle Louis ajouter. Les stocks de provisions ne sont pas suffisants.

— Nous avons constamment besoin de secours, dit Mahon. Ça n'en finit jamais.

McDermott s'arrache à la balustrade. Il se retourne et jette un coup d'œil dans la maison.

— De l'eau-de-vie de cidre ambrée, explique Ross à Vivian. Cinquante *cents* le verre. On boit trois coups, on se prend pour un roi. Quatre pour un tsar. Cinq, on est dans le cirage.

— Honora ? fait Sexton.

— Oui, pardon ? dit-elle en ramenant les yeux sur la table.

— Je te demandais ce que tu en pensais.

— De quoi ?

— Des armes, explique Sexton avec un agacement peiné. Quelle est ton opinion ?

Le regard d'Honora passe de Louis, qui a toujours l'air indiciblement las, à Ross, qui finit de se curer les dents avec sa langue, puis à Vivian, qui avale délicatement une gorgée de citronnade. Tsomides et Mahon se jettent sur leur deuxième sandwich (à moins que ce ne soit leur troisième). Sexton attend sa réponse.

— Pas d'armes, dit-elle enfin.

Louis la considère avec une franche admiration.

— Je crois que la grève peut être gagnée sans armes, reprend-elle. Et, tout comme Louis, je crois que les secours sont plus importants que la puissance de feu. Tant que les grévistes auront de quoi manger et un endroit pour dormir, et à condition que la grève soit terminée avant les premiers froids, je pense qu'ils pourront forcer les patrons des filatures à revenir sur la dernière réduction de salaires.

Sexton s'appuie à son dossier avec un dégoût manifeste. Ross hausse un sourcil, visiblement surpris que la femme qui cuisine et tape à la machine ait une opinion.

— Ce que nous faisons là est historique, déclare Louis en se tournant face au groupe.

Honora songe – et ce n'est pas la première fois que cette idée lui vient au cours des dernières semaines – qu'il est incroyable qu'un homme au physique aussi peu imposant puisse inspirer un tel respect.

— Chacun de nous fait partie de quelque chose de beaucoup plus grand, de quelque chose qu'on ne peut arrêter, poursuit-il.

Honora voit son regard faire le tour de la table en se posant sur chaque individu à tour de rôle.

— Honora, vous avez été inestimable pour nous. Le *Lucky Strike* a déjà attiré l'attention d'organisateurs de Boston et de New York. On m'a dit que le *Federated Worker* voulait en reprendre les articles. Nous imprimons plus de dix mille exemplaires par semaine.

Il marque une pause.

— Vivian, vous pétez le feu. Sans vous, personne ne lirait ce bulletin.

Vivian balaie le compliment d'un revers de main.

— Ross, Mahon, Tsomides, Thibodeau, vous avez été très bien, déconneurs, comme d'habitude.

Tout le monde se met à rire.

— Sexton, rien de tout ça n'aurait pu démarrer si tu ne nous avais pas emmenés voir tes machines, ta belle maison, et ta femme plus belle encore.

— Bravo, bravo ! s'écrie Ross.

Honora sourit et se détourne aussitôt pour couler un regard vers McDermott, mais la terrasse est déserte à présent.

— La façon dont nous nous conduisons à Ely Falls restera à jamais dans les annales, conclut Louis.

L'espace d'un instant le poids de l'Histoire semble flotter au-dessus d'eux. Il règne un tel calme sur le salon qu'Honora entend Ross respirer par la bouche au bout de la table.

— Vous ne savez pas ? lance Vivian en penchant la tête et en examinant son assiette avec un intérêt inhabituel. Je crois que je n'avais encore jamais mangé de sandwich à la mortadelle.

Sexton

Sexton vérifie une page et fait tourner le cylindre de la machine avec plus de force qu'elle ne peut sans doute en supporter. Il a du mal à croire qu'il y a tout juste une heure sa propre femme l'a ridiculisé à table en ne soutenant pas son point de vue. Il est pourtant parfaitement clair que sans armes ils ne pourront pas remporter la victoire et que cette grève va s'éterniser.

Le plus drôle, c'est qu'il ne comprend pas bien pourquoi il ne souhaite pas qu'elle s'éternise. Ce n'est pas la présence des hommes sous son toit qui le gêne – elle ne lui déplaît pas ; la maison était trop tranquille quand il y vivait seul avec Honora. Et il ne tient vraiment pas à retourner à la filature, il espère bien ne jamais y remettre les pieds. Il parie que Mironson pourra l'utiliser quelque part dans son organisation ; ou, mieux encore, qu'il parviendra à trouver un emploi dans la vente. En janvier et février, quand il a cherché du travail, il était au bout du rouleau ; il partait vaincu d'avance. Alors qu'à présent il se sent gonflé à bloc. Maintenant il se sent… Bon… il meurt d'envie que quelque chose se passe.

Il croyait vraiment réussir à vendre son idée.

Il était sûr de parvenir à convaincre Ross, Mironson et Tsomides – Ross, qui remplit plus ou moins le rôle de sergent chargé du ravitaillement et des troupes, Mironson en tant que général tacticien, et Tsomides parce qu'il a déjà été blessé. Quant à McDermott, Sexton ne voit pas bien comment le classer, mais il n'était pas là au déjeuner, si bien que c'était seulement à Ross, Mironson et Tsomides que Sexton devait vendre sa camelote. Mais aucun d'eux n'a voulu l'acheter. Sexton a soutenu qu'ils devraient au moins donner une arme aux organisateurs de la grève pour qu'ils puissent se défendre contre les agents spéciaux, qui, tout le monde le sait, ne sont que des brutes recrutées par les patrons. Il redoutait de les voir débarquer un jour à Fortune's Rocks, a-t-il dit, en pensant que l'image d'un homme soucieux de protéger son foyer serait de nature à les faire changer d'avis. Ils ne pouvaient pas garder éternellement cet endroit secret, et, pour être franc, a-t-il ajouté, il était même stupéfait qu'on ne l'ait pas encore découvert.

Mais Mironson n'a pas mordu à l'hameçon.

C'est peut-être McDermott qu'il faudrait convaincre, songe Sexton. Non, McDermott ne s'opposerait jamais à Ross ou à Mironson. On voit bien qu'il vit sur une autre planète. Un type assez rêveur, en fait – sans doute parce qu'il n'entend pas bien. Et voilà encore une chose qui intrigue Sexton. Pourquoi prendre un sourd dans l'équipe ? C'est là une grosse responsabilité.

Il sort les feuilles le plus vite possible maintenant. N'imprimer que les ordres du jour l'ulcère. À sa connaissance, personne ne les lit, de toute façon. Le truc important, c'est ce bulletin au nom idiot. Incroyable comme on se l'arrache. Ces jours-ci, la moitié de leurs fonds passe dans ce journal. Au moins, Mironson a demandé à Sexton de tenir la comptabilité. Mironson ne se débrouillait pas bien avec la machine à calculer récemment achetée, et personne d'autre ne voulait s'y coller, si bien que cette tâche est revenue à Sexton, ce qui est déjà ça. Mais c'est un boulot d'arrière-boutique, et Sexton voudrait se trouver sur le devant de la scène. C'est sa place. Sa place de vendeur.

Quant à Honora, il s'occupera d'elle plus tard. Il lui dira de la boucler. Bon, il ne l'exprimera pas en ces termes, mais il lui fera comprendre que son attitude ne lui a pas plu et qu'il tient à ce que ça ne se reproduise pas. Même s'il ne voit vraiment pas à quel moment il pourra le lui dire. Ces jours-ci elle fait toujours la vaisselle quand il monte se coucher, et en général il est tellement fatigué – la gnôle joue aussi son rôle – qu'il ne parvient pas à garder les yeux ouverts pour l'attendre. Et quand il se réveille le matin, elle est déjà dans la cuisine en train de préparer le petit déjeuner. Il va falloir qu'il la coince avant de partir, mais il ne tient pas à ce que la scène qu'ils ont eue dans la cuisine le week-end dernier se répète. McDermott en a été témoin, Sexton en est certain.

Une épouse devrait se montrer respectueuse. Ne pas contredire son mari à table. Pas devant les gens.

Il se demande s'il ne devrait pas commencer à chercher du boulot, à voir ce qu'il peut trouver dans la vente. Même s'il doit travailler un peu loin, disons à Portsmouth. Honora a l'habitude de ne passer qu'une partie du temps avec lui. Elle pourrait se débrouiller toute seule ; elle s'en tire très bien. Mais qui sait combien de temps va durer cette grève ? Il ne se voit pas abandonner l'équipe avant la fin. Mieux vaudrait que tout soit terminé avant octobre, pense-t-il, sinon ces pauvres bougres vont tous crever de froid dans le village de toile. Quel endroit pourri ! Il a horreur de ça, quand il doit y aller avec Mironson et Ross. Ça pue autant que des latrines qui n'auraient pas été vidées depuis des années.

Il compare la hauteur de la nouvelle pile de feuilles imprimées à la précédente. Il doit maintenant les assembler et les agrafer. La plupart du temps il a l'impression d'être une fichue secrétaire. La machine à calculer et le Copiograph sont faits pour les bonnes femmes – pas pour les hommes. Et il devrait être sur le devant de la scène, pas dans l'arrière-boutique. Il devrait vendre sa camelote.

Honora

Le vendredi soir, en revenant à la maison après une semaine passée en ville, Sexton apporte un sac de linge sale. Les chemises gardent une odeur de métal et parfois les peluches volent comme des flocons de neige quand Honora vide le sac. Le samedi matin, elle lave les vêtements en les frottant sur les renflements métalliques de la planche, puis les passe dans l'essoreuse à rouleaux. Elle les suspend dehors – six chemises, deux pantalons peu adaptés au travail dans une filature (ou au piquet de grève, d'ailleurs), cinq ensembles de sous-vêtements (haut et bas) et cinq paires de chaussettes. Faire la lessive ne la dérange pas, même si en hiver ç'a été pénible. Raidi par le froid, le linge gelait sur la corde, et parfois Honora devait le rentrer et réchauffer chaque pièce une par une au-dessus du poêle. Elle avait peur d'y mettre le feu et était parfois gênée de ne pouvoir acheter de vrai savon.

Toutefois, la grève a bousculé ses habitudes et elle fait maintenant la lessive quand elle en a le temps. Peu après avoir terminé la vaisselle du déjeuner (il ne reste pas une miette des sandwiches à la mortadelle, de la salade de chou et des petits gâteaux aux flocons d'avoine), après avoir chassé Alphonse, qui est arrivé au milieu du repas et l'a suivie dans la cuisine, puis dehors (comme un petit chien perdu, songe-t-elle avec affection), elle attrape donc le sac de linge sale que Sexton a déposé à la porte de derrière et le vide sur la terrasse. Près d'une semaine de vêtements s'en échappent – chemises, pantalons, sous-vêtements, chaussettes et mouchoirs. Elle considère la pile de linge et se dit que la lessive est beaucoup plus facile à faire depuis que Sexton ne travaille plus à la filature.

Une tache orange attire alors son regard.

Elle se baisse pour ramasser un mouchoir. Un jour elle a déjà vu une tache de la même couleur sur une chemise de travail bleue, et elle a alors pensé, si tant est qu'elle se soit attardée là-dessus, que Sexton s'était sali en mangeant à la pension – avec de la courge, du rutabaga ou encore de la soupe Campbell à la tomate. Mais cette fois la marque est tellement nette qu'elle ne peut passer pour de la nourriture. Les doigts d'Honora s'ouvrent, et le mouchoir glisse à terre. Elle porte la main à sa poitrine, incapable de proférer un son – comme si elle était confrontée à un homme armé. Quand enfin elle retrouve son souffle, elle ramasse le mouchoir et promène un doigt sur la tache. Elle sait exactement de quoi il s'agit. Elle connaît même le nom du produit. Ruth Shaw utilisait le même le samedi soir pour aller au McNiven's.

Honora monte dans la chambre et dépose le mouchoir sur le lit en en lissant les coins. Elle s'assied sur une chaise et attend. Elle sait que Sexton va venir. Il avait de l'encre sur le devant de sa chemise au déjeuner et, tôt ou tard, il voudra en mettre une propre.

Elle est assise devant la fenêtre quand il entre dans la pièce.

— Qu'est-ce que tu fais là ? demande-t-il en sortant déjà les pans de sa chemise.

Le mouchoir est étalé sur le couvre-lit comme un foulard exposé sur le comptoir d'un grand magasin, la tache orange ressemble à l'étiquette du prix. Elle observe son mari quand il le scrute, guette la lueur qui montrera qu'il le reconnaît.

Bien entendu il va feindre de ne pas savoir de quoi il s'agit, songe-t-elle. Il va essayer de bluffer jusqu'au bout. Après tout, il n'a pas complètement perdu son savoir-faire de vendeur.

— C'est du rouge à lèvres, affirme-t-elle.

— Quoi ?

Il déboutonne sa chemise d'un air totalement détaché.

— C'est du rouge à lèvres, répète-t-elle. La marque orange.

— Et alors ?

— Et alors ? reprend-elle en écho.

— Bon, il y a du rouge à lèvres sur un mouchoir, dit-il en ôtant sa chemise et en la jetant sur le lit – mais sans couvrir complètement le mouchoir incriminé. Ça doit être ton rouge.

— Non, réplique-t-elle, un peu étonnée.

Il ne s'est même pas aperçu qu'elle se farde rarement ces temps-ci.

— J'ai peut-être prêté mon mouchoir à Vivian.

— Vivian préférerait mourir que porter ce genre de rouge à lèvres.

— Comment veux-tu que je sache qui s'est servi de ce mouchoir ? J'ai pu le prêter à des tas de gens.

Tous deux restent immobiles – elle devant la fenêtre, lui debout, les yeux fixés sur le lit, comme s'il se tenait au bord du Grand Canyon.

— Honora !

— Quoi ? demande-t-elle en levant les yeux sur lui.

— Ça va ?

— Oui, répond-elle en se frottant les yeux.

— Tu es épuisée.

— Oui.

— Bon, dans ce cas, je vais devoir t'accorder le bénéfice du doute, dit-il en attrapant une chemise propre sur l'étagère du placard.

— Le bénéfice du doute ? répète-t-elle en levant la tête.

— Aujourd'hui au déjeuner. Ce que tu as dit était déplacé.

— J'ai donné mon opinion.

— Mais c'était humiliant. Une épouse ne contredit pas son mari en public.

— Je n'ai fait qu'émettre un avis. Je n'avais nullement l'intention de t'humilier. J'ai dit ce que je pensais. Je trouve que les armes sont une idée terrifiante.

— Et qu'est-ce que tu feras quand des brutes se pointeront ici avec des marteaux de forgeron et des battes de base-ball ?

— Je l'ignore. De toute façon, la plupart du temps je suis seule dans la maison.

— C'est exactement là où je voulais en venir.

— Pour l'amour du ciel, Sexton ! Tu ne t'attends tout de même pas à ce que j'aie un fusil à la main ?

Non, il ne s'y attend pas ; c'est lui qui veut un fusil.

— Je ne te comprends vraiment pas, dit-il en se tournant vers elle et en rentrant sa chemise dans son pantalon. Tout d'abord tu me ridiculises au déjeuner, et ensuite tu laisses entendre que j'ai… que j'ai quoi ? couru les filles ? Où est passé ton bon sens, Honora ?

Leur mariage pourrait très facilement se briser, songe-t-elle. À la minute même. C'est là une pensée à la fois effrayante et palpitante.

Son silence inquiète Sexton. Et, inquiet, il n'est pas beau du tout. Ses yeux semblent se rapprocher, sous le regard d'Honora. Angoissé, il porte une main à son front.

— Je ne t'ai jamais donné la moindre raison de me soupçonner, dit-il, et son ton est peut-être un peu plus vertueux que nécessaire.

Honora tourne les yeux vers la fenêtre, puis les reporte sur lui. Se pourrait-il qu'elle se soit trompée ?

— C'est de cuisiner et de faire le ménage pour tous ces gens, dit-il.

D'un seul geste il attrape habilement la chemise sale et le mouchoir. Elle l'observe pendant qu'il roule la chemise en boule et la jette dans un coin. Bien qu'elle ne l'ait pas vu, elle est presque sûre qu'il a empoché le mouchoir.

— Je vais leur demander de partir, reprend-il.

— Ne fais pas ça.

— Je l'ai probablement prêté à quelqu'un du piquet de grève.

Se pourrait-il qu'elle ait mal interprété la signification de la tache orange, qu'elle soit aussi innocente qu'il le prétend ?

— Allons, Honora, dit Sexton en s'approchant d'elle.

Il lui effleure l'épaule, et elle tressaille. Debout derrière sa chaise, il se met à lui masser la nuque.

— Pourquoi ne ferais-tu pas une petite sieste ?

C'est peut-être seulement la grève, pense-t-elle. Ou les hommes présents sous son toit. Ou le travail sur le bulletin de liaison. Elle n'est plus elle-même. Non, elle n'est vraiment plus elle-même.

Sexton s'approche du lit et tire le jeté en chenille d'un geste engageant. Honora entend le bruit sourd, rythmé de la presse, un rire féminin aigu, des voix d'hommes venant de la terrasse. Sur la plage, McDermott et Alphonse jouent au ballon, et Sandy court de l'un à l'autre. Une mouette descend en piqué devant la fenêtre et bat des ailes sur place pendant un instant.

Honora se lève et s'approche du lit. Elle se glisse dedans et ferme les yeux. Les lèvres de son mari se posent sur sa joue.

— Je ne te ferais jamais de mal, dit-il.

Elle l'entend traverser la pièce, ouvrir la porte, puis la refermer doucement. Roulant de l'autre côté du lit, elle plonge dans le sommeil et dort comme elle ne l'a pas fait depuis des semaines.

Des doigts délicats lui dégagent le front.

— Hou, hou, mon ange ! dit Vivian.

Honora s'efforce de se redresser.

— Quelle heure est-il ?

— Huit heures et demie.

— C'est vrai ? J'ai dormi tout ce temps ? Vous avez tous mangé ?

— Nous avons tous mangé. Ross a fait la cuisine.

Honora se frotte les yeux.

— Vous me faites marcher.

— Je vous assure que non. Et c'était bon, si vous acceptez de me croire.

— Qu'est-ce qu'il a préparé ?

— Une sorte de ragoût d'agneau. Irlandais, d'après lui. Mais écoutez.

Vivian s'assied au bord du lit.

— Sadie est en bas. Elle est arrivée avant le dîner. Ross connaît un dancing à Rye, et Louis trouve que nous méritons tous une soirée de délassement. Qu'est-ce que vous en dites ?

— Vous partez tout de suite ? demande Honora.

— Nous allons vous attendre.

— Il fait trop jeune. On ne le laissera pas entrer dans le dancing, dit Ross.

Il s'est coiffé et a mis des bretelles rouges pour l'occasion.

— Je te parie que si, réplique Tsomides.

— S'il ne peut pas entrer, il faudra que quelqu'un revienne avec lui, dit Ross d'un ton un peu bougon.

— Je vous attendrai dehors, suggère tranquillement Alphonse, qui voudrait bien disparaître dans un trou de souris.

— Et puis quoi encore ? Il est plus grand que moi ! s'écrie Sadie Vassos.

Et c'est parfaitement exact. Dans sa salopette en jean et son chemisier blanc, Sadie, qui mesure à peine un mètre cinquante, se plante à côté d'Alphonse. Elle porte souvent une casquette d'ouvrier, mais pas ce soir. Ce soir elle va danser. Elle passe un bras sous celui d'Alphonse.

— Tu seras mon cavalier.

— Bon, c'est d'accord, dit Sexton en remettant en place ses boucles pommadées avant de diriger son regard vers Honora puis de le détourner. Allez, toute la bande, on y va.

Ross, Alphonse, Sadie, Sexton et Tsomides, qui a encore la tête bandée, montent dans le camion de Mahon, tandis qu'Honora, Louis et McDermott se glissent dans la voiture de Vivian. McDermott a emporté une bouteille et Louis, coincé entre Honora et McDermott, descend une lampée et s'essuie la bouche. Il passe la bouteille à Honora, qui boit elle aussi en se rendant tout de suite compte que ce n'est sûrement pas indiqué ; elle n'a rien mangé depuis le déjeuner.

— C'est du gin ? demande-t-elle.

— Le meilleur de Mahon, répond McDermott.

— Ça fait du bien de se défouler un peu, dit Louis.

Le gin se diffuse lentement dans le corps d'Honora et rend extrêmement attrayante la perspective d'aller danser dans une autre ville.

— Je suis bien d'accord.

— On a besoin de se changer les idées de temps en temps, renchérit Louis.

C'est plus une gargote qu'un dancing, et personne ne regarde Alphonse de travers. À côté de l'orchestre une piste de danse a été délimitée par une corde et, comme il est encore tôt, seuls trois couples se démènent au son de la musique. Ross et McDermott rapprochent deux tables rondes et subtilisent quelques chaises. Dans sa plus belle chemise blanche, Alphonse a l'air tout content de lui. Il commande un Coca-Cola, et, quand McDermott a le dos tourné, Ross y verse une goutte de rhum. La bouteille d'alcool est fort mal dissimulée dans un de ces sachets marron comme on en voit partout, remarque Honora. Le papier plissé autour du col des bouteilles ne trompe personne. La police de Rye doit généreusement fermer les yeux ; détendus, tous les clients ne semblent pas redouter une descente imminente.

Théoriquement on peut manger dans une gargote, mais Honora n'a pas vu de serveuse s'approcher de leur table. Elle a faim et ne devrait pas boire avant de manger, d'autant qu'elle ne tient pas bien l'alcool. Mais Alphonse a vraiment l'air tout heureux, Vivian éclate de rire, Sexton est embringué dans une conversation avec Sadie, et McDermott revient avec deux verres et une bouteille de soda et prépare deux cocktails dont un pour elle.

— *Embraceable yoooou...*, chante Ross sur la musique.

— Que quelqu'un fasse taire cet Irlandais ! s'écrie Tsomides au bout de la table.

— Dis donc, Tsomides, j'ai l'impression qu'un peu de cervelle t'est sortie du crâne quand on t'a frappé, lance Ross.

— Le mariage, c'est l'esclavage, est en train de clamer Sadie Vassos en plaquant sur sa joue un verre qui contient surtout des glaçons. L'acte sexuel ne devrait pas avoir besoin d'une autorisation de l'État.

Honora jette un bref regard sur Alphonse et remarque qu'il a les yeux encore plus à fleur de tête que d'habitude. Elle va devoir dire à Ross d'arrêter avec le rhum.

— Je regrette que notre leçon de natation n'ait pas pu avoir lieu aujourd'hui, dit-elle au gamin. Peut-être demain ?

— Toi, tu crois à l'amour libre, pas vrai, Louis ? demande Sadie d'un ton insistant.

Elle crache du jus de chique dans un cendrier posé sur la table, et Vivian s'exclame :

— Vraiment !

— J'y crois, même si je ne pense pas l'avoir déjà pratiqué, répond Louis.

— Tandis que moi, je l'ai pratiqué et je n'y crois pas, rétorque Vivian.

— Alors là, poupée ! lâche Ross en sifflant entre ses dents.

— Je suis toutefois très, très difficile, ajoute Vivian en lui faisant de l'œil.

— Tu as eu le temps de goûter la glace à la pêche ? demande Honora à Alphonse, qui a enroulé les jambes autour des barreaux de sa chaise.

— J'en ai mangé deux bols, dit-il.

— Je pensais me lancer dans une glace à la myrtille, puisque c'est maintenant la saison.

Elle avale une gorgée de son gin tonic, qui ce soir a incroyablement bon goût.

— J'habitais une ferme où on faisait pousser des myrtilles, dit Alphonse.

— Ah bon ?

Honora est sincèrement surprise. Elle sait si peu de choses sur Alphonse.

— Quand ça ?

— Jusqu'à mes neuf ans. L'affaire a mal tourné.

— On échange des vœux, on s'engage, donc ensuite il faut respecter cet engagement, est en train de dire, curieusement, Sexton, au milieu de la tablée.

Honora a remarqué que quel que soit l'endroit où ils se rassemblent, qu'il s'agisse d'un repas ou d'une réunion, Sexton réussit toujours à se placer au centre. Sa raie est parfaite, ses boucles blond foncé aussi luisantes que celles d'une vedette de cinéma. Il a la moustache bien taillée et pommadée. En le voyant, on ne pourrait vraiment pas se douter qu'il est fileur dans une usine textile d'Ely Falls.

— *What is this thing called love ?*

— Je ne suis pas sûre que c'était une bonne idée d'emmener Alphonse, dit Honora en se tournant vers McDermott.

— C'est bien pour lui, réplique McDermott en regardant le gamin. Ça lui permet de se frotter à des idées différentes.

— Je crois que ça s'appelle de la corruption de mineur. Et, de toute façon, ce ne sont pas les idées qui m'inquiètent.

— Je ne le dirai pas à sa mère.

Honora pense qu'il est peut-être déjà un peu ivre. Elle sent la chaleur de son corps à côté du sien.

— Ça ne vous embête pas si je vous dis que vous êtes très jolie ce soir ? demande-t-il.

— Pas du tout.

— Bon, alors vous êtes très jolie ce soir.

Depuis le milieu de la tablée, Sexton jette un bref regard sur Honora.

— On prononce des vœux, c'est ça qui vous lie, dit-il.

Honora se demande si ce discours lui est destiné. Ils ne se sont pas parlé depuis l'incident de la chambre.

— Mais pourquoi des vœux devraient-ils vous lier ? lui rétorque Sadie.

— *My baby just cares for me.*

— Et toi, Ross ? demande Sadie en constatant que Sexton ne répond pas.

Ross cille.

— Moi quoi ?

— Tu crois à l'amour libre ?

— On n'a rien pour rien.

— Il est nettement marron, glisse McDermott à Honora.

— Hé, mon chou, faites-moi danser, dit Vivian à Louis.

Elle étire ses longs bras gracieux au-dessus de sa tête et ajoute :

— J'ai les pieds qui me démangent.

Louis sourit et se lève.

— Sadie, voulez-vous danser ? propose Sexton. Nous pourrons finir notre discussion sur la piste.

— Je veux bien danser avec toi, mais je pense que tu es un sale capitaliste, explique Sadie avant de se lever et de recracher un glaçon dans son verre.

Honora observe Sexton et Sadie qui se faufilent dans la foule apparemment deux fois plus dense depuis leur arrivée – Sexton, grand, large d'épaules, et presque trop impeccable dans cet établissement un peu miteux, et Sadie qui lui arrive à peine à la poitrine, vêtue de sa salopette. Ils attirent le regard.

— C'est chic ce qu'il fait là, dit McDermott à Honora.

— Sadie est une fille bien.

— Oh ! je l'aime beaucoup. Je la trouve épatante. Mais je ne crois pas que j'aurais envie de danser avec elle.

— C'est sa moustache qui te dérange ? demande Tsomides du bout de la table. Nous autres, Grecs, aimons bien que nos femmes soient un peu moustachues.

— Fais semblant de ne pas avoir entendu, conseille Honora à Alphonse.

— Dis donc, morpion, lance Tsomides au gamin. Viens ici, que je puisse te causer un peu.

Alphonse repousse sa chaise en arrière, et Honora voit bien qu'il n'a pas une démarche très assurée en longeant les tables. Ross et Mahon se sont éclipsés, constate-t-elle.

— Je crois qu'Alphonse est un peu éméché, glisse Honora à McDermott.

— Il va s'en remettre.

Il se tait puis ajoute :

— Je devrais vous inviter à danser.

— Peut-être, en effet, dit Honora d'une voix légèrement coquette.

— Sauf que je ne sais pas danser.

— *On the sunny side of the street.*

— Alors vous pourriez me répéter que je suis jolie.

— Dites donc, Honora, vous êtes très jolie ce soir.

Elle agite alors la main pour passer à autre chose.

— Il faudrait sans doute que je mange un morceau, dit-elle.

Les lumières sont faibles, et on a du mal à distinguer quoi que ce soit au fond de la salle. McDermott avance sa chaise, si bien que leurs coudes se touchent soudain, mais Honora ne peut se résoudre à s'écarter de lui. Elle jette un coup d'œil sur sa chemise au col déboutonné. Il a également retroussé ses manches ; et elle remarque, comme elle l'a souvent fait au cours des dernières semaines, les fins poils noirs sur ses poignets. Il a des taches de transpiration sous les bras. La température s'est élevée dans la gargote, et les fenêtres et la porte ouvertes ne sont pas d'un grand secours. McDermott boit une gorgée.

— Qu'est-ce qui vous est arrivé aujourd'hui ? demande-t-il.

— J'ai fait la sieste. J'ai dormi trop longtemps.

— Votre mari a dit que vous ne vous sentiez pas bien.

— Il a dit ça ? s'exclame-t-elle, surprise.

— *Can this be love ?*

— Vous y croyez, vous, à toutes ces histoires ? demande-t-il.

— Quelles histoires ?

— Ce que racontait Sadie. L'amour libre, tout ça.

— J'ai manqué le début de la conversation. Alors je ne suis pas bien sûre.

Elle s'interrompt puis reprend :

— Mais je n'y crois sans doute pas, non.

Elle le voit suivre d'un doigt la buée qui s'est formée sur son verre.

— Est-ce qu'il ne faudrait pas les envelopper dans des sacs en papier ? questionne-t-elle.

— Quoi ? Ces petits verres de soda inoffensif ?

— Et si la police arrive ?

— Elle est déjà là, répond McDermott en agitant le pouce. Vous voyez ce type chauve, là-bas ?

Honora regarde dans la direction qu'il lui indique, et ses yeux se posent sur un crâne luisant.

— C'est le chef de la police, précise McDermott.

Des volutes de fumée s'élèvent, prises dans les pinceaux d'une faible lumière électrique. Une brume bleue est suspendue à moins de un mètre de leurs têtes.

— Il faut vraiment que je mange quelque chose, dit Honora.

L'air marin la frappe au visage dès qu'elle franchit la porte. Elle ôte ses souliers qui, la chaleur aidant, lui compriment les orteils. Elle respire le plus profondément possible en espérant que ça lui éclaircira les idées. D'une fenêtre protégée par une jalousie lui parvient une odeur de viande en train de cuire. Elle songe brièvement à frapper à cette fenêtre et à demander quelque chose à manger. N'importe quoi, dira-t-elle. Elle fait quelques pas en espérant ne pas tituber autant que certaines personnes qui se dirigent vers leur voiture. Mais comme le parking est recouvert de gravier, elle pivote, se dirige vers l'arrière du bâtiment et savoure la douceur de l'herbe fraîche sous ses pieds. Elle se déplace dans l'obscurité, reste à l'écart de la lumière, les mains en avant pour ne pas heurter un arbre. Elle se dit qu'elle ferait peut-être bien de s'asseoir ou, mieux encore, de s'allonger et, lorsqu'elle s'est suffisamment éloignée, elle le fait et sent la rosée tout le long du dos. Des lucioles lancent leurs flèches de lumière fallacieuses. Elle essaie de les suivre, mais ces insectes sont rusés et ne se trouvent jamais là où elle le croit. Quand elle ferme les yeux, elle a la tête qui tourne. Au-dessus d'elle, le feuillage d'un arbre bruit un peu comme une source, curieusement.

En percevant une odeur de cigarette et de savon, elle ouvre les yeux.

McDermott

— Vous m'avez suivie, dit-elle.

McDermott se laisse tomber sur l'herbe à côté d'elle.

— Je suis soûle, ajoute-t-elle.

— Je l'ai remarqué.

— Je ne tiens pas l'alcool.

— Vous n'avez pas mangé.

— Ce n'est pas une excuse.

Derrière la digue, il entend les vagues. Une dispute éclate sur le parking.

— Alphonse va bien ? demande Honora.

— Sadie l'a pris sous son aile.

— Je crois qu'il va apprendre pas mal de choses ce soir.

— Il est incorruptible.

Au loin une femme s'écrie : « J'ai bien vu la façon dont tu l'as regardée ! »

La brume avance tout doucement de la mer. Il entend la musique par la porte ouverte. À l'entrée la lanterne diffuse une lumière voilée. Il lisse les cheveux d'Honora pour lui dégager le front et s'inquiète de la rugosité de ses mains calleuses.

— Honora, dit-il.

Il lui tourne le visage pour le placer face à lui.

— Rappelez-vous, il faut que je voie vos lèvres.

Avec une lenteur qui permettrait à Honora de se détourner si elle le désirait, il se penche sur elle et l'embrasse sur la bouche. Elle a les lèvres écartées et semble surprise. Il l'embrasse de nouveau. Un petit bruit monte du fond de la gorge de la jeune femme.

— C'est juste que…

— Ne parlez pas, dit-il en fermant les yeux. J'ai les yeux fermés, alors je ne peux pas voir ce que vous dites.

Pour vérifier si elle le regarde, il les rouvre, et elle se met à rire.

Il s'empresse de l'embrasser une nouvelle fois. Il porte la main à l'ourlet de sa jupe, la glisse le long de sa jambe. Il en est mort d'envie toute la soirée. Il en meurt d'envie depuis des semaines.

Honora bouge mais ne s'écarte pas complètement de lui.

— J'aimerais bien…, commence-t-elle.

Au-dessus d'eux, l'arbre bruit comme une source. Quelques centimètres à peine séparent leurs visages. Il sent son haleine.

— Qu'est-ce que vous aimeriez ? demande-t-il.

Honora

Ce serait si facile, songe-t-elle. Elle n'aurait qu'à avancer vers lui d'un centimètre, ça suffirait. Ils sont à l'abri de la lumière. Personne n'en saurait jamais rien.

Il lui lisse les cheveux de ses doigts. Il dit son nom et lui tourne le visage.

— Rappelez-vous, il faut que je voie vos lèvres.

Elle sait qu'il va l'embrasser, et elle veut que ça se produise. Elle a envie d'étirer son corps contre celui de McDermott et d'arquer le dos. Un bruit monte du fond de sa gorge et se glisse par sa bouche entrouverte.

— C'est juste que…

Personne, sauf McDermott et elle, n'en saurait jamais rien, songe-t-elle.

— Ne parlez pas, dit-il.

D'ailleurs, Sexton n'a-t-il pas déjà profané leur mariage ?

McDermott l'embrasse de nouveau et, au-dessus de leur tête, l'arbre bruit un peu comme une source. Un petit ruisseau, peut-être.

— J'aimerais bien…, commence-t-elle.

Qu'est-ce qu'elle aimerait ? Retrouver intact le joyau qu'était autrefois sa vie conjugale. Laisser McDermott lui faire l'amour. Ne pas se soucier de l'honneur, de la confiance ou de l'avenir. Du jugement qu'elle serait obligée de porter sur elle-même – jour après jour, semaine après semaine.

Il a le visage tellement près du sien qu'Honora sent son souffle sur ses paupières.

— Qu'est-ce que vous aimeriez ? redemande-t-il.

Des paumes, elle lui repousse délicatement la poitrine.

McDermott

La lune a un contour flou ce soir et déverse sur l'eau un cône de lumière. Les vagues sont insignifiantes, lointaines, avec la marée basse. Alphonse ronflait quand McDermott l'a laissé dans ses couvertures – un bruit à peine audible, rappelant celui d'une femme. Le gamin dort la bouche ouverte et les yeux révulsés. Quand il rêve, ses paupières papillotent. McDermott espère qu'il rêve de glace à la pêche. Ou qu'il pilote un avion.

Il boit une autre goulée de whisky à la bouteille qu'il a trouvée sur la table de la cuisine. La faim l'a surpris alors qu'il dormait. Il a mangé les restes de ragoût d'agneau debout, dans la cuisine, et a aperçu la bouteille sur la toile cirée. L'alcool lui fait mal à l'estomac mais l'aidera à dormir. Il ne se souvient pas de sa dernière nuit complète. Il a des réveils agités, et ce n'est pas à cause de la minceur des matelas que Mahon a apportés – ça lui arrive aussi à la pension. Sauf qu'il ne peut pas descendre manger un morceau. Mme Derocher verrouille son réfrigérateur.

Il lève les pieds, les pose sur la balustrade de la terrasse et fait basculer en arrière sa chaise en bois. Il partira dans la matinée.

Parfois, en allant dans la salle de bains pour se laver, il la croise dans le couloir, et il arrive qu'elle soit en robe de chambre, les bras chargés de linge propre ou d'une pile de serviettes pour les hommes. Elle ferme toujours sa chambre, et il n'a jamais cherché à voir cette pièce ni à imaginer ce qui se passe derrière cette porte. D'une certaine manière, voilà ce qui lui coûte le plus en partant : savoir qu'il la laisse avec Sexton Beecher. Ross lui a raconté que Beecher avait divagué sur les armes au déjeuner, et tous deux, en privé, ont reconnu que ce type était complètement dingue. « S'il n'y avait pas sa baraque…, a dit Ross. S'il n'y avait pas la machine à écrire et le Copiograph… — D'accord, mais on ne peut pas se servir de la maison d'un type et ensuite se débarrasser de lui », s'est surpris à lui rétorquer McDermott, et, à contrecœur, Ross l'a reconnu. « Mais garde-le à l'œil », a-t-il ajouté. McDermott a alors pensé qu'il devrait prévenir Ross qu'il allait partir le lendemain, et que Sexton Beecher ne serait plus son problème. Mais il n'en avait pas encore discuté avec Mironson, et c'était lui qu'il devait aviser d'abord de son départ.

McDermott sent une main sur son épaule. Vivian passe devant lui pour s'asseoir sur une autre chaise, Sandy trottinant sur ses talons.

— Coucou, mon chou, lance-t-elle en se plaçant bien face à lui.

— J'ignorais que vous étiez encore là, dit McDermott en baissant la main pour gratter la nuque de Sandy.

Il ôte les pieds de la balustrade.

— J'avoue avec embarras que j'ai perdu connaissance sur le canapé, explique-t-elle avec un léger bâillement. J'ai vu de la lumière et je me suis demandé qui était là.

— Ce n'est que moi.

— Vous n'arriviez pas à dormir ?

— Pas vraiment.

— Seigneur ! je suis dans un état lamentable.

— Vous me paraissez très présentable, réplique McDermott.

Et c'est vrai. Vivian a toujours l'air d'un luxueux paquet, au ruban soigneusement noué.

— J'ai besoin de me coucher, dit-elle.

— Je pourrais très bien vous accompagner chez vous, propose-t-il.

Elle balaie sa galanterie d'un revers de main.

— J'ai la voiture.

— La nuit est belle.

Il se penche en avant et lui offre ses cigarettes. Elle en prend une, s'approche du feu qu'il lui tend, inhale la fumée puis ôte un brin de tabac de sa lèvre inférieure.

— Vous étiez en train de ressasser les malheurs du monde ? lui demande-t-elle.

— J'en sais pas assez sur le monde pour ça.

— Et votre monde à vous ?

— Il n'en vaut pas la peine. Vous voulez boire un coup ?

Il lui tend la bouteille de whisky.

— Je crois que j'ai déjà dépassé la dose, répond-elle en portant une main à sa tête.

— Une petite goutte ne vous fera pas de mal.

— Pour soigner le mal par le mal ?

Même en buvant du whisky à la bouteille, Vivian a des gestes élégants, constate McDermott. Elle lui rend la bouteille, et il avale lui aussi un trait.

— Allez-vous repartir demain soir ? Ou plutôt ce soir, vu l'heure qu'il est ? lui demande-t-elle.

— Je vais repartir dès ce matin. Tôt.

— Pourquoi êtes-vous aussi pressé ?

— J'ai des choses à faire.

— Alphonse vous accompagnera ?

Pour une fois, McDermott n'a pas pensé à Alphonse. Le gamin, arrivé à la fin du week-end, n'aura pas envie de partir aussi tôt.

— Non. Il rentrera plus tard avec les autres.

— Il a beaucoup aimé cette glace à la pêche, dit-elle en souriant.

— Il est en train d'en rêver.

Vivian se met à rire. Elle tire sur sa cigarette et croise les jambes.

— Et vous, Quillen McDermott, à quoi rêvez-vous ?

La question est tellement inattendue, tellement directe que McDermott ne répond pas tout de suite.

— Ce n'est pas du jeu, dit-elle. Il faut répondre sans trop réfléchir.

— Qui impose les règles du jeu ? demande-t-il en essayant de gagner du temps.

— Moi, bien sûr.

Son sourire dessine quelques rides au coin de ses yeux.

— Je ne me rappelle jamais mes rêves, dit-il.

— Je ne vous crois pas.

— Pourquoi ?

— Parce que je vous trouve l'air très réfléchi.

— Ne vous y fiez pas.

Il boit une autre lampée et écrase un moustique. Vivian ne semble jamais être piquée, a-t-il remarqué. Ça doit tenir à son parfum. McDermott sent l'alcool lui descendre dans la gorge et attend la douleur. Il faut qu'il y aille doucement ; il a déjà bu beaucoup plus qu'il n'aurait dû.

— Et vous, à quoi rêvez-vous ? questionne-t-il à son tour.

— Oh ! à des tas de choses. À ma robe Maggy Rouff. À mes atomiseurs Houbigant. À mon bracelet Van Cleef & Arpels en saphirs et diamants. À ma chambre au Plaza.

Il se met à rire.

— Je ne plaisante pas, dit-elle.

— Je le sais bien.

— Je me suis bien amusée à travailler au bulletin de liaison. Je ne regrette pas une seule heure passée ici.

— C'est très généreux de votre part.

Elle se penche vers lui d'un air de conspiratrice.

— Surtout, n'en parlez ni à Louis ni à Sadie, mais je crois que je commence à être endoctrinée, glisse-t-elle en s'appuyant de nouveau à son dossier. Une fois qu'on a vu les choses avec les yeux de Louis – une fois qu'on s'est autorisé à les voir ainsi –, il est très difficile de retrouver la vision du monde qu'on avait auparavant. C'est-à-dire…

quand on fait partie de ma classe sociale. Nous paraissons vraiment… bon… méprisables.

— Je ne vous trouve pas méprisable.

— Comment ça se fait que vous n'ayez pas de petite amie ? Un beau gosse comme vous.

— J'en avais une. L'année dernière. Elle m'a quitté pour un maçon.

— C'est bien triste.

— Pas vraiment.

Au clair de lune les cheveux cuivrés de Vivian prennent un terne reflet métallique.

— Est-ce que vous étiez amoureux ?

— C'est ce que je croyais à l'époque.

McDermott allume une cigarette au mégot de la précédente. Voilà encore une autre chose qu'il devrait réduire.

— Mais plus maintenant, dit-elle en le scrutant.

Il secoue la cendre sur la terrasse.

— Non, confirme-t-il.

De la fenêtre de l'étage leur parvient le cri frénétique d'un homme dans son sommeil. « Rosemary ! »

— C'est Ross, explique McDermott en désignant l'étage supérieur. Sa femme s'appelle Rosemary.

Vivian sourit.

— C'est dur pour eux tous d'être séparés de leur famille.

— Je n'en sais rien, réplique-t-il.

— C'est plus évident que vous ne le croyez.

— Quoi donc ?

— Ce qui est évident.

McDermott se penche pour nouer son lacet. Il procède avec une lenteur délibérée. Il a l'impression qu'il s'empêtre les doigts.

— Mais c'est une situation assez délicate, pas vrai ? suggère Vivian.

— Je ne vois pas de quoi vous voulez parler.

— Le gredin de mari, tout ça, explique Vivian.

McDermott regarde instinctivement autour de lui pour s'assurer que personne ne l'a entendue.

— Ne vous inquiétez pas. Le mari est obtus. Il se trouve simplement que je remarque certaines choses. Je suis douée pour ça. C'est une sorte de hobby.

— Vous avez bien de la chance, dit McDermott, le cœur battant.

— Votre secret ne craint rien avec moi.

— Je n'ai pas de secret.

Vivian cherche des yeux un cendrier.

— Écrasez-la avec votre pied, suggère McDermott.

Vivian pose sur son mégot la pointe d'un fin soulier à talon haut.

— Je crois qu'elle partage vos sentiments, si ça peut vous consoler.

McDermott fait basculer sa chaise en arrière et pose les pieds sur la balustrade.

— Notez bien qu'elle n'en a pas parlé, ajoute Vivian. Mais je le sais.

Il examine le cône de lune sur l'eau.

— Voilà que je vous bouleverse, reprend Vivian en tendant la main dans l'espace qui les sépare pour lui effleurer l'épaule. Je n'en avais nullement l'intention.

— Elle est mariée.

Vivian retire sa main et soupire.

— C'est vraiment dommage ! dit-elle.

Mironson avance à pas feutrés dans le couloir, une serviette humide sur le bras.

— Toi non plus, tu ne dors pas ? lui demande tout bas McDermott.

— Je me suis dit qu'un bain pourrait m'y aider.

— Il doit y avoir quelque chose dans l'air. Vivian vient de partir à l'instant.

— Nous sommes tous tendus.

— Je rentre en ville tout à l'heure, très tôt. Je te verrai là-bas.

— Pourquoi ?

— Eileen a besoin de moi. Je n'ai pas mis les pieds à la maison depuis des semaines.

— Désolé. Bien sûr, tu as raison. Mais écoute, il reste une centaine de bulletins à agrafer. Si tu arrivais à le faire avant de partir, tu pourrais les emporter. Réveille Mahon pour qu'il t'emmène.

Alphonse remue sur son matelas ; quant à ses couvertures, elles ont volé depuis des heures. McDermott retire ses chaussures, son pantalon, sa chemise, et essaie de pousser tout doucement Alphonse, étalé en travers, pour atteindre son côté du matelas. Mais dans son sommeil Alphonse est un poids mort qui ne se laisse pas facilement déplacer. McDermott met donc ses couvertures par terre. Il s'allonge dessus en sous-vêtements et regarde le clair de lune sinistre qui tombe sur le rebord blanc de la fenêtre. À côté de lui Alphonse ronfle toujours et au bout du couloir, à mille lieues de là, une femme qu'il connaît est en train de dormir.

« Je crois qu'elle partage vos sentiments, si ça peut vous consoler. »

Il croise les bras derrière la tête et fixe le plafond. Depuis le tout premier jour, la veille de Noël, il a senti qu'Honora entrait en lui. Il ne s'en est pas aperçu tout de suite, mais il se rappelle sa sensation de vertige quand elle s'est éloignée en voiture, il se rappelle la prière qu'il a adressée directement à Dieu. Il repense à ce qui s'est passé tout à l'heure sur l'herbe humide. L'impression que produisait sa peau sous sa main. En pensée, il s'attarde sur les baisers. Y en a-t-il eu deux ou trois ? Et le bruit qui est monté de sa gorge. Il sait qu'il se souviendra toute sa vie de ce gémissement particulier, qu'il l'entendra encore et encore – comme un disque sur un phonographe.

Alphonse s'agite sur le matelas, et McDermott se tourne pour le regarder. À la lueur de la lune il distingue sa carrure frêle. Dans son sommeil le gamin se met sur le ventre et tend les bras vers le mur. On dirait qu'il est en train de grandir en ce moment même, songe McDermott.

Honora

Tout à l'heure des voix lui sont arrivées par la fenêtre, celles de Vivian et de McDermott installés sur la terrasse, et plus tard le baryton bourru de Mironson s'est fait entendre dans le couloir. À côté d'elle Sexton dort dans une posture candide, les bras levés derrière la tête, l'air exposé, vulnérable, satisfait, et l'espace d'un instant Honora éprouve le désir irrationnel et distrait de lui poser quelque chose de lourd sur la gorge et de lui écraser la trachée.

Mon Dieu ! pense-t-elle en s'asseyant brusquement dans le lit.

Elle enfile sa robe de chambre, referme tout doucement la porte de la chambre, lève bien les pieds pour ne pas que ses chaussons traînent sur le parquet. Elle n'a pas envie de réveiller quelqu'un dans les autres chambres, au bout du couloir. Au pied de l'escalier elle s'arrête un instant et tend l'oreille. Elle perçoit le bruit des vagues, toujours présent, et aussi autre chose. Un bruissement de papier. Qui vient du salon, elle en est sûre.

— Je terminais seulement ça, dit McDermott quand elle arrive sur le seuil.

— Oh ! fait-elle, étonnée. Vous vous êtes levé tôt.

Un rai d'une lumière atrocement vive se hausse au-dessus de l'horizon, et Honora s'en écarte avec une grimace.

— Je m'en vais, annonce McDermott en détournant lui aussi la tête.

— Là ? Tout de suite ?

Elle s'appuie au chambranle.

— Oui.

— Pourquoi ?

— Ma sœur a besoin de moi, dit-il en se penchant pour rassembler les piles posées sur la table.

— Tout va bien ?

— Très bien.

McDermott ne sait vraiment pas mentir, pense-t-elle.

— C'est à cause d'hier soir, n'est-ce pas ? demande-t-elle en faisant un pas dans la pièce.

Penché sur sa tâche, il ne lui répond pas.

— J'aimerais bien…

Il relève brusquement la tête.

— Qu'est-ce que vous aimeriez ? dit-il, et elle ne sait pas s'il éprouve de l'espoir ou de la colère.

— Je vais vous préparer le petit déjeuner.

Le soleil se glisse à l'oblique par les fenêtres orientées à l'est, révélant chaque grain de poussière sur la table. Le profil de McDermott est empourpré. Elle serre sa robe de chambre autour de son corps.

— Je n'ai pas faim, dit-il.

— Comment allez-vous repartir ?

— Mahon va me conduire.

— Il est levé lui aussi ?

— J'irai le réveiller dans une minute.

— Alors c'est pour lui que je vais préparer le petit déjeuner.

— Il est à peine cinq heures, Honora. Retournez vous coucher.

— Il faut qu'il mange. Vous aussi, d'ailleurs.

McDermott garde le silence.

— Comme vous voudrez, dit-elle.

Elle sépare les tranches de lard avec une fourchette, et la graisse grésille dans la poêle en fonte. Honora imagine que l'odeur s'immisce dans l'escalier, se glisse sous la porte où dort Alphonse, le réveille et l'attire en catastrophe dans la cuisine. Par deux fois déjà elle a entendu des pas dans l'escalier, mais pour l'instant Alphonse n'a pas fait son apparition. Elle a hâte de voir son drôle de visage, ses cheveux hirsutes, ses yeux à fleur de tête, sa chemise mal boutonnée dans sa précipitation. Il lui semble qu'elle n'a jamais rendu personne aussi heureux. Aujourd'hui elle va le faire nager cinq ou six mètres tout seul. Il peut y arriver. Parfois il faut pousser un enfant pour qu'il apprenne.

Elle entend un bruissement sur le seuil.

— J'ai là quatre tranches de lard toutes prêtes à être mangées, dit-elle.

— Vous devriez me laisser mourir de faim.

Accroupie devant le réfrigérateur, Honora lève les yeux, étonnée.

— Je vous croyais parti.

— Je suis venu vous demander pardon, explique McDermott.

— Ce n'est pas la peine. Beaucoup d'hommes sont mal lunés au réveil, dit-elle en se relevant et en apportant une boîte d'œufs près de la cuisinière. Mes frères étaient redoutables.

— Je n'ai pas fermé l'œil de la nuit.

— Nous sommes deux dans ce cas.

Elle tient chaque tranche de lard piquée dans une fourchette au-dessus d'un vieux journal pour laisser égoutter la graisse puis se prépare à casser un œuf dans la poêle. Elle sent que McDermott s'est avancé dans la pièce.

— Je ne vous reverrai plus, dit-il.

Par mégarde, son pouce perfore l'œuf. Son cœur s'affole, abandonne son rythme matinal paresseux.

— Pourquoi donc ? demande-t-elle en essayant d'ôter les morceaux de coquille pendant que l'œuf cuit déjà.

— Honora, regardez-moi.

Elle se retourne, du blanc sur les doigts.

— Retirez la poêle du feu. Je voudrais vous parler.

Elle s'essuie les mains à un torchon. McDermott fait un pas en avant. Située à l'ouest, la cuisine n'a pas le jour aveuglant du salon le matin, mais la lumière est suffisante pour qu'elle voie bien son visage – pâle, granuleux, ses yeux du bleu soutenu que prend la mer au coucher du soleil.

— Asseyez-vous, dit-elle, les mains un peu tremblantes à présent. Je vais vous chercher du café.

Il hésite.

— D'accord. Le café, ce n'est pas de refus.

Elle apporte la cafetière et lui verse une tasse d'un geste mal assuré. Normalement elle adore l'odeur du café, mais ce matin elle menace de lui donner mal à la tête. Elle s'assied sur la seule chaise restée dans la pièce.

— Les autres dorment ? demande-t-elle.

— J'ai déjà essayé de réveiller Mahon à deux reprises, mais impossible de le remuer.

Elle joint les mains devant elle et attend.

— Comme je ne vais pas revenir, je suppose que ça me donne la liberté de vous dire tout ce que j'aurais pu vous dire dans une autre vie.

— Dans une autre vie, répète-t-elle.

— J'aimerais que vous soyez libre.

Elle porte ses mains jointes à ses lèvres et appuie très fort. Une sensation de chaleur monte en elle, lui inonde les membres et le visage.

— J'aime votre bouche, dit-il.

Elle secoue la tête.

— Je déteste votre mari. Je le déplore, mais c'est la vérité.

Elle prend une brève inspiration.

— J'adore la façon dont vous vous comportez avec Alphonse.

Un sentiment d'affolement la gagne.

— Hier soir, sur l'herbe, j'avais envie de vous faire l'amour. J'en avais tellement envie que je crois que j'aurais été prêt à n'importe quoi pour que ça arrive.

Elle ferme les yeux et libère une main qu'il attrape aussitôt.

— Vous aviez peur.

Elle secoue la tête puis avoue :

— Oui.

Il lui embrasse l'intérieur du poignet.

— Je crois que je devrai me contenter de ça, dit-il.

Alphonse

Il se réveille en rêvant de lard et, quand il se redresse, il se rend compte que du lard est effectivement en train de cuire. Alors il se lève et, un pied en l'air, saute sur l'autre pour enfiler son pantalon. Il meurt de faim, ou plutôt il rêvait qu'il mourait de faim, et il est ravi de ne pas être resté coincé à Portsmouth ou à Ely Falls et de ne pas avoir été obligé de coucher chez lui au lieu de venir ici et d'aller au dancing à Rye. Il boutonne sa chemise, ramène ses cheveux en avant, s'aperçoit que McDermott est déjà levé, et regarde par la fenêtre. Mais non, le soleil ne fait que pointer à l'horizon ; Alphonse ne s'est pas réveillé trop tard. Pieds nus, il s'élance dans le couloir, referme un bras sur la rampe de l'escalier et dégringole les marches deux à deux, puis ralentit une fois en bas, parce qu'il ne tient pas à avoir l'air trop pressé, quand même, ça ne se fait pas. Il reprend son souffle et tend l'oreille, mais il n'y a aucun bruit. Il avance alors comme si rien n'avait d'importance pour lui en ce bas monde et, arrivé sur le seuil de la cuisine, il s'immobilise.

McDermott et Mme Beecher sont assis à la table. McDermott tourne le dos à Alphonse, Mme Beecher ferme les yeux et, ça ne peut pas être vrai, mais si, pourtant, Mme Beecher a les cils humides. McDermott et Mme Beecher se tiennent la main d'une drôle de façon, et Alphonse voudrait bien savoir pourquoi elle pleure. Il en est effrayé, il a envie de leur poser la question mais il n'ose pas bouger, ni même respirer, parce qu'il comprend qu'il s'agit là d'un de ces moments d'intimité que les adultes doivent parfois avoir. C'est alors que Mme Beecher ouvre les yeux, sourit, fait un petit bruit étranglé, regarde McDermott, puis aperçoit Alphonse, qui aimerait bien pouvoir se volatiliser sur-le-champ.

Il voit Mme Beecher écarter sa main de celle de McDermott.

— Alphonse, dit-elle.

Honora

Elle erre de pièce en pièce sans vraiment savoir ce qu'elle y fait ni l'heure qu'il est. C'est comme ça depuis dimanche, depuis le départ des hommes, et à la fin de la journée, quand elle récapitule les tâches accomplies, elle est toujours étonnée par leur nombre restreint. Parfois elle a les membres engourdis et n'a envie que d'une seule chose : dormir. D'autres fois elle s'assied simplement pour pleurer – brèves bourrasques essuyées par un bateau qui dérive au gré des flots. Elle mange les restes conservés au réfrigérateur, grignote quelques bouchées quand elle réussit à les faire descendre, croit toujours avoir faim puis s'aperçoit qu'il n'en est rien. Quand Alphonse est entré dans la cuisine dimanche matin, McDermott s'est levé, lui a ébouriffé les cheveux et a annoncé qu'il partait. Et puis la porte s'est ouverte, il l'a franchie, et Honora n'a plus eu l'occasion de lui dire un seul mot – ce qui lui a laissé l'impression d'être constamment sur le point de prononcer une phrase dont elle ignore les mots.

En robe de chambre elle a préparé le petit déjeuner, et tout le monde, sauf Louis, a été surpris par le départ de McDermott. Elle n'avait pas lavé le linge de Sexton (elle ne le laverait plus jamais, a-t-elle décidé) ; il a été contraint de fouiller dans ses fonds de tiroirs pour trouver des chemises et des pantalons à emporter. Et bien sûr, c'est là qu'il a commis sa plus grosse erreur. Honora pense que s'il avait réellement été innocent, il se serait davantage affolé en constatant qu'elle n'avait pas fait la lessive.

Il reviendrait peut-être au milieu de la semaine, a-t-il glissé en partant, et il l'a embrassée sur le coin de la bouche comme si de rien n'était. Puis soudain les hommes et Alphonse ont disparu, et elle s'est retrouvée seule chez elle, où elle n'a pu qu'errer de pièce en pièce, regarder par la fenêtre et se remémorer sans fin les quelques instants passés dans la gargote et à la table de la cuisine, jusqu'à en extraire la moindre parcelle de signification. Sur le moment, les choses semblaient se dérouler sans laisser le temps à son esprit de les comprendre, même si son corps, à l'évidence, avait tout de suite saisi. Elle trouve surprenante la manière dont le corps réagit de sa propre initiative, sans que l'esprit arrive tout à fait à le suivre.

Elle pénètre dans le salon où elle n'a pas fait le ménage depuis deux jours. Elle s'y aventure souvent, toujours dans l'intention de jeter les boules de papier qui débordent de la corbeille, de ranger les feuilles vierges empilées sur la table, de vider les cendriers, d'épousseter le Copiograph et la machine à écrire, de ramasser les verres éparpillés sous les chaises, derrière le canapé, sur le rebord des fenêtres. Mais, dès qu'elle se trouve dans la pièce, une sorte de paralysie s'empare d'elle, si bien qu'elle se surprend à s'asseoir sur une chaise, à fixer la mer et à se remémorer les conversations et les gestes des dernières semaines. Puis elle sort sur la terrasse, y poursuit sa rêverie, vaguement culpabilisée, vaguement consciente qu'elle devrait plutôt s'occuper de son ménage.

Un mouvement furtif sur le côté de la maison attire son regard. Un instant plus tard elle entend frapper timidement à la vitre de la porte de derrière. Elle va dans la cuisine et, quand elle ouvre, elle voit une femme en robe de coton gris sur le perron. Honora a entendu dire que les femmes qui ne mangeaient pas perdaient leurs cheveux et leurs dents, même à vingt ans. Celle qui se trouve devant elle a une plaque chauve sur le côté de la tête.

— Excusez-moi, mademoiselle, dit la femme avant qu'Honora ait prononcé un seul mot.

La vue de cette femme, son aspect si misérable, obligent Honora à reprendre ses esprits pour la première fois depuis dimanche.

— Vous cherchez de quoi manger ?

— Oui, mademoiselle, si ça vous dérange pas. Mon mari et moi, on n'a rien mangé depuis vendredi.

Honora fait le compte – quatre jours sans rien avaler.

— Entrez, s'empresse-t-elle de dire.

— Oh ! non, mademoiselle, je peux pas faire ça. S'il vous plaît, mademoiselle. Si vous pouviez seulement me donner un peu de pain ou de la soupe, je m'en irais.

— Entrez et asseyez-vous, réplique Honora d'un ton qu'elle n'utilise pas souvent, un ton impérieux qui lui rappelle celui de sa mère.

La femme s'exécute, franchit le seuil, les épaules voûtées. Honora constate que ses cheveux sont raidis ; elle a dû se laver dans la mer.

Il reste bien plus de provisions qu'Honora ne le pensait. Elle sort un peu de poulet, un bol de haricots blancs à la tomate, une tarte à la pêche qui a réussi à échapper au panier préparé pour les hommes. Dans un placard au-dessus du réfrigérateur, elle trouve deux douzaines de petits gâteaux apportés par Mahon et que personne n'a mangés, des haricots verts, des tomates et une demi-douzaine de pêches.

— Est-ce que vous avez de l'eau ? demande-t-elle à la femme.

— Non, mademoiselle.

Honora déniche deux gros pots qui viennent du magasin de Jack Hess. L'un contenait des haricots, elle s'en souvient, et l'autre des pois cassés. Elle les lave, les emplit d'eau et les pose sur la table. La femme se penche aussitôt en avant et boit une gorgée.

Honora verse de l'eau fraîche dans un grand verre et le tend à la femme qui le vide d'un trait.

— Buvez moins vite. Vous allez avoir des crampes d'estomac.

Elle prépare une assiette de poulet et de haricots, la lui présente puis emballe les restes. La femme aux cheveux raidis se met à pleurer.

— Ça va vraiment aussi mal que ça ? demande Honora.

La femme s'essuie le nez d'un revers de main, et Honora lui donne un mouchoir.

— Mon mari est dans le piquet de grève depuis le début. Il a été arrêté deux fois. On nous a expulsés de chez nous. Il a dit qu'on pourrait venir s'installer dans les cottages abandonnés, sur la plage, mais les propriétaires ont commencé à revenir, et on a dû partir. Nos cinq filles sont avec nous. On a trouvé une maison à l'autre bout de la plage, sans eau, et c'est vraiment très dur.

— Vous êtes près de la maison construite sur les dunes ?

La femme avale une bouchée de haricots et garde le silence.

— Il n'y a pas de problème, vous pouvez me le dire, reprend Honora. Le cottage aux volets bleu pâle, avec une véranda au premier étage, face à l'océan ?

La femme, qui ne peut guère avoir beaucoup plus de vingt-huit ou vingt-neuf ans, hoche la tête.

— Si vous vous présentez devant ce cottage aux volets bleus, la personne qui y habite vous donnera de l'eau. Elle s'appelle Vivian.

— Merci, mademoiselle.

À peine Honora a-t-elle enveloppé les provisions et les a-t-elle glissées dans un sac en papier que la femme termine son repas et se lève.

— Emportez ça, dit Honora. Je mettrai les pots à la porte de derrière et je les couvrirai. Vous n'aurez qu'à revenir les chercher plus tard.

— Oui, mademoiselle.

— Vous pourrez vous en servir pour aller prendre de l'eau chez Vivian. Ça ne la dérangera pas. En fait, je crois qu'elle a un robinet dehors pour les douches. Dites-lui que c'est Honora qui vous envoie.

— Vous êtes une sainte, mademoiselle.

— Oh ! loin de là ! réplique Honora.

— Il faut que j'aille à Ely Falls pour faire mettre ma bague en émeraude à la bonne taille, dit Vivian dans le couloir.

Suprêmement élégante, elle porte une robe en shantung couleur chair.

— Je voulais m'en occuper depuis le début de l'été, mais le temps m'a filé entre les doigts. Je me suis dit que j'allais m'arrêter en chemin pour vous dire bonjour.

— Entrez, propose aussitôt Honora en songeant que seule Vivian peut envisager de faire ajuster une bague en pleine grève. Je viens de me préparer un sandwich pour déjeuner. Puis-je vous en offrir un ?

— J'ai mangé avant de venir. Mais je prendrais volontiers une tasse de thé pour vous tenir compagnie.

Elle suit Honora dans la cuisine et pose sur la table son sac en soie à fermoir d'ivoire.

— Avez-vous eu des nouvelles de Sexton ? Ou d'un autre de la bande ?

Honora secoue la tête et emplit la bouilloire. Il y a un peu de bruit à la porte de derrière quand la femme de tout à l'heure, un homme sur les talons, ramasse les pots et retourne vers la plage.

— Qui est-ce ? demande Vivian.

— Des sans-abri qui occupent un des cottages. Près de chez vous, en fait. J'espère que ça ne vous embête pas, mais ils n'ont pas d'eau, alors je leur ai dit qu'ils pourraient vous en demander de temps en temps. J'ai bien fait ?

— Bien sûr, ma chère. Ils n'ont pas d'eau du tout ?

— Non. Et elle m'a dit que leurs cinq filles étaient avec eux. Vous ne croiriez pas à quelle vitesse elle a avalé l'assiette que je lui ai servie. Ils travaillaient dans l'une des filatures de la ville. Ils ont été expulsés et sont venus ici pour chercher un abri.

— Dieu du ciel ! s'exclame Vivian en s'asseyant.

Honora met l'eau à chauffer, s'assied elle aussi à la table, puis examine son sandwich comme s'il s'agissait d'une forme de vie inconnue.

— Mangez, lui intime Vivian. Vous avez les traits tirés, si je puis me permettre de vous faire cette réflexion. Vous vous occupez merveilleusement de tout le monde, mais parfois je me demande si vous vous occupez de vous.

— Je ne dors pas bien, dit Honora en mâchant une bouchée. Alors dans la journée, j'ai tout le temps sommeil.

Elle repose son sandwich. Tout compte fait, elle n'a peut-être pas faim.

— Donc, toujours rien de la part de Sexton ? Ni de McDermott ?

— Rien de Sexton, répond Honora, puis son cœur fait une embardée. Et pourquoi aurais-je des nouvelles de McDermott ?

— Oh ! je ne sais pas, moi, dit Vivian d'un air vague. Il a l'air du genre à s'assurer qu'on vous tient au courant des événements.

Honora hoche la tête.

— Je pensais qu'il se passerait vraiment des choses importantes cette semaine mais, d'après Jack Hess, les organisateurs de la grève font leur possible pour calmer les esprits, reprend Vivian.

— Je l'espère bien.

Vivian sort une cigarette de son étui en argent.

— Vous en voulez une ?

Honora secoue la tête et confie :

— J'ai entendu dire que les patrons faisaient venir des jaunes de Dracut.

— Voilà qui va leur rester en travers de la gorge, vous pensez bien, réplique Vivian en exhalant une longue volute de fumée.

Honora songe à ouvrir une fenêtre. Une douleur commence à se manifester derrière son front, et elle la met au compte des tempêtes affectives auxquelles elle a été soumise. Ses yeux lui semblent lourds et gonflés.

— Vous ont-ils plus ou moins dit quand ils devaient revenir ?

Honora voit le facteur passer sur sa bicyclette. Il n'y aura donc pas de lettre de sa mère aujourd'hui.

— Pas vraiment. McDermott ne reviendra pas.

Vivement surprise, Vivian penche la tête.

— Il dit que son travail le retiendra en ville, ajoute Honora.

— Quel dommage ! s'exclame Vivian en examinant attentivement Honora. Je l'aime beaucoup.

— Oui.

— J'espère que ça ne signifie pas qu'Alphonse ne viendra pas non plus. Ce ne serait plus pareil sans Alphonse.

— C'est vrai.

— Il est fou de vous.

— C'est un enfant adorable.

— Je parlais de McDermott. Il l'a presque reconnu samedi soir. Quand nous bavardions sur la terrasse.

— Il a dit ça ?

— Je crois qu'il se sentait assez désespéré.

Honora détache le pain de son sandwich. Elle réussira peut-être à avaler le pain.

— C'est là une chose qu'il ne faut pas encourager.

— Il faut faire ce que votre cœur vous dicte.

— Vous le croyez vraiment ?

— Je n'en suis pas sûre, en fait. Ce qui touche au cœur est toujours d'une difficulté agaçante.

Vivian écrase sa cigarette.

— Franchement, je crois qu'il ne va pas bien du tout, ajoute-t-elle.

— Il a un ulcère.

Honora arrache un bout de pain et essaie de le mâcher.

— Je le trouve très mignon, déclare Vivian d'un ton catégorique. S'il s'intéressait à moi, je ne laisserais pas passer ma chance.

Honora parvient à avaler sa bouchée puis sent la nausée l'envahir. Elle se plaque une main sur la bouche.

— Excusez-moi, dit-elle en se levant.

Elle avance tout doucement au début, puis plus vite, gagne le couloir, monte l'escalier et entre dans la salle de bains. Elle soulève l'abattant des toilettes, se penche et vomit. Puis elle s'assied sur le sol carrelé et s'essuie le visage. L'un des hommes doit lui avoir passé la grippe, songe-t-elle. Elle essaie de se rappeler si quelqu'un avait l'air malade. Ça expliquerait pourquoi elle s'est sentie bizarre, pourquoi elle n'était pas dans son assiette.

— Vous avez mal au ventre ? demande Vivian sur le seuil.

Honora lève les yeux sur elle.

— Je ne sais pas ce qui m'arrive, mais depuis quelques jours j'ai l'impression d'avoir légèrement la grippe. Et la seule vue de ce sandwich…

— Oh ! ma chérie !

Vivian attrape une serviette propre et la lui tend.

— Quoi donc ? demande Honora.

— Ça va peut-être vous faire un choc terrible.

Honora se relève.

— Je crois que vous êtes enceinte, dit Vivian.

Assise sur une chaise de cuisine, Honora essaie d'encaisser la nouvelle.

— Qu'est-ce que vous arrivez à manger ? lui demande Vivian. Qu'est-ce qui vous fait envie ?

— Je n'en sais rien. Quelque chose de froid, je crois. Peut-être du salé ?

Vivian déniche une boîte de crackers et un pot de beurre de cacahuètes. Elle verse du lait dans un grand verre, garnit une assiette de crackers et pose le tout devant Honora.

— Bien sûr, j'aurais dû deviner, dit Honora. Je n'ai pas mes règles depuis deux mois. Je n'y ai pas prêté attention.

— Je m'en suis doutée parce qu'une de mes amies s'est retrouvée enceinte d'un homme marié. Elle avait exactement la même mine que vous.

Honora boit le lait. Elle ne se rendait pas compte qu'elle avait aussi soif.

— Dans son cas, ça n'avait rien de joyeux, explique Vivian en s'essuyant les mains sur un torchon. En fait, je me rappelle qu'elle a réagi de façon plutôt hystérique.

Ça n'a rien de très curieux, songe Honora. Elle se sent elle aussi « plutôt hystérique ».

— Vous êtes pâle comme un linge, remarque Vivian. Vous m'inquiétez, je vous assure. Voulez-vous que je vous aide à vous installer sur le canapé du salon ?

Honora secoue la tête. Les cendriers pleins de mégots sont bien la dernière chose qu'elle a envie de voir.

— Alors une tasse de thé, peut-être ? propose Vivian.

Honora pense à cette nouvelle vie en elle. Elle devrait être ravie. N'est-ce pas là ce qu'elle désirait par-dessus tout ?

— Vivian, je ne sais pas exactement quand je pourrai prévenir Sexton. Vous voulez bien que ça reste entre nous pour l'instant ?

Vivian porte une main à sa bouche, fait mine de fermer une serrure et de jeter la clé. Honora mange docilement les crackers au beurre de cacahuètes et boit le verre de lait. La nausée a disparu à présent, même si l'engourdissement qui semble se diffuser dans ses membres demeure. Elle repousse les crackers.

— Oh ! Vivian ! souffle-t-elle.

Honora sort sur la plage. Il fait trop chaud dans la maison et elle a besoin de respirer.

Tête baissée, elle se promène en cherchant des taches de couleur, des formes évoquant New York, le Kansas et la Louisiane. Elle transpire sous sa robe et doit écarter la rayonne de son corps pour se rafraîchir la peau. Quand elle s'avance vers l'océan, l'eau glacée lui procure d'agréables frissons dans les jambes.

Elle se rappelle le visage de McDermott tout près du sien. L'odeur de savon, de sueur, de chewing-gum et de cigarette mêlée à celle de la mer à marée basse. L'arbre qui bruissait comme une source.

Elle se baisse pour attraper un tesson de verre blanc opaque mais s'aperçoit que ce n'est qu'un coquillage.

Il a glissé la main sous sa jupe, et ça n'aurait eu d'importance que pour McDermott et pour elle.

En marchant, elle enfonce profondément les orteils dans le sable mouillé.

Elle a dit à McDermott : « J'aimerais bien. »

Elle trouve un morceau de poterie marron au bord déchiqueté et le lâche dans l'eau.

Il lui a fait remarquer qu'elle avait peur.

Elle scrute la plage, l'océan et les cottages construits dans les dunes, et elle sait qu'elle avait bel et bien peur. Pas de l'amour physique, elle en avait envie. Mais de celle qu'elle deviendrait alors.

Elle a failli prendre la pire décision de sa vie, pense-t-elle. Car maintenant… car maintenant elle ne peut plus envisager d'être avec McDermott. Elle porte l'enfant de son mari.

Dans deux ou trois ans, songe-t-elle, un petit compagnon se promènera à ses côtés. Pour la première fois Honora se représente un enfant, tête baissée, cherchant des trésors dans le sable. Il aura les boucles blond foncé de Sexton et peut-être les yeux marron, comme elle. Il dénichera un morceau de verre marin bleu azur au bord lisse et tendra sa trouvaille à sa mère pour qu'elle l'examine. Elle l'appellera Seth. Si c'est un garçon, elle lui donnera le nom de son frère, dont elle a imaginé les atomes en train de flotter pendant toutes ces années hors de sa portée. Seth sera donc reconstitué, tout compte fait.

« Votre vœu a été exaucé », dira McDermott.

Un profond frisson de regret et d'oubli remonte dans le corps d'Honora, comme si un petit tremblement de terre déferlait sur la plage. Elle s'agenouille dans le sable pour qu'il la traverse complètement.

« Dans une autre vie », a-t-il dit.

Une vague submerge les résidus de la précédente, puis se retire. Une tache de couleur humide attire l'œil d'Honora. Titubante, elle se relève. Elle s'empresse de poser le pied sur le tesson. Une fois la vague suivante repartie, Honora se baisse pour ramasser le trésor qu'elle a emprisonné sous la plante de son pied. Elle n'en revient pas d'avoir autant de chance. Un tesson de deux centimètres et demi de diamètre et de trois millimètres d'épaisseur repose au creux de sa main. Brun ou ivoire, il ne serait pas vraiment digne d'intérêt. Elle l'expose à la lumière.

Cramoisi.

Écarlate.

Rouge sang.

Alice Willard

Chère Honora,

Je suis tellement heureuse d'avoir appris cette nouvelle que je ne sais plus où j'en suis. Je te réponds tout de suite, M. Pollop vient en effet de m'apporter ta lettre ce matin. Je savais qu'en partant Harold ferait place à une nouvelle vie.

Je viendrai à Ely Falls quand le bébé sera né. Je ne voudrais manquer ça pour rien au monde. Dans ta lettre tu disais que ça faisait deux mois. As-tu pu calculer le moment de l'accouchement ? Est ce que tu iras dans une clinique ? Je crois que ce serait mieux, et le Dr Kennedy le pense aussi. Je sais bien, tu as dit que tu ne l'avais encore annoncé à personne, mais Estelle a fait venir le Dr Kennedy ce matin pour une de ses crises (qui ne sont qu'un moyen d'attirer l'attention sur elle, si tu veux mon avis), alors, quand j'ai vu sa voiture dehors, j'ai traversé la rue et je me suis sentie obligée de lui en parler. Il a tout de suite dit que tu devrais accoucher à l'hôpital et surtout pas à la maison, parce que les hôpitaux sont beaucoup plus sûrs de nos jours. Il a dit que ça te coûterait quarante-cinq dollars pour dix jours, plus deux dollars et demi d'anesthésie et un dollar et demi de médicaments. Il a dit que n'importe quel hôpital honnête se contenterait de trente-cinq dollars.

Je suis montée au grenier et j'ai trouvé de beaux tissus, soie, coton et linon, dans lesquels je vais tailler des vêtements de bébé – des petites chemises de nuit, des nids d'ange, et ainsi de suite. Je sais que ça porte malheur de faire la robe de baptême à l'avance, je m'en abstiendrai donc, mais je chercherai des patrons.

Honora, je ne peux pas te dire à quel point ta nouvelle m'a emplie de joie !

Surtout n'oublie pas qu'il faut bien manger quand on attend un bébé. J'avais des envies terribles de beignets quand j'attendais Charles, et si ton père n'avait pas été plein de bon sens, je n'aurais mangé que ça pendant des mois d'affilée.

S'il te plaît, écris-moi souvent, ma chérie. Je suis très impatiente de recevoir de tes nouvelles.

Affectueusement,

Maman

Alphonse

Il a du mal à respirer et sait que son point de côté ne va pas s'en aller. Sur la route qui traverse les marais salants, il court. Si vite qu'il surprend sans cesse oiseaux et canards qui piaillent, bondissent des hautes herbes et voltigent un instant devant son visage avant de s'envoler. C'est la marée haute, et il trouve stupéfiant que tout soit aussi beau et paisible ici, sur la plage, alors qu'en ville les gens hurlaient, lançaient des pierres, qu'il y avait des incendies, de la fumée, et puis des coups de fusil. Ils se sont alors tous retrouvés dans Rose Street, et Alphonse est certain de ne jamais oublier l'expression de sa mère, ni la manière dont Marie-Thérèse se tenait, les poings serrés sur la bouche, et gémissait, comme si c'était elle et non pas un inconnu qui était blessé et perdait son sang.

Mme Beecher va être complètement bouleversée, et pourquoi, non, mais pourquoi faut-il que ce soit Alphonse qui doive lui annoncer la nouvelle ?

« Cours », lui a dit Ross quand ils ont réussi à grimper les étages. Les quatre hommes ont porté le blessé comme un tapis roulé, une de ses jambes a heurté une marche et l'homme s'est réveillé de sa profonde stupeur pour pousser un hurlement. Alphonse arrivait en dernier et a vu toutes les taches de sang dans l'escalier en bois.

Il a couru vers Ely Road en pensant prendre le tramway, mais il s'est alors rendu compte qu'il mettrait trop de temps. Il a donc tendu le pouce et un camion de légumes rouge, rouillé, bas sur pattes est arrivé, Alphonse a grimpé à l'arrière au milieu des choux pourrissants et a sauté quand le camion s'est arrêté devant la route de la plage.

Depuis le début de la journée on sentait bien qu'il allait arriver quelque chose. Dès lundi matin tous les grévistes étaient extrêmement tendus, et hier soir il faisait tellement chaud et moite qu'on n'arrivait pas à respirer à l'intérieur, et encore moins à bouger ou à dormir. Ce matin on voyait bien que tous les membres du piquet de grève avaient chaud et étaient nerveux, on aurait dit qu'on venait de les insulter et qu'ils n'avaient rien trouvé de malin à rétorquer.

Tout d'abord il y a eu quelques jets de pierres, ensuite on a crié et poussé, à moins que ce n'ait été l'inverse, et Mironson a tenté d'attirer l'attention, il a dit « Hé, là-bas ! », puis « Hé ! », et « Attendez un peu ! », et enfin « Arrêtez ! » Mais personne ne faisait attention à lui. La milice et la police avaient pris position de l'autre côté de la rue pour protéger les jaunes en formant une sorte de mur impossible à déplacer. La foule poussait en avant et en arrière, grossissait de plus en plus, car le bruit courait que, enfin, Dieu merci, quelque chose d'intéressant allait se produire. Alphonse se rappelle que les filles, des adolescentes en robe d'été et chapeau, essayaient toutes de grimper sur le toit des voitures et demandaient : « Qu'est-ce qui se passe ? » Mironson s'est alors juché sur le capot d'une Ford Modèle T bloquée là. Alphonse a trouvé que ce n'était vraiment pas une bonne idée, vu qu'il faisait une cible parfaite et que les miliciens et les policiers étaient sur le point de mourir de chaleur dans leur uniforme et voulaient qu'on en finisse. C'est à ce moment-là qu'Alphonse a entendu le premier coup de feu.

Un policier est tombé sur place ; rien de mélodramatique, il n'avait pas la main sur le cœur comme dans les films de gangsters à l'Emporium, et la foule a été réduite au silence pendant une seconde. Et puis un autre policier a levé son arme, a tiré trois ou quatre fois. Alphonse a entendu un homme hurler, il a cru que c'était Mironson, mais Mironson avait seulement l'air sidéré, comme s'il avait une très mauvaise nouvelle à annoncer. Alphonse a vu Tsomides sauter sur la Ford, en arracher Mironson, et c'est alors que Ross a dit : « Alphonse, ta mère est à la maison ? » Et puis il a ajouté : « Oh ! merde, merde merde ! » Alphonse a été terrifié parce que d'habitude Ross ne montre jamais la moindre émotion, et ensuite ils ont fourré le type dans la Ford, ils sont partis, le sang a coulé dans l'escalier et la jambe a heurté la marche.

Le point de côté lui fait tellement mal qu'il n'est pas sûr d'y arriver, mais là, au bout de la route, il aperçoit la maison, et voilà Mme Beecher dehors, qui étend son linge, et il faut que cette course s'arrête parce que la respiration d'Alphonse lui racle les poumons comme du papier de verre, mais il n'a vraiment, vraiment pas envie d'annoncer la terrible nouvelle à Mme Beecher.

Honora

Le vent plaque le drap humide contre sa robe comme il pourrait aplatir une feuille de journal contre un mur. Honora lutte avec le drap, le soulève jusqu'à la corde et le maintient avec des pinces en bois. Un infime mouvement attire son attention sur la route. Un grillon sautille, roue qui tourbillonne dans la poussière. Elle scrute un instant au loin puis fait quelques pas vers la route. C'est un gamin qui court, tête et corps penchés en avant, les bras en mouvement pour chercher une prise, semble-t-il, un peu comme les sprinters barattent l'air juste avant d'atteindre la ligne d'arrivée. Au début elle ne le reconnaît pas et puis, à son corps maigrichon, à quelque chose dans la forme de sa tête, elle se rend compte que c'est Alphonse. Elle regarde tout de suite derrière lui pour voir s'il n'est pas poursuivi.

Quand il la rejoint, elle a à la main une serviette humide, encore toute raide d'avoir été passée dans l'essoreuse.

Il se penche en avant, haletant, incapable de prononcer un mot. Elle lâche la serviette, attrape Alphonse par les épaules et approche sa tête de la sienne pendant qu'il tousse et essaie de parler. Elle le serre très fort dans ses bras, l'invite à entrer dans la maison, et il lui annonce :

— C'est M. Beecher.

— Qu'est-ce qui s'est passé ?

Alors il explique :

— On a tiré sur lui, il est blessé, et Ross a dit que je devais aller vous avertir et qu'il fallait demander à Mlle Burton de vous amener à l'endroit où il est parce qu'il vous appelle sans arrêt.

— Où est-il ?

— Chez moi, dit Alphonse. Rose Street.

McDermott

— Il a tiré sur un flic, explique Ross dans la cuisine sordide.

De la salle de séjour McDermott entend Sexton Beecher grogner, puis se taire un instant, et se mettre à hurler comme s'il n'avait plus tous ses esprits.

— Qu'est-ce qui s'est passé ? demande McDermott.

— Ce con avait une arme.

— D'où est-ce qu'il l'a sortie ?

— Il dit qu'il a mis au clou une paire de boucles d'oreilles.

— Bon Dieu ! s'exclame McDermott.

Dans un coin de la pièce une gamine gémit. La mère est au chevet de Beecher.

— J'ai envoyé le frère du petit chercher le toubib, explique Ross. Beecher a perdu une mare de sang.

Il y a une traînée cramoisie sur le parquet, comme si on avait trimbalé un cerf fraîchement tué dans la cuisine et la salle de séjour.

— Où est-ce que vous étiez ? demande Ross.

— On revenait d'Exeter, répond McDermott.

— J'ignorais qu'un homme avait autant de sang, dit Ross.

— À quel endroit a-t-il été touché ?

— À la jambe. À la cuisse exactement. Il n'y a pas une grosse artère à cet endroit ?

— Si une artère avait été touchée, il serait déjà mort, réplique McDermott.

La porte grillagée s'ouvre, puis claque. Mironson et Tsomides entrent dans la cuisine. Dans son coin la gamine se met à pleurer plus fort, comme s'ils étaient venus lui tirer dans la jambe à elle aussi.

— J'aimerais bien qu'elle la ferme, putain ! glisse Ross à McDermott. Elle me tape sur les nerfs.

Mironson a le teint livide, son front est luisant de sueur. Il arrache sa cravate et ouvre les quatre premiers boutons de sa chemise fine, comme un asthmatique qui manquerait d'air.

— Il faut l'emmener d'ici, dit Mironson. Il a laissé dans l'escalier une piste qu'un aveugle pourrait suivre.

— Où est Alphonse ? demande McDermott en regardant autour de lui.

— Je lui ai demandé d'aller chercher Honora, répond Ross.

McDermott porte une main à son front.

— Seigneur ! T'as pas fait ça !

Dans l'autre pièce, Sexton Beecher hurle le nom de sa femme.

Dans l'évier, un seau plein d'eau rougie. Les semelles de McDermott s'engluent sur le parquet. Il jette un coup d'œil autour de lui, voit le papier jauni sur les murs, la petite cuisinière blanche avec une marmite encroûtée posée dessus, les placards sans porte.

— Il faut que j'y aille, dit McDermott en frôlant Ross au passage. Il n'est pas question de les faire venir ici. C'est trop risqué.

Mais déjà une femme en robe bleue chatoyante, ses cheveux cuivrés embrasés par un rayon de soleil, se tient sur la terrasse, derrière la porte grillagée. Alphonse se glisse sous le bras de Vivian et ouvre. En chaussons, son chemisier sorti de sa jupe, ses cheveux en désordre autour de son visage, Honora entre dans la pièce.

McDermott sait que jamais, jamais il ne désirera quelqu'un ou quelque chose autant que cette femme.

— Où est-il ? demande-t-elle.

Alphonse

Il aimerait bien que quelqu'un fasse taire Marie-Thérèse parce qu'elle est très agaçante et que son attitude n'arrange vraiment rien. L'appartement est bondé d'hommes accablés de chaleur, qui n'ont pas l'air d'aller très bien et préféreraient se trouver ailleurs. Sa mère tient une serviette pleine de sang à la main, et dans l'autre pièce Mme Beecher se trouve au chevet de son mari, qui braille comme un animal coincé dans un piège. Alphonse est resté avec Mlle Burton sur le seuil qui sépare la cuisine de la salle de séjour, et Mlle Burton, très calme, parle à Mme Beecher et à McDermott. On voit bien que dans ce genre de situation les femmes se débrouillent mieux que les hommes.

— Où est Wing ? demande Ross.

Alphonse pense que c'est lui, et non Gérard, qui aurait dû aller chercher le docteur. En voyant que Mironson a l'air sur le point de vomir, Mahon lui demande de partir. C'est à ce moment-là qu'Alphonse entend les voitures s'arrêter devant l'immeuble et les portières métalliques claquer. Un silence absolu se fait dans la pièce.

— Nom de Dieu ! lâche Ross.

Sexton

Quelqu'un lui applique un fer rouge sur la cuisse, ça lui brûle les chairs, il essaie de le repousser, mais des mains se posent sur ses bras. Il entend la voix de sa femme répéter sans cesse son nom, il s'efforce de se redresser, mais elle plaque les mains sur lui et, pour l'amour de Dieu, quelqu'un va-t-il se décider à enlever ce fichu fer de sa maudite jambe ? Sa femme demande de l'aide, des mains plus robustes immobilisent les siennes, et quand il ouvre les yeux, il voit un type… Comment s'appelle-t-il déjà ? Il ne s'en souvient pas, il devrait pourtant, et l'on applique une nouvelle fois le fer sur sa peau. Il hurle le nom de sa femme, l'entend dire : « Je suis là, je suis là », mais c'est difficile de bien suivre tant la douleur est forte. Il la regarde alors et lui dit qu'il regrette, même s'il ne sait pas quoi exactement. Mais il sait qu'il regrette quelque chose, qu'il lui a fait du tort, qu'elle ne méritait pas ça, et puis il sent une pression sur sa poitrine. Cette fille, Vivian, demande à Honora si elle sait qu'il a été touché deux fois, Honora se penche sur lui, lui dit quelque chose qu'il devrait écouter attentivement ; il essaie de s'accrocher pour bien saisir ses paroles, mais il est emporté par le courant, et il a envie, vraiment vraiment envie de se laisser aller. Et puis il entend le malabar – quel est son nom à celui-là aussi ? cette espèce d'ogre comme il y en a toujours dans les contes de fées – s'écrier « Nom de Dieu ! » dans la cuisine.

Vivian

— Il a été touché deux fois, annonce Vivian à Honora en se demandant si quelqu'un s'est aperçu que Sexton Beecher avait une autre blessure qui saignait, juste sous la première.

Il est très possible que personne ne l'ait remarqué, avec tout ce sang. Elle perçoit un petit mouvement à côté d'elle, et Alphonse se faufile sous son bras pour jeter un coup d'œil dans la salle de séjour.

— Je crois qu'il vaut mieux que tu ne voies pas ça, dit Vivian.

Elle tourne le gamin vers elle et l'enveloppe de ses bras. Ce n'est encore qu'un enfant, il ne devrait pas se trouver au milieu de tout ça. Elle croit comprendre que Sexton a tiré sur un cordon de policiers, ce qui lui paraît d'une bêtise incroyable, et que la police a répliqué, comme de bien entendu. La situation est terrifiante. Elle doit d'ailleurs reconnaître qu'elle a elle-même un peu tremblé en arrivant à Ely Falls en voiture quand elle a vu les émeutes près des filatures, et les incendies qui semblaient se déclarer partout en même temps. Mais Alphonse continuait à lui dire de sa petite voix polie de tourner ici, mademoiselle, et puis ici, mademoiselle, et ils se sont donc retrouvés dans Rose Street, puis ont monté l'escalier qui mène à la cuisine.

Quel appartement épouvantable, pense Vivian.

— Il va mourir ? demande Alphonse en levant les yeux sur elle.

— Non, Alphonse, répond Vivian avec force.

Elle sait que c'est ce qu'on doit dire à un gamin de douze ans, même si, bien sûr, on ne peut pas deviner si un homme va mourir ou non, et franchement, de son point de vue, Sexton Beecher a l'air mal parti. En se projetant dans l'avenir, elle envisage de garder Honora chez elle jusqu'à ce qu'elle se remette, ce qui pourrait prendre un certain temps.

Vivian entend des pas dans l'escalier extérieur et, sans la moindre logique, songe que la police est venue résoudre leurs problèmes, remettre de l'ordre, comme dans les films de gangsters. Mais, avec consternation, elle se rend compte que ce n'est pas possible. Parce que dans le film qui est en train de se jouer, elle fait partie des gangsters, ainsi que Louis, McDermott, Ross et Sexton (surtout Sexton), et même Alphonse et Honora. Et c'est alors qu'elle voit à travers la porte grillagée de la cuisine les cagoules blanches sur la tête des gens qui arrivent, et elle pense : « Il y a quelque chose qui ne va pas du tout », parce que tout le monde sait que le Ku Klux Klan n'opère que dans le Sud. Pourtant, même à ce moment-là, toujours optimiste (car Vivian peut difficilement faire autrement), elle imagine que ces hommes avec leurs cagoules blanches ridicules aux cercles sombres découpés pour les yeux et le nez, vont s'expliquer, d'une manière ou d'une autre, et remettre de l'ordre dans cette situation abominable et terrifiante.

Mais le premier homme entre alors dans la cuisine, et Vivian comprend tout de suite que ça ne va pas être le cas. Loin de là.

Honora

Elle se penche sur son mari et lui immobilise les bras. Il a le visage marbré, blanc cru et rouge foncé, et cela l'effraie plus que tout le sang. Elle appelle à l'aide. McDermott arrive, suivi par la mère d'Alphonse, dont Honora souhaitait faire la connaissance. Elle avait envie de lui dire qu'Alphonse était un enfant adorable, mais bien entendu sa mère doit déjà le savoir. Sexton hurle le nom d'Honora et s'étreint l'entrejambe, bien que ce ne soit pas tout à fait là qu'il ait été touché. Il ne cesse de répéter : « Je regrette », et elle essaie de le faire taire et de le calmer. Il s'agrippe de nouveau l'entrejambe, et la mère d'Alphonse la regarde d'un air de dire : « Qui sait ce qui peut passer par la tête d'un homme quand il croit qu'il va mourir ? »

McDermott est debout derrière elle à présent, et Honora sait qu'il voit ce que fait Sexton et qu'il l'entend répéter sans fin : « Je regrette. »

— Sexton, dit-elle en approchant son visage du sien. Ne parle pas. Repose-toi. Tout va bien se passer.

Elle tourne les yeux vers McDermott, puis les pose de nouveau sur Sexton, et, pour la première fois depuis qu'elle est entrée dans la pièce, elle pense que son mari pourrait bien mourir. Elle se penche sur lui et dit :

— Tiens bon, Sexton.

Mais à voir ses traits qui se détendent de façon inquiétante, elle comprend qu'il dérive vers une perte de connaissance. Une question urgente monte alors en elle, et elle sait qu'elle dispose à peine de quelques secondes pour y faire face.

La vie qu'elle abrite dans son corps appartient à Sexton autant qu'à elle.

Elle regarde de nouveau McDermott et aimerait bien pouvoir lui dire qu'elle regrette, que si elle pouvait revenir en arrière, elle n'aurait pas peur sous l'arbre bruissant comme une source. Elle n'aurait pas peur et le laisserait lui faire l'amour, et si cette nuit-là était la seule passée ensemble, tant pis, parce que, en fait, quel mérite y a-t-il à nier l'amour ?

Sexton crispe le corps, semble, même dans sa semi-conscience, réclamer son entière attention. Je dois le faire tout de suite, pense-t-elle.

Elle se penche sur le visage de son mari.

— Sexton, je suis enceinte, dit-elle.

Elle voit qu'il lutte pour comprendre, qu'il a du mal à saisir tous les mots. Ses doigts raclent le parquet. Elle doit donc répéter.

— Sexton, je suis enceinte. Nous allons avoir un bébé.

La main posée sur la jambe de son mari, elle se tourne vers McDermott. Son expression est éloquente ; Honora est devenue aussi douée que lui pour déchiffrer un visage. Le choc de cette nouvelle. La vague de compréhension. Et puis le regret. Un terrible regret.

— Je viens de le savoir, dit-elle en lui prenant la main.

On entend des pas dans l'escalier. Dans la cuisine Ross lâche :

— Nom de Dieu !

Sur le seuil, Vivian attire Alphonse contre sa poitrine. Les hommes qui franchissent la porte de la cuisine ont des cagoules blanches et des fusils.

Vivian exécute un gracieux pas de danse et se glisse derrière un canapé avec l'enfant.

— Dans une autre vie, dit McDermott avant de se tourner.

— Non ! hurle Honora, mais McDermott ne l'entend pas.

Depuis l'autre pièce Honora voit Louis sauter en l'air d'une manière qui n'a rien de volontaire. Comme si on l'avait poussé, Ross s'affale lourdement sur une chaise qui se renverse par terre.

McDermott tournoie telle une toupie déjà abîmée, déjà cassée.

Un homme cagoulé se tient sur le seuil. Il lève son long fusil et dit :

— Ça doit être lui.

Un deuxième homme, qui porte lui aussi une cagoule blanche, s'avance dans la pièce.

— Il est reparti, fait-il. Allez, on s'en va.

Créature dépourvue de visage, le premier braque son fusil sur Honora pendant une longue seconde, puis le détourne et le ramène le long de son flanc.

Dans la cuisine, une gamine bêle comme une chèvre.

Honora s'avance à genoux jusqu'à l'endroit où McDermott est tombé. Au début elle est incapable de dire s'il a été touché ou non. Il semble seulement sonné, ou même, bizarrement, endormi. Elle lui tâte le visage, prononce son nom, lui abrite la tête dans ses mains. Et puis elle sent le sang, chaud, gluant dans ses cheveux. Elle regarde fixement sa main. Dans la cuisine la fillette lâche un son inhumain.

Honora se relève, ahurie. Elle sent sa tête se vider de son sang, et son champ visuel commence à se rétrécir. Des mains robustes l'attrapent par les épaules.

Sans un mot Vivian l'éloigne de McDermott et la fait asseoir sur une chaise de cuisine. Le teint livide, Alphonse apparaît sur le seuil. Vivian lui cache les yeux pour l'empêcher de voir le carnage et l'entraîne sur la terrasse.

— Va chercher des secours, lui ordonne-t-elle. Et ne remets pas les pieds dans cette pièce avant que je t'y autorise.

Honora regarde autour d'elle. La sœur d'Alphonse se tient le bras et pleure. Des sanglots effrayants. Un son de terreur pure – l'écho d'une cloche longtemps après qu'elle a sonné.

Mironson est assis par terre, adossé au mur, une traînée de sang derrière lui sur le papier jauni.

Mort, Ross a la posture d'un clown en pleine pitrerie – le corps plaqué au dossier de sa chaise renversée, et les pieds en l'air.

Mahon semble ne plus avoir de visage.

Tsomides se protège la tête, mais ses yeux sont ouverts et fixes.

Mais le pire – le plus atroce –, c'est la façon anormale dont la mère d'Alphonse est penchée en arrière par-dessus l'évier.

Honora fait le compte.

Six morts.

Un massacre, songe-t-elle.

Elle se lève, retourne dans la salle de séjour où McDermott gît à terre. Dans un coin de la pièce Sexton l'appelle. Honora s'agenouille au-dessus du corps de McDermott et pose une main sur sa poitrine. Elle regrette de ne pas voir la couleur de ses yeux – ce beau bleu turquoise. Elle lève le visage vers un Dieu qu'elle ne connaît pas très bien, et un gémissement commence à monter en elle.

Honora

Honora pose sa valise sur la dalle de granit. Alphonse, qui fait l'aller-retour entre le véhicule de Vivian et la maison, soulève la valise, une épaule remontée pour garder l'équilibre.

— Elle est lourde, prévient Honora.

— Ça va.

Son visage s'est un peu remplumé autour des yeux, si bien qu'il n'a plus l'air aussi comique. Et quelque chose de triste s'est glissé dans sa bouche, quelque chose qui ne partira jamais. Vivian lui a fait couper les cheveux chez sa coiffeuse, une certaine Irma, à Exeter, mais ils n'en poussent pas moins vers l'avant et ont déjà tendance à rebiquer.

Nous sommes en 1930. Au mois de septembre. Un jour pas tout à fait ordinaire.

Dans une robe en laine d'un bleu laiteux, Vivian arrive du couloir avec une caisse de vaisselle. Elle la tient devant elle, telle une hôtesse portant un plateau d'amuse-gueule.

— J'ai laissé la bouilloire, la théière et deux tasses dans la cuisine, dit-elle. J'ai pensé que vous voudriez peut-être boire une dernière tasse de thé. À moins que je ne me trompe ? Voulez-vous partir tout de suite ?

— Non, une tasse de thé serait peut-être indiquée, répond Honora. Tout est rassemblé dans l'entrée. Alphonse peut continuer le transport. La seule chose qui lui posera un problème est ce fauteuil à bascule.

— Qu'allez-vous faire du piano ? demande Vivian.

— Je vais le laisser. Il était là quand je suis arrivée.

— À qui appartient-il ?

— À quelqu'un qui habitait cette maison, je crois. Je n'ai jamais eu l'impression qu'il était à nous.

— Oh ! à propos, dit Vivian en se retournant. Je n'ai pas retrouvé la lettre de l'école. Vous êtes sûre de l'avoir laissée à côté de l'évier ?

— Elle y était ce matin. Je l'ai peut-être mise dans mon sac. Je vais vérifier.

Dans quatre jours Alphonse entrera à l'école d'Ely. Il devra donc effectuer trois kilomètres à pied pour s'y rendre, mais il n'a pas l'air de considérer que c'est un problème. Honora ne sait pas comment il se débrouillera en hiver. Le moment venu elles y réfléchiront.

Vivian a dit qu'elle avait toujours voulu avoir une gardienne à demeure, même si Honora a parfaitement compris que cette idée venait de lui traverser l'esprit à l'instant précis où elle la formulait.

Vendredi la banque prendra possession de la maison d'Honora. Honora ne veut pas être présente à ce moment-là.

— Venez me tenir compagnie jusqu'à ce que je retourne à New York. Ensuite vous pourrez rester chez moi pendant l'hiver, a supplié Vivian. Et quand je reviendrai, en juin, vous pourrez dactylographier mes pièces de théâtre.

Il y a un an Honora aurait refusé l'offre de Vivian. Il y a un an, Honora aurait été incapable d'accepter cette charité non déguisée. Mais plus maintenant. Pas depuis le matin où McDermott a tournoyé sur le parquet et où Vivian s'est glissée derrière un canapé avec Alphonse. C'était le seul moyen de garder Alphonse avec elle, Honora s'en est tout de suite rendu compte, alors elle a dit oui. Sans y réfléchir à deux fois.

Un matin de la mi-août Alphonse a pris le tram jusqu'au bout d'Ely Road et a fait le reste du chemin à pied jusqu'à la plage. Ses frères et sœurs avaient tous été répartis chez différents parents, a-t-il expliqué à Honora quand elle a ouvert la porte. Pour sa part on l'avait envoyé à Lowell, chez son oncle Augustin et sa tante Louise. Il préférait venir habiter chez Honora, a-t-il dit, est-ce que ça ne la dérangeait pas ? Le gosse avait le menton tremblant, et Honora savait ce qu'il avait dû lui en coûter de le lui demander. Elle l'a serré dans ses bras, et ils ont tous deux pleuré comme des bambins sur le perron de granit.

Alphonse avait perdu sa mère et McDermott – les deux êtres qu'il aimait le plus au monde. Parfois,

Honora trouve inimaginable qu'il tienne encore le coup.

Honora emplit la bouilloire et la pose sur la cuisinière. Elle repense à la première fois qu'elle est entrée dans cette cuisine, s'est approchée de la fenêtre, a ouvert les volets intérieurs et a vu les vitres enduites du sel accumulé pendant un ou deux ans. Une lumière voilée, comme si elle filtrait à travers du verre dépoli, a éclairé une cuisinière en fonte à la surface parsemée de crottes d'animaux. La porte du four s'est ouverte avec un grincement et un claquement qui l'ont fait sursauter.

Elle attend que l'eau bouille. Elle revoit Sexton en train de réparer le robinet qui a roté et craché dans l'évier un large jet bégayant d'eau brune.

Pendant dix jours, fin juillet et début août, Honora a pris le tramway pour aller à l'hôpital d'Ely Falls. Elle a dit bonjour au policier en faction devant la porte de Sexton – un certain Henry. Elle s'est assise au chevet de son mari et a tricoté une paire de chaussettes. Même si sa jambe guérissait, il n'a pas prononcé un mot. Au bout de deux ou trois jours de questions effrénées, Honora a fini par renoncer. Les yeux de Sexton s'étaient tellement rapprochés que seule la mince arête du nez semblait les séparer. Il ne se plaignait pas. Une fois sa jambe guérie, il irait en prison.

Le matin du onzième jour, avant même qu'Honora ait pu partir de chez elle, deux policiers se sont présentés à sa porte. Leur vue lui a coupé le souffle car elle pensait qu'ils étaient venus pour la tuer. Ils ont fouillé la maison de fond en comble et lui ont demandé où était son mari. Elle a répondu qu'elle n'en avait pas la moindre idée.

Sexton Beecher s'était enfui de l'hôpital, lui avaient-ils appris. Il avait volé une Ford.

« N'achetez jamais une Ford. »

Il a pris la route, a-t-elle pensé, mais elle n'en a rien dit.

Elle verse l'eau bouillante dans la théière.

— Alphonse, tu veux du lait ? demande-t-elle en direction du couloir quand elle voit le quart de lait qui reste.

— J'arrive dans une minute, répond-il. J'ai presque fini.

— Je viendrai au procès, affirme Vivian en se penchant sur la paillasse.

— On ne sait pas encore quand il aura lieu, dit Honora.

— Seuls les deux hommes ont été inculpés ?

— Ils ne veulent pas donner le nom des autres. Il paraît qu'ils protègent Jonathan Harding.

— Le président de la banque.

— Oui.

— Donc il ne s'agissait pas du Ku Klux Klan.

— Non.

— Avez-vous eu des nouvelles de Sexton ? questionne Vivian d'un ton léger.

Honora secoue la tête. Elle a l'impression qu'elle n'entendra plus jamais parler de Sexton Beecher. Elle voit mentalement une carte avec des tracés de route bleus et roses, et un petit point qui se déplace.

Les deux femmes sont debout dans la cuisine – Vivian appuyée au rebord de l'évier, Honora près du réfrigérateur.

— Je ne suis pas sûre de revenir pour Thanksgiving, dit Vivian. Nous aurons sûrement des répétitions.

— Oh ! ça ne pose pas de problème. Je pensais emmener Alphonse voir ma mère à Taft.

— Est-ce que vous serez en état de voyager ?

— Je serai enceinte de sept mois. Je crois que ça ira. Sinon je ne partirai pas.

— Mais je serai peut-être là pour Noël.

— C'est vrai ? s'écrie Honora d'un air radieux. Ça ferait tellement plaisir à Alphonse.

— Et votre mère viendra pour voir le bébé ?

— Je crois. Elle veut que j'accouche à l'hôpital.

— J'espère bien que c'est ce que vous ferez, réplique Vivian avec quelque effroi.

Honora pose sa tasse dans l'évier et, tout en la rinçant, dit :

— Il devrait y avoir un mot pour exprimer ce qu'on ressent quand on vit des moments passionnants – joyeux, même – alors que tout est sinistre et difficile pour ceux qui vous entourent. J'ai essayé de trouver un mot toute la semaine, mais sans succès.

— Vous voulez parler de cet été ?

— Oui. À Ely Falls tout le monde souffrait à cause de la grève et nous... Bon, nous nous sommes tant amusés. Nous vivions si bien. Par rapport aux autres.

Elle réfléchit une minute.

— Non, pas par rapport aux autres. Nous vivions bien, point final. Tous les week-ends étaient une fête.

— La guerre produit le même effet, dit Vivian. Les hommes expliquent souvent qu'ils se sentaient plus vivants – et même plus amoureux – en temps de guerre.

— J'ai aimé McDermott, avoue Honora.

— Je le sais.

— Il était tellement gentil avec Alphonse.

— Oui, c'est vrai.

— Il serait heureux, j'en suis sûre, s'il savait qu'Alphonse va…

Honora s'interrompt, incapable de continuer. Elle attrape la tasse de Vivian et la lave dans l'évier.

— Je pensais préparer une soupe aux huîtres ce soir. Est-ce que ça vous tente ?

— Épatant.

Vivian allume une cigarette.

— Vous en voulez une ? propose-t-elle.

— Non, merci. J'ai dû y renoncer, explique-t-elle en montrant son ventre. Ça me donne la nausée.

— Parfait. C'est une sale habitude. Aujourd'hui j'ai lu dans le journal que la filature d'Ely Falls fermait.

— McDermott l'avait prédit.

— Quelle ironie !

— Les grévistes ont gagné et ils se retrouvent sans travail.

— La première semaine je pourrai conduire Alphonse à l'école.

— Ce serait sans doute mieux. Je crois qu'il appréhende beaucoup.

— Ce n'est peut-être pas plus mal, dit Vivian. Il va falloir l'emmener dans les magasins. Il a besoin de vêtements.

— Indéniablement.

— Et vous aussi d'ailleurs.

— En fait, j'aimerais bien acheter du tissu et coudre moi-même mes vêtements de grossesse. Ma mère va m'envoyer des patrons.

— J'espère que j'aurai le droit d'y apporter des modifications.

Honora sourit et avoue :

— Je ne sais pas ce que j'aurais fait sans vous.

— Allons, c'est ridicule. Vous êtes la femme la plus forte que je connaisse. C'est pour ça qu'Alphonse s'est tourné vers vous.

— Voulez-vous que je vous dise ? fait Honora. Quand on lit le mot « massacre », on pense : Je sais ce que ça signifie. Ça signifie exterminer des innocents. Et on continue à lire. On arrive au mot « procès ». Ou au mot « condamnation ». Mais… quand c'est à vous que ça arrive, vous vous rendez compte qu'en eux-mêmes les mots ne signifient rien. Ils n'expriment rien du tout. Ils ne traduisent même pas une infime partie de l'horreur que vous avez vécue, vous ne trouvez pas ?

— Vous avez raison.

— Ç'a été un gâchis. Un terrible gâchis.

— Oui.

— Il n'y avait vraiment rien de noble dans ce qui s'est passé. Dans leur mort. Aucun sacrifice. Aucun honneur. C'était seulement un beau gâchis. Pour commencer, nous n'aurions jamais dû nous trouver là. La décision de Ross était désastreuse.

Dans cet appartement nous faisions des cibles parfaites.

Honora se rappelle la façon dont les hommes masqués et armés ont franchi la porte. Et la façon dont Ross s'est écrié : « Nom de Dieu ! »

— Vous ne pouvez pas continuer comme ça, dit Vivian en traversant la pièce pour enlacer Honora. Il faut arrêter. Il faut tout simplement arrêter.

— Je sais.

— Vous ne pouvez pas laisser Alphonse vous voir dans cet état.

Honora se frotte les yeux.

— Je sais. Je vais y veiller.

— Bon.

— Bon, répète Honora.

Elle jette un coup d'œil dans la cuisine presque vide à présent et appelle en direction du couloir.

— Alphonse, viens boire ton lait.

Alphonse arrive en secouant les bras pour les détendre.

— Les verres sont déjà emballés, dit Honora. Bois à la bouteille.

Alphonse porte la bouteille de lait à sa bouche, puis s'essuie d'un revers de manche.

Alphonse

Il apporte le dernier carton à la voiture, qui est tellement pleine qu'on ne voit même plus par la vitre arrière, et il trouve curieux qu'il y ait autant de choses alors que la maison a toujours paru… bon, plutôt vide. Maintenant il aura sa chambre à lui chez Mlle Burton, même si elle a menacé de le faire coucher dans la cave s'il persiste à l'appeler Mlle Burton. Il essaie donc de penser à dire Vivian. Mais il va continuer à appeler Mme Beecher Mme Beecher, et il est soulagé qu'elle ne lui ait pas demandé de l'appeler Honora. Mme Beecher se glisse sur la banquette avant, un carton de livres sur les genoux. Alphonse se faufile à l'arrière, s'allonge sur les couvertures et les cartons, et sa tête touche presque le toit de la voiture. Mlle Burton s'installe au volant, démarre, et alors Mme Beecher s'écrie :

— Attendez, j'ai failli oublier !

Elle pose le carton sur le siège, descend et dit à Vivian qu'elle revient tout de suite, qu'elle l'a laissé sur le palier. Puis elle se met presque à courir dans l'allée, ouvre la porte d'entrée, et Vivian se retourne vers lui pour lui demander :

— Ça va aller ?

Il répond que ça va très bien, malgré le coin d'un carton qui lui rentre dans le flanc, et voilà Mme Beecher sur le seuil avec un plat blanc dans les bras. Même de la voiture Alphonse constate que le verre est vraiment beau au soleil.

Note de l'auteur

La ville d'Ely Falls est fictive. Les détails concernant les violentes émeutes ouvrières sont cependant tirés des nombreux incidents qui se produisirent en Nouvelle-Angleterre et ailleurs à la fin des années vingt et au début des années trente, incidents au cours desquels des centaines de grévistes des filatures et leurs enfants furent tués ou grièvement blessés par les miliciens ou les hommes de main embauchés par les patrons d'usine. Il n'est pas sans intérêt d'ajouter que le Ku Klux Klan prospéra bel et bien dans le nord de la Nouvelle-Angleterre à la fin des années vingt. Ses victimes furent des catholiques, des Juifs et des membres des minorités ethniques.

Les ouvrages suivants ont été consultés au cours de l'écriture de ce livre : *The Strike of '28*, de Daniel Georgianna et Roberta Hazen Aaronson ; *The Great Depression*, de Robert S. McElvaine ; *Working People of Holyoke*, de William Hartford ;

Ordinary People Extraordinary Lives, de Debra Bernhardt et Rachel Bernstein ; *La Foi, la langue, la culture*, de Michael Guignard ; *Working-Class Americanism*, de Gary Gerstle ; *A World Within a World*, de Gary Samson ; *Ethnic Survival in a New England Mill Town : The Franco-Americans of Biddeford, Maine*, de Michael Guignard *; The Great Depression* et *The Hungry Years*, de T. H. Watkins ; *The Town That Died*, de Michael Bird ; *The Parrish and the Hill*, de Mary Doyle Curran ; *Down and Out in the Great Depression : Stories and Recipes of the Great Depression of the 1930s*, de Janet Van Amber Paske ; *Amoskeag*, de Tamara Harveven et Randolph Langenbach ; *Gastonia 1929*, de John A. Salmond ; *Hard Times*, de Studs Terkel ; *The Last Generation*, de Mary H. Blewett ; *Saco Then and Now*, de Peter N. Scontras ; et *Let Us Now Praise Famous Men*, de James Agee et Walker Evans.

J'aimerais remercier Jewel Reed et Bill Newell pour m'avoir fourni des renseignements sur la vie en 1929 et 1930. Je voudrais également remercier mon agent, Ginger Barber ; mon éditeur, Michael Pietsch ; et mon mari, John Osborn, pour leur soutien et leurs conseils.

Impression réalisée sur Presse Offset par

BRODARD & TAUPIN

GROUPE CPI

26429 – La Flèche (Sarthe), le 17-11-2004
Dépôt légal : décembre 2004

POCKET – 12, avenue d'Italie - 75627 Paris cedex 13
Tél. : 01.44.16.05.00

Imprimé en France